大连市文艺精品创作生产“5511”工程长篇小说入选作品

跳舞者

于永铎◎著

大连出版社
DALIAN PUBLISHING HOUSE

图书在版编目（CIP）数据

跳舞者 / 于永铎著. 一大连：大连出版社，2015.11
（大连市文艺精品创作生产“5511”工程长篇小说入选作品）
ISBN 978-7-5505-0993-1

Ⅰ.①跳… Ⅱ.①于… Ⅲ.①长篇小说—中国—当代 Ⅳ.①I247.5

中国版本图书馆CIP数据核字(2015)第252437号

TIAOWUZHE
跳 舞 者

出 版 人：刘明辉
策划编辑：刘明辉 李 岩 张 波
责任编辑：张 波 杨 钟
书名题字：徐 铎
封面绘图：高志华
封面设计：林 洋
版式设计：张 波
责任校对：杨 琳
责任印制：阎 骋

出版发行者：大连出版社
地址：大连市西岗区长白街10号
邮编：116011
电话：0411-83620442 / 83621075
传真：0411-83610391
网址：http://www.dlmpm.com
邮箱：dlszhangbo@163.com
印 刷 者：大连图腾彩色印刷有限公司
经 销 者：各地新华书店

幅面尺寸：170 mm × 230 mm
印 张：14.25
字 数：220千字
出版时间：2015年11月第1版
印刷时间：2015年11月第1次印刷
书 号：ISBN 978-7-5505-0993-1
定 价：32.00元

大连市文艺精品创作生产“5511”工程项目委员会

本书编委会

序

滕贞甫

这5部长篇小说是年度文艺精品创作生产“5511”工程的成果。

2012年，中共大连市委宣传部按照市委十一届二次全会提出的建设东北地区文化领军城市和东北亚有重要影响的文化强市的目标要求，组织实施了文艺精品创作生产“5511”工程，即每年以5部长篇小说、5部影视剧（包括电影、电视剧、动漫剧、广播剧、纪录片）、1部舞台剧、1套文艺丛书为重点的文艺创作生产项目，旨在推动大连文艺的繁荣发展，加快文化强市建设步伐。

文艺精品创作生产“5511”工程是一项导向性工程。它立足本市，鼓励广大文艺工作者坚持以人民为中心的创作导向，以中国精神为文艺创作的灵魂，深入生活，扎根人民，坚持把社会效益放在首位，努力创作生产出社会效益和经济效益、社会价值和市场价值相统一的文艺作品。“5511”工程是大连市委、市政府组织实施全市文艺精品创作生产，繁荣发展大连文艺的重要工作载体和平台。

文艺精品创作生产“5511”工程也是一项品牌建设工程。它汇聚全市优质文艺创作生产资源，依托大连作家森林的“下午茶”“讲评会”“记忆写作”等多种多样的展览、展评、推介、评奖、研讨，尤其是各种规模和形式的文艺评论，不断深耕城市文学土壤，涵养创作生态，推介宣传有特色、有新意的文学作品，展示大连文艺创作生产成就，凝聚人才队伍，培育扶掖大连文艺出“名作、名人、名品”，推动大连文艺走出去，树立大连文艺新坐标。

入选年度文艺精品创作生产“5511”工程重点扶持项目的长篇小说，是大连本土作家创作、未经正式出版的原创优秀作品。“5511”工程评审委员会按照严格规范的评审程序，在向社会广泛征集作品的基础上，由专家库抽取人选组成专家评审组，对初评上来的作品，进行认真的审读、评点、论证、遴选，终经评审委员会批准编辑出版。这些入选作品题材不同、风格不同、创作视角不同，作者的身份、职业、经历甚至创作水平也不尽相同，相同的是，这些作品饱含着作家对生活的热爱，对人民的关切，对生命的尊重，他们用作品着力书写人们寻梦的理想和追梦的奋斗，用生动的艺术形象和熟悉的身边日常故事，描绘出我们这个时代的精神风骨。

值此文艺精品创作生产“5511”工程长篇小说入选作品出版之际，是为序。

（作者系中共大连市委宣传部常务副部长、市文联主席）

目录

人生不就是跳舞吗？谁也不知道，下一个旋转，是否还能抓住她的手。

——题记

第一章　回味无穷的开始

走出滨城海港，柏建新犹如钻进了蒸笼里，闷得难受，热得难受。陆地和船上的感觉不一样，船上虽然也热，但是没有这么闷。柏建新站定脚跟，擦了把脸上的汗水。面前是一群举牌接船的人，身后是出港的旅客。柏建新犹如大河中央的石头，人群在身边打了个旋，又迅猛合流，涌向远方。

先生，住宿吗？女孩子问。柏建新没理她，朝泊车点走去。女孩子紧撵几步，先生，很便宜的呀。柏建新白了一眼，刚要发脾气，猛地，愣住了，太漂亮了，身材出奇地匀称，凹凸有致，性感十足。由于逆着光，看不清她的面孔，也没好意思多看，只是凭直觉断定，她是个罕见的美女。

小妹……有特殊服务吗？柏建新问。

你需要什么服务呢？女孩子反问。

柏建新内心一动，嘿，我想……找个地方，吹着冷气……和你聊聊。女孩子靠前一步，先生，跟我走吧，我们店里就有冷气！女孩子的轮廓从逆光中显露出来，犹如一尊花瓶。柏建新顿了顿，真抱歉，我已经订了酒店。他掏出香烟，抽出一支，叼在嘴里，如果你同意，我们先吃个饭，好吗？女孩子说，只要你到我们店里住，我就陪你吃饭。后一句，弱得像蚊子叫。柏建新说，我的确预订了酒店，不方便退的。不过，我可以多给你一些小费。他掂了掂皮包。女孩子白了一眼，转身走开了。柏建新追了几步，哎，等等嘛！女孩子回过头，你答应了？柏建新有些心慌，不知怎么办才好。如果，她撒点儿娇，给点儿暗示，也许，就跟她走了。可惜，女孩子只是傻等着，并没有暗示什么。柏建新有些不知所措，有些惋惜，留个电话吧，我会找你的。女孩子说，先生，我一天都没揽着客了。柏建新的心头痒痒的，可想到黄丽鹃，他摇了摇头，姑娘，对不起了。女孩子走过来，塞给他一张名片，先生，欢迎你去。说完，走了。柏建新有些遗憾，欲罢不能的遗憾。说起来也是逢场作戏的年龄了，怎么还如此幼稚呢？也许，远离亲人朋友，思想深处还没来得及灭绝的欲望复活了吧？心猿意马了吧？柏建新有些后悔，后悔放过她，失去了一次猎艳的机会。如果把她带到住地，放纵一下，该有多好啊。名片上印着“四季春快捷旅店”，有地址，有电话，就是没有名字。这算什么名片？柏建新随手扔了，刚要走开，耳听一声叹息，柏建新连忙捡起名片，弹了弹，塞进口袋里。

一刻钟后，柏建新来到琴海大酒店。这是第九届滨城地产业高峰论坛组委会指定酒店。这次会议非常重要，是政府实施调控政策以来的业务检讨，各界将把脉调控的走向、政策微调的空间和行业的发展出路，还将对保障性住房与商品房的跨行作业等领域进行一次梳理性研讨。据悉，业界对这次论坛充满了期盼。

此时，大堂里冷冷清清，看起来，客房并不紧张。柏建新愈发懊恼不已，有种上当受骗的感觉。来滨城之前，黄丽鹃劝他，话里话外就那么一句——你要听话。听谁的话？当然是听她的话了。柏建新思考了几天，最终，决定离开三江。他相信离开是暂时的，迟早能杀回来的。他给自己打气，也给黄丽鹃打气。黄丽鹃不需要打气，因为，提起“云鼎人家”项目，她就气不打一处来。她已经听不进任何意见了，不但踩了急刹车，还想让公司调头。柏建新劝慰自己，离开吧，她迟早会后悔的，会请自己回来救场的；离开吧，还有杨副市长呢，都把话说绝了。杨副市长说，你背着八条人命官司，不走行吗？虽然他是冤枉的，并不担心冤屈得不到申雪，不过，他害怕由此引发灾难。果真到了那个程度，就是鱼死网破了，或许，一块小石子就能打破静默，掀起滔天的风波。因此，他只能妥协，同意避避风头。

龙翔公司是黄丽鹃一手打造的。创业初期，黄丽鹃想着柏建新，想把公司落在他的名下，“龙翔”就寓意柏建新最终能像猛龙一样翱翔，即便不像猛龙，也应该像猛男。那时的柏建新简单明了，渴望成功，只是不想借助妻子的力量。他想练硬翅膀，靠努力实现理想。因此，他对妻子的好意并不领情，甚至有些抵触，对妻子的苦心经营很不以为意，宁可去打工，也不去妻子的公司上班。那时，柏建新像只鼹鼠，在工地里转，在工地里掘土掏洞，寻找着那笔鬼才知道埋在哪儿的巨款。他根本不在意龙翔公司的发展，只在意巨款的下落。等到埋藏着巨款的地方矗立起一栋大楼时，柏建新不得不承认，在这场与时间的赛跑中，自己输了个精光。他的翅膀折了，飞翔之梦也因此戛然而止。

这时，黄丽鹃赚回了第一桶金。监狱的监舍工程竣工不久，她扛了一袋子钱回家，路上，对自己说，该教训教训柏建新了。夜里，黄丽鹃一脚踹开屋门。这一脚力道奇大，仿佛直接踹在了柏建新的胸口上。他猛地坐起来，愤怒地吼，你不能温柔点儿吗？黄丽鹃走了两步，寒气直逼过来，柏建新，你听好了，从此，你可以做梦了。黄丽鹃拍打着大衣上的雪末，又说，柏建新，你傻吗？这世界上真会有十万块钱等着你去捡吗？柏建新顿时软了下来，脸，埋在被子里了。黄丽鹃说，你看，这是什么？她抱起旅行袋，扔过来。打开一看，袋里全是钞票。柏建新惊得目瞪口呆。

建新，不用等到明年，我再挣五万块钱回来。这句话让柏建新热泪盈眶。按理说，男人在钞票面前流泪是耻辱的，可是，他居然挺享受这样的耻辱。他不顾劝阻，流着泪，数了一宿。天亮时，推醒了黄丽鹃，迫不及待地说，五百捆，五千张，五万块……他还要说，猛地，咬了舌头，捧着脸说，呜……呜……呜……

折了翅膀的柏建新回来了，没有了梦想的柏建新回来了。黄丽鹃没有看错，他就是为了翅膀活着的。有了翅膀，就能翱翔，就能在天空中划出一道激动人心的弧线。黄丽鹃曾经对杨再新副市长说过，只要他（柏建新）认真去做一件事，总能给人以惊奇。杨副市长表示认可。黄丽鹃没有料到竟然一语成谶，后来，这句话成了重新评价他的注脚。从此，柏建新带着龙翔公司上路了，躲过了一个又一个的明枪暗箭，创造了一个又一个的辉煌业绩。龙翔公司取得了骄人的业绩，资产扩充了何止百倍。然而，危机还是出现了。在突然而来的宏观调控背景下，柏建新翅膀沉重，显得力不从心了。黄丽鹃的突然收权更让他措手不及。怎么会这样呢？答案有许多，有银行从紧的货币政策，有公司难看的财务报表，有员工惶恐的眼神，还有八条人命官司。但是，他坚信这些都不是正确答案，真正的答案是不可告人的。

柏建新拉上窗帘，坐下来脱鞋。这时，接到沈传金的电话，说车子需要大修，暂时去不了滨城，请他担待。柏建新捏着脚心，冷冷地说，不必了。沈主任问，那您出行怎么办？

关你屁事！柏建新吼了一嗓子，挂了电话。真气人，明摆着是刁难，让他绝了回三江的念头。恼过了，柏建新心里空落落的，不知下一步要做什么，泡杯茶？喝杯咖啡？突然，眼前划过一道闪电，映出花瓶一样性感的女孩子的身影来。柏建新后悔没把她带来，当时稍微动点儿脑筋，相信她会跟来的。不过，真的来了，又能做什么呢？和她做爱，把这一夜的寂寞打发了？

柏建新摸出名片，照着电话号码拨了过去。男人接的电话，问他找谁。柏建新说找一个漂亮的女招待员。男人问，你是谁？柏建新说，住店的。男人说店里没有招待员，只有服务员，一个还没回来，另一个就是他。柏建新故意问着店里的条件，正要问及女孩子的情况，突然，传来一阵噪声，再喊什么，对方都不言语了。柏建新只好挂了电话。他沏了一杯茶，端着茶杯，眼前还是女孩子的身影。看起来，没把她带来是一个严重的失误。

如果灯光再暗一些；如果来点儿音乐——大提琴独奏——涩得让人战栗、迷离的那种音乐；如果音符像肥皂泡一样飘散，令人伸手可及却又懒得伸手；如果让女孩子穿件旗袍，或者干脆披一匹绸缎，踩着音符踢猫步；如果拔掉卡子，绸缎从胸膛上滑下；如果请她坐过来，坐在腿上，伏在怀里，帮着揉一揉太阳穴；如果伸出手，摸着她的头发，摸着她的光滑如玉的皮肤……该多么美妙啊！耳边传来一声叹息，柏建新猛地住手了，几秒钟的沉默，几秒钟的羞涩。他扭过脸来，坚定地迎向她，让自己表现得沉稳一些。他担心不小心会变得下流，他可不是一个下流的人。他想让她明白，柏建新是一个有风度的男人。女孩子似乎在决断，似乎也拿不定主意。柏建新握住了她的手，她挣了几下，挣不开，让他握着。她紧蹙眉头，眼睑微微颤动……

耳边又是一声叹息，女孩子消失了。真是的，不过是见了一面，不过是说了几句话，就神魂颠倒了？荒诞！十足地荒诞！至少，柏建新还没有弱智到靠迷幻来打发无聊的地步。他穿好衣服，走出房间。今晚，他精力充沛；今晚，他走路带风。他需要发散掉多余的热量，好比发烧时需要吃一片扑热息痛，否则会烧糊涂的，会走火入魔的。柏建新走了不到十步，一间客房的门开了。从里面走出一位女士。柏建新停下来，做出礼让的姿势。女士从容还礼，边走边问，您，也是来开会的？柏建新点了点头，跟着进了电梯。

到了一楼，电梯门刚打开，几个人便挤了进来。柏建新皱着眉头，顾不得矜持，使劲挤了出去。他在大堂里转了一圈，找到了咖啡厅，坐在窗下的位置上，要了一杯卡布奇诺，慢慢喝，慢慢看。来喝咖啡的都是年轻人，不用问，他们都是来开会的，看举止神态，多数是小角色，谈话内容甚至谈话方式都让柏建新不舒服——活脱脱的浅薄相。如果这里是招聘现场，柏建新保证一个都不会录用，即便录用，也要剥下他们一层皮，让其脱胎换骨，重新做人。怎么能和这帮浅薄的人为伍了呢？简直是辱没了自己。

一群年轻人闯了进来，咖啡厅顿时爆满。柏建新站起来，打算离开。刹那间，有两个人抢过来，坐在他的位置上。女的靠着男的肩膀，长发遮住了半边脸。男的搂着女的，毫无顾忌地摸着她的胸。柏建新匆匆走出咖啡厅，直到走出酒店，脑子里还闪着摸胸的镜头，心里一阵恶心。站在酒店广场上，柏建新没有了主意，到哪儿去消磨这漫长的夏夜呢？

第二章　迟来的咆哮

“云鼎人家”项目多灾多难。拿地的时候，柏建新担心黄丽鹃打退堂鼓，便请了张姑子勘察地形。张姑子也真卖力，山上山下走了一上午，一直走到脚上起了水泡才歇。

阴气太盛了，张姑子说。黄丽鹃连忙说，建新呀，听到没有，我们不能冒险了！柏建新瞪着张姑子，鼻孔里往外蹿冷气，恨不得扇她一巴掌。张姑子觉出来了，赶紧闭眼掐算，还念念有词，意思是，万事万物都在变化，坏到极点了也就好了。她指着对面的林子，两位老总，你们把那些茔地迁走，这儿就变成福地了。黄丽鹃问，你怎么知道里面有茔地？张姑子说，我能掐会算呀。柏建新一行随即在林子深处发现了一片茔地，墓碑上刻着民国的年号。柏建新和黄丽鹃互相看了一眼，不禁对张姑子刮目相看了。张姑子说，为了压住阴气，将来在取名和建筑设计上还得做点儿文章。黄丽鹃问，都听你的就能保证投资安全吗？张姑子怔了怔，闭口不言。

后来，柏建新把这个项目命名为“云鼎人家”。建筑设计成“品”字形，三组楼群犹如三根钢针扎在地上，不但破了阴气，还象征着三足鼎立、稳稳当当的意思。

“云鼎人家”净地时出了岔子，谁也没有料到，动迁户会抱成团，不择手段地要求增加搬迁费。柏建新不能容忍拆迁工作的滞后，如果任由他们闹下去，很可能要把二期工程也耽误了。增加费用？完全是下策，柏建新担心喂不饱他们，那样，形势只会更糟糕。经过推演，柏建新强硬起来，决定一分钱不加。如此一来，双方形成了僵局，项目批下来都快半年了，也没能推倒一栋房子。柏建新找到供电局，把耐火材料厂家属楼一带的用电掐了。第二天，有四户人家无奈搬走了。一个星期后，自来水也停了。当天，又有四户人家搬走了。剩下的，就是吃了秤砣铁了心的，这些人不怕飞来的石头，不怕停水停电，豁出去，跟龙翔公司耗上了。有人在下沟果园里找到一口机井，发现了水源，动迁户们欢欣鼓舞，奔走相告。几个小时以后，柏建新闻讯来到机井旁，伸头朝井里望，黑黢黢的井水深不可测。人们排队提水，队伍蜿蜒，从井边一直排到几十米外的大石碾子那儿。离开时，他从一排冷漠的眼神中，发现了一双熟悉的眼睛。柏建新凝视着这双眼睛，这双眼睛顿时暗淡下来。陪同的扯了下他的衣服，柏建新才踉跄着离开了。路上，他一遍遍地回忆着那双眼睛，它们和二十多年前的那双美丽的眼睛一次次地重叠，他终于相信，这是上官莲君的眼睛。莲姐姐居然住在三江，却不来相见，柏建新痛苦不堪。

接下来的日子，双方僵持着，资金缺口的问题也越来越严重，柏建新坐立不安。有人献出了一条计策，当即赢得满堂喝彩。很简单：派人挑一桶大粪倒进机井里，如果不臭，再倒进一桶，直到井水臭不可闻，无法饮用为止。这条计策够损的，连黄丽鹃都说，真缺德。不过，不费一枪一弹，就能摆平动迁户，也算是个不错的主意了。柏建新拍板同意了。当天，派人到城肥大队，连车及车里装着的大粪都借到手了，趁夜深人静，开到机井边，将半车大粪倾倒到井里。司机下来查看，月光下，井水泛着银色的光亮，迎风嗅了嗅，弥漫着淡淡的臭味，只是没有想象的那样臭。司机跳上车，将剩余的大粪全都排到井里，然后，跑掉了。第二天，柏建新派人去看效果，回来报告说，机井边站了不少人，脸色都很难看。打听消息的人没敢靠得太近，远远望去，仍然有人担水。柏建新很是吃惊，想象不出污秽的井水能有什么用，难道用来做饭吃？

机井被污染了，致使五户人家寒了心，搬走了。没有搬家的，依然到机井担水。三天后，有人羞涩地宣布：为了最大限度减少臭味，往鼻孔里塞两个棉花球就可以了。只有鼻子对气味敏感，舌头才不管这等闲事呢。这个人的观点立即获得了响应，从此，人们都在鼻孔里塞上棉花，彻底解决了防臭的难题。柏建新又派人倒了两次大粪，最后一次还没有卸完，就让人发现了。司机被围起来骂，骂了不解恨，还动手打了，打了个半死。从这以后，无论出多少赏格，都没人敢去了。看着时间一点点被耗费掉，柏建新清楚，再拖下去，将会影响大局。他派人到各职能单位转了一圈，还是没有好的解决方案。共同的利益让动迁户们像焊在一起似的，坚不可摧。只要机井在，他们就对高额补偿充满着信心。柏建新后悔不已，虽然，他不是一个轻易后悔的人，可还是忍不住说了一句追悔莫及的话：早知大粪不管用，还不如一开始就把那口井给埋了。

机会失去了就再也没有了，动迁户们对机井采取了严密的保护措施，二十四小时把守。双方对峙，各自都无计可施。后来，动迁户们铤而走险，劫持了柏建新，形势急转直下了。最终，还是靠柏建新的灵机一动，才把问题彻底解决了。不过，发生了流血事件，造成了八人死亡。虽然统共没有花多少钱就把地净了，却也浪费了大半年的时间。就因为耽误了这半年，才酿成了后来的悲剧，让龙翔公司赶上了残酷的宏观调控。“云鼎人家”项目刚刚开始，就岌岌可危了。想想够窝囊的，早知道会这样，还不如一开始就满足了动迁户们的条件，也不至于为了一千一百万元耽误了大半年的时光。接着，政府的调控政策一个接一个地来，地产行业进入了前所未有的寒冬。

除了动迁户大规模的上访让柏建新心绪不宁以外，拆借贷款维护资金流顺畅始终让他焦躁。资金频繁出现缺口，严重影响了公司的正常运转，项目成了无源之水，眼看着活人让尿憋死了。该想的办法都想到了，该动用的关系都用上了，柏建新还是一筹莫展。当他终于想出一招妙计的时候，一夜间竟然掉了大把的头发。5 月 18 日这天早晨，柏建新的枕头上蒙了一撮头发，他下意识地摸了一把脑袋，又带下了一撮头发。柏建新慌忙对着镜子看，脑袋上现出茶杯口大小的肉皮。他大叫着，朝黄丽鹃的卧室冲去。

你这是鬼剃头，黄丽鹃说。柏建新神情恍惚，离开了妻子，找了顶棒球帽扣在头上，这才慢慢下楼。五姐打量着他，小柏，你的脸上粘了好多头发呀。柏建新扭头回到卧室，躲在里面不敢出来。想了一上午，决定到省城看医生。临走前，约了建行的二宝行长深谈。柏建新牺牲了头发想出来的妙计和二宝行长有着极大的关系，他相信凭着他们的交情，二宝会帮忙的。只要他帮忙，“云鼎人家”就有救了。

柏建新去了省城，找到一位名医，花了两万块钱，求了一堆药，又花了五千块钱，织了一顶假发戴回来。几天后，为答谢二宝行长的仗义帮忙，请他吃饭。喝了两杯以后，将棒球帽摘下来，指着头发让二宝看。二宝肯定地说，看见了，细得不能再细了。二宝说，知足吧，有毛就不算秃。回家后，又让黄丽鹃看，黄丽鹃也说看到了。按理说，长出了新头发是该庆贺的，联想到从二宝行长那里拿到的九千万实在惊险，柏建新的喜悦之情便有些滞涩，有些忐忑。说起来，黄丽鹃比柏建新还要滞涩，还要忐忑，她征求了其他股东们的意见，大家都对这种骇人听闻的融资行为表示反感，认为这是在刀尖上跳舞。黄丽鹃痛定思痛，下决心要解决问题，准备摆脱柏建新，让公司重新回到安全的轨道上来。公司是她的，不是柏建新的，不能由着他的性子胡闹。

从三江出来时柏建新就一直焦躁，总觉得要出事，心慌慌的，没个着落。果然，没走多远，车子就趴了窝。司机查了半天也找不出毛病，只好打电话求救。救援车把车子拖到修配厂，修车师傅说，观察几天吧。听了这话，柏建新突然有种还要倒霉的预感。他没有再和公司要车，而是直接去了机场，买了张去深圳的机票，以最快的速度离开了三江。在深圳、香港玩了几天后又一路北上，一路游山玩水。

酒店西边有一座小山，穿过一片树林，小石径一步比一步陡峭了，路边，偶尔会出现一块平台，有石凳有石桌，坐满了消暑的人。在一棵迎客松下，柏建新停下脚步，听了听，他们在谈论林彪。柏建新对林彪的历史不了解，也没有兴趣。他朝山顶望了望，山顶黑得没有边际。柏建新犹豫了一下，顺着台阶继续往上走，拐个弯，迎面是一块山岩，山岩前有一块巴掌大的平地。岩下有一点儿亮光，一闪一灭，如同鬼火。柏建新吓了一跳，原来，有个人蹲在那里抽烟。柏建新捂着狂跳的心窝，慢慢朝后退。如果这人突然扑过来，一把搂过他的脖子，能怎么样呢？柏建新出了一身冷汗，身处如此绝境，不用人家拿刀子杀他，即便冲过来推一下，他不摔死也得残废了。柏建新转身朝山下走，走得心惊胆战。他捕捉到一股阴气，针对他的阴气，这股阴气罩着他，戏弄他，跟随着他，形影不离。柏建新做好了准备，一旦出现风吹草动，他就闪到一旁，搂住树干，然后，反手将那人推下山。

突然，传来一阵尖叫，叫板似的。柏建新小腿发软，双手发抖，慌忙搂住一棵树，转过头看，那个人站在拐弯处，挑衅似的尖叫。柏建新扭头就走，走到半山腰，看见了小亭子，闲聊的人抢着问，吓着了吧？

真他妈的可恶。柏建新又问，他是什么人？

一个大彪子。有人说。

前两天才过来的大彪子。有人说。

没有人管管吗？柏建新说。

也没有哪条法律不让彪子上山吧？话音刚落，大伙都笑了。有人说，警察来过了，管不了。又有人说，彪子其实很聪明，警察来了他就走，警察走了，他又回来。

警察说，这个大彪子也不是真彪，只是脑袋被打坏了。有人说。

治呗，现在医学这么发达，脑震荡不算个病。柏建新朝山上望去，彪子扶着树干，剪影般地立着，仿佛在听他们的对话。

治不好的。有人说，这小子天天挨打。

谁敢欺负他？柏建新问。

不是欺负，他是“人肉沙包”。

柏建新问，什么是“人肉沙包”？连问了几声，没人搭话。他只好悻悻地朝山下走。下山后，抬头望了一眼，天际处黑云滚滚，月亮从云中钻进钻出。

第三章 神秘的来客

柏建新做了一个梦，一个挺奇怪的梦，梦见了一个阔气的舞台，舞台上，有许多人在跳舞，节奏很快。后来，灯光暗淡下来，只剩下一个舞女，还有他。舞台上空空荡荡的，音乐也空空荡荡的，大提琴的旋律突然陡转，冲垮小提琴的围堵，那些可怜的音符，珠子似的散落一地。舞女也不说话，踏着旋律，演绎着她所理解的舞蹈意境。柏建新时而参与，时而旁观，时而想起了自己，时而又忘了自己，当进则进，当退则退，有刚有柔，收放自如。他心神荡漾，似乎看到了久违的爱情，如舞蹈中的男女，一进一退，一退一进，紧紧跟随，不离不弃。月光下，一男一女，松手，换手，牵手，如醉如痴，仿佛在漫漫的人生路上，面对着山重水复，突然见到了柳暗花明；仿佛纷繁错综，突然就海阔天空。要不是手机响了，这个梦一定是完整的，一定会看到结果的。

柏建新抓起手机，放在耳边接听，黄丽鹃说，你一点儿都不想我吗？柏建新一愣，怎么说呢？黄丽鹃有些不快，建新，你在滨城舒舒服服住着，可不许胡来！柏建新有些恼火，你说清楚，怎么才算胡来？黄丽鹃冷笑着，天知地知你知我知。柏建新知道又要斗气，赶紧转移了话题，说梦见和她黄丽鹃一起聊天，还像从前那样，挺开心的。黄丽鹃先是冷笑，后来，嚷起来，柏建新呀，我都忙死了，哪有闲心听你闲扯。柏建新被兜头泼了一盆冷水，顿时，凉透了。从什么时候开始，两个人各弹各的调，各唱各的音了呢？

建新呀，你的好兄弟住院了。黄丽鹃说。

谁？谁住院了？

二宝呗，你还有别的好兄弟吗？黄丽鹃话中带刺。

消息确切吗？

瞧瞧，多好的一对兄弟，可惜不是一个妈生的，都能结伴上乡下大嫂的炕。算了，不和你斗嘴了，够了。你听着，好好想想，这些年是怎么走过来的，我担心以后，你没机会反省了。

柏建新忽然就想起了那个梦，想起了那个空旷的舞台，想起了跳舞的女人。他想啊想，想要安静，想要找到一种节奏，一种适合他们夫妻的节奏。婚姻不就是舞蹈吗？为什么不能适应呢？婚姻又不是舞蹈，舞蹈可以进退，婚姻却不能后退，即便是退，也退不回原来了。不是吗？能做的，就是紧紧相随，谁也不知道，下一个旋转的时候，是否还能抓住她的手。柏建新不敢想下去了，太可怕了，怎么会有这样的念头呢？黄丽鹃说，柏建新，你哑巴了吗？柏建新笑了笑，地球要炸了吗？黄丽鹃沉默了一会儿，地球好好的，小江到了吗？

小江是谁？

我才聘的人才，怕你孤单，让他陪你几天。

你监视我？

柏建新，别闹了！我真的没有精力和你闹下去了，这眼皮一天到晚总是跳，怕是要出大事。公司的账目还没有清理完，就发现了一堆问题，我都要崩溃了。柏建新啊柏建新，你就不害怕吗？你不怕坐牢吗？这些年，你在作死吗？你把家底全都败光了你知道吗？柏建新，你要是还有良心，就不要闹了，好好反省吧，想想还有什么出路，想想一旦完蛋了，我们怎么过，你可得想好了！

既然说到这个份上了，我就说句心里话吧，黄丽鹃，从头到尾，坏就坏在你这个臭娘儿们的身上！你从来就没瞧得起我，你不听我的，只听别人的，还有脸来质问我？公司好好的，困难是暂时的，你怎么就不相信呢？

要不是听你的，我能到今天这个地步吗？

柏建新失去了耐心，不能再说了，再说就得干架了。他将手机放到一边，任凭黄丽鹃唠叨，他耳不听，心不烦。一会儿，拿起手机，听了听，黄丽鹃还在唠叨。

门铃响了。柏建新赶紧说，好了好了，来客人了。说完，挂了电话。拉开房门，门前站着一个小伙子，傻乎乎地说，柏总您好，我是董事长派来的。柏建新逼视着对方，哦？刚说起你，你就到了。小伙子愣了一下，柏总，我叫江晓东。

柏建新点了点头，拉了个长音，知道了。江晓东随着走了进来，打量着房间，神情怪异。柏建新有些反感，想起了“监视”这个词，越发地恼火。他扔下江晓东，走进卧室，坐在床上生气。抽了一支烟后，柏建新的情绪平和了，瞄了一眼试衣镜，从镜子里居然看见了江晓东，他正扮着鬼脸，样子滑稽，不但扮鬼脸，还一拳一拳打过来，仿佛和身边的魔鬼搏击。柏建新不禁又好气又好笑，真是知人知面不知心，看起来挺腼腆的一个小伙子，背后居然有这么多的花样。闹够了，江晓东退回去，坐在沙发上，双脚颠着。看得出来，他很紧张。柏建新故意不出去，看他有多大的耐心。一会儿，门铃响了，年轻人过去开门。柏建新这才走出卧室，若无其事地问，是谁？

服务员要打扫房间，让我回绝了。

哦，你去订个房间吧。另外，抓紧时间写篇讲稿。我要用。你把“云鼎人家”的近期和远期的问题和困难都写进去，把困难说清楚了，呼吁政府放松信贷政策，打开阀门，放水养鱼。江晓东连连点头，看柏建新交代完了，便拖着行李箱出去了。

江晓东安顿后又返回来，等待着柏建新的新指示。柏建新的心情也好多了，决定领着江晓东出去转悠转悠，同时把讲稿的思路再说一说。中午十一点多钟，游兴耗尽，该谈的也都谈了。柏建新问，你想吃什么？江晓东有些拘谨，光是笑，没说话。柏建新自言自语地说，好多年没有吃牡蛎了，到哪儿能吃到牡蛎呢？司机魂斗罗赶忙插了一嘴，柏总，问我呀，银沙滩那儿有一家韩国料理店，又干净又安静，他们家的牡蛎地道。柏建新的脑袋嗡的一声，什么？你是说银沙滩吗？生怕自己改变主意，又连忙说，就去银沙滩！就去银沙滩！

银沙滩像一根针，扎在了他的心上，让他无法平静。直到进了料理店，情绪才好了一些。他们先到生鲜区，点了一条活牙片。服务员问，你们想怎么吃？江晓东点着菜牌，你先告诉我，为什么叫牙片鱼？服务员说，俺不知道。

韩国人一般都怎么吃？柏建新问。

俺们韩国银（人），都喜欢蘸辣根生吃。服务员说。

俺们韩国银（人）？姑娘，你是韩国银（人）？柏建新逗着服务员。服务员有些扭捏，嗯哪，俺就是那圪垯的银（人）。柏建新笑了，姑娘，你真逗。江晓东忙着点牡蛎。服务员说，这个季节牡蛎泛浆，容易吃坏肚子。柏建新恍然大悟，连连点头，是的是的。看起来，自己变了，不再是滨城人了。滨城人都知道，只有冬天，才是吃牡蛎的季节。

海边有一个女人，摇摇晃晃地走着，从这头走到那头，又从那头走回来。女人低着头，看不清她的脸。柏建新却一眼就认出她来了，如果不是突然清醒了，一定会跑出去，哭喊着，拥抱那个女人的。柏建新叹了口气，点了一支烟。海浪拍在礁石上，散落下一蓬又一蓬的浪花。女人站在浪花上，消失在浪花中……她就是柏建新的母亲——冶金疗养院的服务员。柏建新回忆起儿时发生的那场变故时，两腿还是控制不住地发抖。

这一天，母亲照例上夜班去了。柏建新像往日一样，吃饱了，钻进被窝里看小人书。那天晚上，他总觉得有人在耳边呵气，他失眠了，有生以来第一次失眠。想了许多办法也不能入睡，数了一百只羊，依然没有睡意。耳边总能听到呵气声，睁开眼睛，又什么都听不见，闭上眼睛，就能听到风声呀，海浪声呀，甚至还有断断续续的哭声。他不敢闭眼，害怕风声，害怕海浪声，更怕哭声。他睁着眼睛，四下看着，突然看到了一双手，除了这双手，别的什么也看不见。这双手翻动着抽屉，翻动着柜子。柏建新惊叫一声，是谁？这双手突然消失了。柏建新拉开电灯，一切照旧。他关了灯，又数了一百只羊，这才迷迷糊糊睡了。厨房里传出一声脆响，接着，又是一声脆响。柏建新慌忙拉开电灯，看见相框掉到地中央，妈妈的照片上落了一层玻璃碴。柏建新头皮发麻，腿肚子转筋，慌忙摸到厨房，厨房里一片狼藉，碗和盘子摔了一地。柏建新抄起一把菜刀，举着回到了屋里，举着钻进被窝里。

早晨，柏建新被捅醒了，他举着刀顺势划了半圈，砍在一根竹竿上。有人说，是我，孙嘉国呀！柏建新坐起来，看见孙嘉国扒着窗户。孙嘉国专门跑来喊他的，叫也叫不醒，只好撬下一块玻璃，伸进一根竹竿，戳他。孙嘉国说，老柏，还不上学去？柏建新穿上衣服，背着书包跑出来。孙嘉国说，你不洗脸吗？柏建新转头要去洗脸，孙嘉国说，算了吧，“标枪”老师急着找你呢！说完，拽着柏建新，撒腿往学校跑。

“标枪”老师破天荒没有批评柏建新的迟到，他故作亲热样地搂着柏建新，朝办公室走。路上，他像一根标枪，朝前急蹿，还扯着柏建新一齐蹿。柏建新挣扎了几下，“标枪”老师没理他，依然拽着他，有节奏地朝前蹿。柏建新随着他蹿进了办公室。屋里站了一帮子人，个个面色不善。有人扯住柏建新的耳朵，急着问，小孩，见到你妈了没有？

哎，妈呀，疼！柏建新拼命挣扎，她上夜班呢。

这几天，你妈有什么反常的举动吗？

“标枪”老师帮他拽出耳朵，轻轻地揉着。柏建新两腿颤抖，吓得都站不直了。“标枪”老师说，别呀，他还是个孩子呀。有人说，找不到他妈，就把他关起来！“标枪”老师使劲提了一把柏建新，柏建新站直了。“标枪”老师搂着他朝门口退去，柏建新忽然明白了老师的意图，扭过头，猛地，跑了出去。三天后，妈妈回来了，被人抬回来的，脸肿得像个大南瓜，以鼻子为界，一边脸大，一边脸小，一只眼睛睁着，另一只眼睛闭着。好心肠的邻居推了柏建新一把，让他下跪，没等他回过神，屋里就响起了震耳欲聋的哭声。疗养院的人说，是从银沙滩东面的太平崖上跳下去的。人们停止了哭声，争论是摔死的还是淹死的。有人指着她的额头上的血包说，肯定是摔死的。有人指着她鼻孔里的沙子说，肯定是呛死的。说摔死的，以额头为凭，说呛死的，以鼻孔为证，争来争去，争得面红耳赤。“标枪”老师急匆匆地进来，面色阴郁地看了柏建新一眼，大声说，都别吵了。“标枪”老师宣布，经调查，死者口袋里的二百元钱是公款。说到这儿，一脸的不屑。

第四章　旧日女友

第九届滨城地产业高峰论坛隆重开幕了。原以为只是个务虚会，岂料，会议当天就出现了两种截然不同的观点：一种是“吹泡沫论”，另一种是“去泡沫论”。“吹泡沫论”认为地产业已经进入了历史上罕见的上升期，是不以人的意志为转移的，是城市化的必然结果。因此，他们反对政策干预市场，反对政府调控，认为市场的应该交给市场，而不应用权力干预，权力干预的直接后果就是形成腐败和不公平。他们抛出一组又一组数据证明，“泡沫”是良性的，是健康的。持“去泡沫论”的一位专家极力描述“泡沫”在未来某一时间节点上破裂后给国民经济造成的灾难，他多次用“哀鸿遍野”这个成语加重效果。专家挥舞着双手，声嘶力竭地吼，混乱的地产业必然要吞噬改革开放三十年的成果。他的演讲富有鼓动性，会场上响起了震耳欲聋的掌声，当然，也有嘘声。

柏建新认真研究了他们的观点，希望有所启发。一种观点认为，货币紧缩是倒逼出来的最愚蠢的政策，很不幸，将成为未来几年不可逆转的趋势。未来，在央行施压下，各大银行都将拧紧阀门，很遗憾，这将直接影响企业融资，反过来，会影响市场供给，更加提高房价上涨的预期。所谓的宏观调控是悲哀的，是政府干扰市场的败笔，是市场经济的一次显而易见的倒退。宏观调控并不能让市场多产出一间房子，一旦房价出现断崖式下跌，对已经购买了住房的公民财产将造成极大的洗劫，同时给抄底买房者带来机遇。这是权力干预市场的一个极坏的典型，人为地造成了不公平，造成了另一种投机。另一种观点认为，用政策之手按住地产市场的头颅是英明之举，是符合国情的一种必要手段，只要挤出数量庞大的空置房，市场就会自然而然地多出房子，无房阶层就会自然而然地进入有房阶层。前一种观点认为，宏观调控能使地产业大起大落，最受伤害的还是国民经济，其次是银行，再其次是开发商，最后是购房者，没有赢家。退潮后，才知道，大家都在裸泳。后一种观点旗帜鲜明，坚决支持政府调控地产业。他们认为，地产业应该感谢政府，宏观调控其实是变相地保护了整个行业，让市场得以喘息，得以长治久安，否则，等到崩盘那一天，将玉石俱焚。因此，他们呼吁，长痛不如短痛，将资金都从地产业转出来，投放到利国利民的实体经济中去。可惜，这些学者也没有说清楚，什么样的实体才算利国利民，地产业又如何祸国殃民了。

柏建新赞同前一种观点，反对政府对市场的干预；可是，也同意后一种观点，也担心这个行业很快就会透支，直到崩盘。他比谁都清楚，整个行业都上了赌场，无论赢家还是输家，都想着玩最后一把再撤，其实，谁都撤不下来了。宏观调控就是政府逼着你撤，你怎么甘心呢？你的全部家当都押上了，你也得撤得回来呀。无论哪一种观点，都像一条结实的绳套，勒得人喘不过气来，随时都能把人勒死。

会后，柏建新来到咖啡厅，要了杯咖啡。没一会儿，一位女士坐在斜对面，注视着他，微笑着。柏建新有些尴尬，转头看别处，心里却一直嘀咕，她是谁呢？大堂里传出一阵掌声，同时响起了迎宾曲。咖啡厅里的人都出去看热闹。女士也站起来，朝外面望。柏建新突然想起来了，和她在电梯里打过招呼的，她的口音很特别。

大堂里站满了人。靠近水幕处临时搭了个台子，标语写着“滨城第九届建安奖颁奖仪式”。矮个子男人试了试话筒，然后宣布颁奖仪式正式开始。他拽过高个子男人，高声问道，朱老板您贵姓？朱老板说，免朱姓贵。见台下没有反应，主持人又说，请给贵老板来点儿掌声，好吗？台下响起了稀稀落落的掌声。主持人说，更正一下，贵老板姓朱，我宣布，朱老板荣获滨城第九届建安奖。台下又是一阵掌声。

朱先生，您对宏观调控有什么看法？主持人问。

谁管他娘的调控不调控，我只知道老百姓要住房，他们要住，我就盖，一直不停地盖，这就是我的看法。朱老板说。

柏建新忽然来了兴致，朱老板的每一句话都那么对他的心思，仿佛替他说的。他情不自禁地鼓起掌来。朱老板有些吃惊，朝柏建新抱了抱拳，谢谢。又说，我这岁数，还能盖三十年的房子，退休以后，就让我儿子继续盖，儿子老了，让孙子盖。朱老板还没说完，台下响起了暴风雨般的掌声。几句大实话，让柏建新刮目相看了，和朱老板相比，他柏建新的缺点就是患得患失。主持人眉飞色舞地问，您有几个儿子？

我有四个儿子，两个女婿。

您不担心房子盖多了卖不出去吗？主持人说，很快就要进入老龄化社会了，我们会死的。我们这拨人死了，人口高峰就过去了，社会上就不需要那么多的房子了，投资房子就没有意义了。

我们死了，我们的房子也老了，也得拆了盖新的。房子拆了，还是缺房子。朱老板说，另外，我有四个儿子，我就得给他们买四套房，老爹们都像我这样负责任，再多的房子也不够卖。

好啊，你这是“老爹理论”！柏建新喊着，可以和“丈母娘理论”媲美了。

那是当然的，我是我儿子的爹，我得管着他们的幸福。朱老板朝柏建新说。主持人宣布颁奖仪式开始。在欢快的乐曲声中，礼仪小姐捧着一只银光闪闪的盘子走上台。主持人朝柏建新招手，示意他到台上来。柏建新慌忙摇头，谢绝上台。主持人跳下台，过来拽他。柏建新推脱着，朝人群里躲。主持人急了，眼珠子都红了。柏建新只好投降，跟着上了台。主持人说，请问贵姓？

姓不贵，柏建新，三江龙翔房屋开发股份有限公司的代表。

哦，柏建新先生，在这美好的时刻，我们由衷希望由您来给朱先生颁奖。

没问题，不知朱先生是否接受？

朱老板懊恼地说，不是说好了吗？市长呢，市长怎么不来颁奖？台下一阵哄笑，柏建新也跟着笑，无奈地看着他。主持人招了招手，礼仪小姐走到柏建新身前，笑眯眯地举着银盘。柏建新接过盘子，掂了掂，塞到朱老板的手上。朱老板敲了敲盘子，还真他妈是银的。柏建新哗地笑了，连忙捂住了嘴。有个小伙子叫喊着冲过来，台下片刻惊愕，接着就一片混乱，小伙子从挎包里掏出几枚鸡蛋，掂了掂。柏建新反应奇快，大喊一声，小心呀！说着，伸胳膊挡住脸。小伙子大吼一声，举着鸡蛋朝台上瞄准。记者们反应过来，举着相机拍照，闪光灯频闪。小伙子摆了个造型，然后扔出去一枚鸡蛋。等摄影记者扛着机器跑过来的时候，小伙子已经连珠发射了，鸡蛋像长了眼睛一样砸在柏建新他们身上。扔完鸡蛋，小伙子对着摄像机镜头说，咱们的房市都让这些奸商糟蹋了！说完，不慌不忙地朝外走，一边走一边高喊，打倒高房价！打倒开发商！柏建新跳下台，追过去，朝他后脑勺捣了一拳，由于人多，没有打中。柏建新还要踹一脚，被安保人员架住了。柏建新拼力挣脱，你们瞎了吗？我让他扔了一身的臭鸡蛋哪！安保人员等他平静了，才放开他。柏建新气得浑身哆嗦。朱老板说，兄弟，消消气吧，不过是个疯子。主持人说，柏先生你快回去换身衣服，等会儿还要开会。柏建新铁青了脸，匆匆上楼，回到房间。刚换了衣服，江晓东走了进来，问柏建新，没伤着吧？他倒了杯茶，递过来。柏建新盯着茶杯，好一会儿才接过去。江晓东知道他窝了一肚子火，不敢乱说话，就转移了话题，柏总，稿子看了吗？

柏建新搓了一把脸，平息了情绪，哦，简单看了，感觉还可以。他呷了一口茶，说，房地产是关系到国计民生的重要物资，本身具有商品的属性又具有社会附加功能，不能简单地把它归为商品。当然了，也不能把它归为其他类别。这是讲话稿的纲。有了这个纲，下面的内容就好写了。政府不能也不会把市场搞垮了。柏建新忽然说不下去了，眼前出现了杨再新副市长鹰一样锐利的目光。他叹了口气，小江，你就按照我说的思路再理一理，别怕麻烦，要认真。眼前又出现了杨再新的凶恶的目光，顿时，柏建新有些不知所措，大脑也短路了似的。他走进卧室，拿起稿子翻看，题目是《从滨城地产业年会看三江的地产业发展》。文字水平不低，不愧是从上海聘来的人才，观点很前卫，也很有道理。粗看一遍，竟然提不出意见。江晓东认为，开发商从住宅开发转向商业地产开发在短期内是大有前途的，长期来看则充满了危机。柏建新沉吟着，提笔把这一段划掉，又把题目改为《从滨城地产业年会看三江市地产业的走向》。柏建新走出卧室，对江晓东说，你可以换个角度嘛。柏建新说，市场上有一只隐形的手，只有聪明的人才能看见。你看见了，说出来，是需要勇气的。比如说那个姓朱的老板，他就很有勇气，你别看他挨了几个臭鸡蛋。你仔细想想，他是不是代表着一部分人的观点？因此，你一定要换个角度去想，第一是要看准，另外，要想方设法去说服人家。柏建新一边说，一边把稿子上的一些段落划掉。再往后看，前面的划掉后，后面的又衔接不上了。他把稿子扔给江晓东，毕竟是代表三江的报告，不能太幼稚了。

江晓东的手机响了，他有些下意识地看了柏建新一眼。柏建新没理他，走进卧室，倒在床上养神，他忽然想起应该给赵秘书打个电话，于是，便拨了电话。柏建新把会议情况简单地做了介绍。赵秘书说，杨副市长正在赶往滨城的路上。柏建新愣了，不明白他来滨城有何贵干。挂了电话，柏建新发了一会儿呆，想起江晓东接电话时的神态很可疑，如果没有猜错，他就是黄丽鹃派来的密探。想到妻子，柏建新突然瞎了似的，什么都看不见了，内心也一片空白。

门铃响了，江晓东走过去，开了门。

你找谁？江晓东问。

我的……找柏建新的。柏建新愣住了，听口音，很别扭。女人继续说，我的……找柏建新先生的。

柏总休息了。

我要见他的，老朋友来了。柏建新听了听，不像是中国人。

留个联系方式好吗？

联系？啊？女人短促地叫了一声，又喃喃地说，联系不上了。柏建新突然跳起来，跑到客厅。女人看见了他，眸子里闪着惊喜的神色。柏建新凝视着她的眼睛，只有这双眼睛没有太大的变化。

展萍，真是你吗？他颤了声地问，我不是做梦吧？展萍的嘴角翘着，笑着说，不是做梦。又问，可以进去吗？柏建新连忙往屋里让，哎呀，真像做梦一样。江晓东说，柏总，我先去了。柏建新连连挥手。展萍喊住了江晓东，小伙子，这回认识我了吧？说完，朝柏建新妩媚一笑，老柏，我们认识的时候，他还在幼儿园吧？

第五章　前缘再续

终于见到你了。展萍看着柏建新的眼睛，又轻轻地呼唤了一声，老柏呀。她的眼睛闪着亮光，依然像少女般清纯，口音也恢复了正常，老柏，你失踪多少年了？

有二十年了吧？柏建新有些愧疚，嘿，不能用“失踪”这个词吧？展萍说，就是失踪嘛，要么，就是逃跑。柏建新笑了，你愿意怎么说就怎么说吧，反正，嘴长在你脸上。他冲了两杯茶，递过去一杯。展萍说，老柏，我怎么还像是在做梦呢？柏建新说，我保证，你不是在做梦。展萍说，我担心一睁眼呀，你又跑了。柏建新呷了一口茶，这回，不跑了。又说，在走廊里见到你时，就觉得，这女人真漂亮，在咖啡厅里再见你，还是漂亮。

胡说，都五十岁的人啦，你可别糟蹋“漂亮”这个词。

真的漂亮，骨子里的，与岁数关系不大。

展萍叹了口气，老柏，二十多年没见，我都不知该不该相信你的话了。两人一时语塞。展萍呷了一口茶，眼睛更加明亮，像刚洗过的葡萄。

你是怎么认出我的？柏建新问。

这些年，我千山万水地找你，找得很辛苦。展萍皱着眉头，并没有正面回答他。柏建新心里一阵发紧，展萍的话让他受了不小的刺激。展萍的脚尖颤着，随时要踩下来，踩着柏建新的心肝似的。柏建新下意识地捂着胸口，觉得心里头有些疼。

你在台上给人家颁奖，我听到“柏建新”这个名字，一下子就想起了你，断定就是你。展萍的眸子里闪着泪光，我到组委会一查，果然是你。她抽了纸巾，擦着眼角，不好意思地说，老柏，我有些激动了，你不要笑话我。

怎么会呢，只有老同学才会这么真心。柏建新凝视着展萍的眼睛，心里暗说，况且，不光是老同学关系吧？柏建新伸出手，握住了她的手，感觉手里抓住了一条滑溜溜的鱼。展萍抽出手，嗔道，你这是干什么？

我只是欣赏你。柏建新的声音有些空，有些涩，听起来都不像是自己的声音。

柏大老板，你身边还能缺女孩子？展萍的声音也有些空。

展萍，别大老板小老板地叫，听着不舒服。

你说什么？我是谁？展萍的表情怪怪的，你叫我展萍？

你……你不是展萍吗？柏建新蒙了，尴尬地说，难道我认错了？

你经常认错人吧？展萍突然笑了，我喜欢这个名字，好多年没人这么叫了。

咳，吓我一跳，还以为认错了呢！

给我一支烟。展萍说，朝柏建新这边倾了倾。柏建新抽出一支烟递过去，展萍伸手接了。柏建新抓起打火机，再一次凝视着她的眼睛。展萍的眼睫毛垂着，看着手里的香烟。柏建新没有点烟，呆呆地望着她。展萍撩起睫毛，看了他一眼。柏建新打着了火，展萍凑过去，燃着了香烟，吸了一口，白了柏建新一眼。

目前做什么呢？柏建新问，被自己怪怪的声音吓了一跳，连忙改口，我是说，一切都还好吧？展萍掏出名片盒，抽出一张，递过来，老柏，我开了家咨询公司，不景气，混日子吧。柏建新指着名片念着，青木惠？

青木惠子。为了做生意方便，把后面的“子”省略了。展萍像介绍别人似的，你们大陆总是反日，也只好这么模糊了。

你们大陆？柏建新笑着问，你是哪国人？

老柏，别揣着明白装糊涂。展萍露出不快的神色，不至于全都忘了吧？

我怎么会忘，你压根就是中国人。

老柏，你听好了，我爸是二战遗孤，1984 年就带我们回日本投亲了。我们住在北九州市，你说我应该是哪国人？

你父亲是日本人？

算了，换个话题吧。

我怎么就不知道呢？你父亲挺好的一个人，说话细声细语的。

怎么？挺好的人就不应该是日本人了？展萍问，又笑着说，很久没有听到展萍这个名字了，连我自己都快忘了。你要是不习惯叫青木惠子，就叫展萍好了，我不介意。

还是叫展萍好，青木惠子，叫起来不舒服，听起来也不舒服。柏建新站起来，唉，想想以前，我什么都不懂，青涩、幼稚，很难为情的。是不是呀，展萍？

你都不懂什么了？

不懂的地方多了，包括你，你的身世……

他们都知道我的身世，你能不知道？展萍说，算了，我们不谈这些。

谈什么都行，我听你的。柏建新说。

如果就为了回忆过去，我就不来找你了。展萍说，神情有些沮丧。柏建新连忙说，以后叫你青木惠吧，看看能不能叫适应了。展萍有些心不在焉地说，随你方便，愿怎么称呼就怎么称呼。

你今天来有事吧？

没有事，我就不能来吗？展萍笑了笑，恢复了妩媚的神态，哦，当了大老板，拿架了？

快别臊我了，我这个老板，要钱没有，要命有一条。上面有两座大山，一座是老婆，一座是银行。老婆是正牌子董事长，我是给她打工的。她每天给我的任务就是少吃点儿草，多挤点儿奶。银行也希望我能少吃点儿草，多挤点儿奶。你说还有我这样遭罪的大老板吗？柏建新原想解嘲，缓和一下气氛，不料，话里话外却变了味，透着委屈。在展萍面前，竟然提到了妻子，柏建新有些后悔，也有些错愕。

你不像是受老婆气的人。

和你开玩笑的。柏建新连忙弥补着，也许某种状态下吧，我的缺点和毛病也不少。有时候挺累，真想倒头睡一觉，睡上个一年半载。

我第一次听大老板说这样的丧气话。展萍笑了，眉毛弯弯的，笑过了又说，连你都这么难，我们平民百姓还活不活了？柏建新说，负面的东西积攒多了，憋得难受，就算是发泄一下吧。展萍端起杯子，晃了晃，再来一杯。

又是抽烟又是喝茶，不过你的牙齿还挺白的。柏建新给她斟了茶。

都老成这个样子了，还不能留口白牙？展萍说，我也不常抽烟，牙齿锈了，就去洗牙，很方便的。

能开咨询公司，本事肯定不小。

小家小户，上不了台面，就靠腿勤嘴勤赚点儿辛苦钱，如果你不介意，我就说说你的底细，你看看我的功课做得怎么样？

柏建新不动声色地听着，很想知道展萍有多了解他。展萍说，你有七个亿的总资产，先别急着否认，我还知道你是政协委员。我说得对不对？

你说的七个亿是什么概念？柏建新一阵紧张，起了怀疑。他故作轻松地说，其实，钱都是银行的，属于我的那点儿还不够塞牙缝的。你说我有七个亿也好，十个亿也罢，都是虚的，这一点我还有自知之明。都说开发商如何挣钱，可你也得知道，光是立项就有上百个印等着盖，这些关口能随便闯出来吗？费了九牛二虎之力拿下地了，还得净地吧？开发商得去花钱请人拔钉子户吧？有时候还得请黑道上的，这些不需要花钱吗？

你们还和黑道打交道？

有些钉子户很刁蛮的，看你工期紧，就漫天要价。怎么办？警察不能动真格的，也指望不上他们。没办法，就得求社会上的人。这些人倒也简单，你白天交了钱，他保准当天晚上就帮你做了。用什么手段我们不管，顺利的时候，很快，钉子户就能搬走；不顺利的时候也有，黑社会也没有办法，总不能把事情搞大了吧？如果开发商心软，不用黑道的，那可就惨了，动迁户顶牛，黑社会的也来捣蛋。柏建新想到了“云鼎人家”的遭遇，不由得一阵焦躁，唉，有些事外面是永远无法理解的，搭进去一大笔钱就是为了和人作对吗？全天下没有这样下贱的人吧？这还没开始呢。工程要上马了，建筑单位拼命巴结你，说好听的，请吃请喝还请你上女人，搞得你晕晕乎乎的。这时，你才知道自己还是很成功的嘛，起码整天有人围着你转。这还不算，开工以后麻烦更多，审核图纸，质量检查，甲供验收，跟建筑商打游击，搞突然袭击，等等等等。工程总算结尾了，你还得翻脸扣尾款，或者干脆赖账，顶房子算了。你不这么干也不行，那些王八蛋简直就是黑了心，能糊弄就糊弄，能偷工减料就偷工减料，最后拍屁股走人，让开发商擦屁股，让开发商挨骂，责任永远都是开发商的。你说能不硬起心肠扣尾款吗？扣了钱，就得让人家骂，挨骂了还要装作没事人一样。往往为了一个项目，多年的朋友也做不成了。每天来追款的人多得是，无所不用其极，什么办法都有。有来横的，拿着刀子直接就进来了；有来软的，比拿刀子来还吓人。去年就遇到过一回，进来两个女的，没说上三句话，其中一个就把衣服脱光了，往你身上扑，还没反应过来呢，另一位就拍了一大堆照片。总不至于让她们满大街贴吧？只好自认倒霉，乖乖掏钱。这期间，售楼处那边一直就让你吃不好、睡不踏实，如何定价就让你伤透了脑筋。价高了，很可能就成了死盘，一旦成了死盘，等着跳楼吧；价低了，你又丢失了利润，差不多也要死了。前面刚回一点儿款，后面银行就来催还贷，或者干脆进驻售楼处，钱都不经你的手了。你说我们挣的钱在哪儿？楼盘开发之前，可以说是有上亿元身价；楼盘结束了，就说不上有多少钱了，也许就是个叫花子、地赖子呢。柏建新一口气说了下来。老柏呀老柏，没想到，你的牢骚这么多。展萍拿起一支烟，别担心，我不是来借钱的。

你就是想借我也得有啊。来滨城之前，我还为还一笔贷款着急呢。赶上行长还病了，想疏通，连个人都找不到。

展萍说，老柏，我再说一遍，我不是来借钱的。她捋了捋裙子，叼上烟。柏建新拿下香烟，别抽了，伤肺的。展萍伸过手，握住了柏建新的手。

孙嘉国……还好吗？柏建新问。展萍突然抽回手，老柏，你不是把我们当成两口子了吧？

你们没有结婚吗？

让你一闹，我就死心了。转过年就跟父母去了日本。

你慢慢说，我如何就闹了？

你离家出走，还不算闹？你爸那么大岁数的人了，到我家里一坐就是半宿，一把眼泪一把鼻涕。

等等，我从哪儿捡来了一个爸爸？

疗养院里的那个独臂将军不是你爸吗？

他是我爸？柏建新猛地挺起来，瞪圆了眼睛，展萍，你也跟着瞎说？展萍连忙摆手，别急，我不说了。她又试着说起孙嘉国，发现柏建新面无表情，便说孙嘉国得了病。柏建新问，是不是风湿病？柏建新记得，当年，孙嘉国跳进冰窟窿里，救了他，结果，落下了病根。

不是风湿，说起来不怕你笑，他得了精神病。你得帮他。

精神病？怎么会得这个病？柏建新万分惊愕，想不出有病的孙嘉国应该是什么样子。

给他找个老婆，病就好了。展萍捂着嘴笑，老柏，你能想到吗？他得的是痴病，表面看和正常人没有区别。医生说，娶了媳妇，过上正常的家庭生活，就能不治而愈了。

这可难办了，我上哪儿去给他找女人？

展萍说，算了，不说他了，说说我吧。柏建新点点头，揉捏着她的手。展萍说，刚到北九州，大伯给我介绍了一个男人，北海道乡下来的。结婚后才发现，这人也是个精神病。我这辈子算是离不开精神病了。他患有城市恐惧症，从农村来到城里，很不适应。开始都没察觉，还以为他老实呢，过了几年才看清楚，这哪是正常人呀。在外害羞怕事，低眉顺眼受窝囊气，回家就变了，像个霸王，变着法地折磨人。我不理他，就打我，直到有了孩子才好一些，对我也不那么恶毒了。公司奖励一份福利，让他免费做体检，也没查出毛病来，我们都很高兴。可是，没过一个星期，就被电死了。展萍呷了一口茶，保险公司赔付了一笔钱。那些日子，感觉魂被抽空了，只剩下骨头了，再这么下去，出门了都能让车撞死。不能这么下去了，我得活，得重新活呀。我把孩子交给父母带，一个人就回来了。展萍停下来，伸出手指，在柏建新面前晃了晃，你在听吗？老柏，你在想什么？

我在想孙嘉国，他挺可怜的。柏建新说了假话，明明在琢磨着展萍的经历，明明被她的不幸吓着了。

我不可怜吗？展萍说，我还是个寡妇呢。柏建新心头一热，把她揽在怀里，轻轻地蹭着她的脸颊。展萍扭动了一下，忍不住啜泣了。柏建新松开她，给她擦了眼泪，然后，抽出一支香烟。展萍揉着他的头发，抚摸着他的脸颊。

柏建新点燃了香烟，递给展萍，她吸了一口，还给柏建新。香烟传来传去，欲望的最后一道闸门就这样地被冲开了。

你想我吗？展萍又说，我可是一直都在想你。她的嘴唇因湿润显得清凉，动作幅度越来越大。像所有成熟的女人一样，对男人有着狂躁的偏执。两人纠缠了几次，倒在沙发上，柏建新一条腿撑着，迅速脱下衣服……

门铃响了。展萍皱着眉，眼里飞射出一道寒光。柏建新凑到她的耳边，悄声说，再找机会吧。展萍抱紧了他的胳膊，就现在嘛。柏建新挣开了，一边提着裤子一边说，也许真有急事。

那你得亲亲我。展萍说。柏建新亲了亲她的脸，脱身时，不小心绊了一下，差一点儿又趴在展萍的身上。展萍坐起来，整理好衣服，端起杯子，呷了一口茶。柏建新走到门边，拉开一条缝，看见江晓东站在门口。柏建新来了气，不客气地问，干什么？江晓东探头望了一眼，董事长打来电话，让我来看看您。又说，董事长总也联系不上您，有些担心。

你是怎么说的？柏建新问。

我说您的手机可能没电了。

柏建新强压着怒火，挥着手说，去吧去吧。江晓东又朝屋里望了一眼，柏建新恨得牙根痒痒，恨不得扇他一个嘴巴子。江晓东走了，柏建新关上门，嗨，这家伙，真烦人。展萍说，老柏，神经别总是绷着，对身体不好。说着，拿出化妆盒，重新涂了口红，又变成那个仪态优雅的青木惠子了。柏建新拿起茶壶，斟着茶水。

不要了，喝了一肚子水，喝饱了。展萍笑着说，接着又问，你知道我最感兴趣的是什么吗？柏建新的眼皮突然跳了几下，伸手捂住了眼睛，你说，左眼皮跳，怎么解释？

那还用说，左眼跳财呗！展萍说，老柏，我想知道你是怎样发的财？

柏建新看了一眼手表，咱们出去转转吧。展萍点了点头，靠在柏建新的身上，似乎很享受这样的温馨。柏建新摸了摸她的脸，捏了捏她的鼻子，她还是一动不动，好一会儿，醒过来似的，又恢复了活力。展萍说，咱们到扇子山消暑吧。柏建新点着头，心里想着，扇子山在哪儿呢？展萍回过头说，扇子山就是西山。柏建新恍然大悟，记忆中，扇子山是滨城仅有的原始森林带，除了捕过几次鸟，很少去的。展萍说，扇子山呀，现在成了天然的氧吧，世外桃源哪。柏建新说，好啊，就听你的。

他们离开酒店，展萍不想开车，想陪柏建新喝酒。柏建新说，那当然好了。柏建新招呼了魂斗罗，让他开车过来，一个小时后，就到了扇子山腹地。沿途，有许多风格迥异的酒店，有的小巧玲珑，有的样式古怪，仿佛置身风景秀丽的瑞士。他们在九州大酒店门前下了车。酒店藏在森林中，是个幽静、凉爽的地方。太湖石上长满了苔藓，好似身在湿润的南方。林中散发着新鲜的青草味道，还有淡淡的花香。领班的认识展萍，过来问好。展萍和她寒暄了几句，还朝柏建新眨了眨眼睛。领班带着他们，乘电梯来到露台上。柏建新眼前一亮，立即喜欢上了这个地方。露台上有一个木制凉亭，通往凉亭有一条窄窄的甬道，甬道两旁是高大的植物，大多是热带地区的花木。凉亭里放着一套宽大古拙的桌椅，人立其中，一下子就融进大自然里了。领班说，刚进了一批鲆鱼，很新鲜，还有蚂蚁岛的野生大鲍。展萍问柏建新想怎么吃。柏建新一时想不起来鲆鱼是什么鱼。展萍很聪明，故意问领班，是挪威进口的还是青海湖里养的。领班说，当然是挪威进口的。展萍转过头看柏建新，柏建新想起来了，以前吃过这种鱼，就说，生吃吧。展萍说，鱼皮也要，用橄榄油煎一下，味道不错。

蚂蚁岛的野生大鲍很名贵，外地人很难吃到新鲜的。柏建新在蚂蚁岛上当知青的时候吃过，后来，再也没有吃过。展萍说，别浪费了，就上两只吧。一只烤着吃，另一只怎么吃呢？柏建新微笑着，示意她拿主意。展萍一只手托着下巴，另一只手敲着脑门，思考了一会儿，好吧，另一只也烤着吃。说完，顽皮地笑了。他们又要了几道下酒菜，点了酒水。领班下去了。柏建新掐着腰，转了一圈，又伸脑袋朝四周看，满眼都是绿色，正南方是一片深蓝色的大海。虽然有些闷热，但这片幽静之地却有了一丝凉风。这是柏建新来到滨城以后最为惬意的一刻。

落日比以往见过的要大一些，太阳的底边落到远处大和尚山的缺口处，迅速变形，变成了一个凝固的血团，红得真实，红得耀眼。

真纯啊！展萍挥舞着双臂，仿佛要拥抱太阳似的，她说，我还是头一次见到这么纯的太阳。她的脸色也像落日一样，越发地红了。柏建新痴痴地端详着她的脸，忘记了身边的风景，她的脸就是风景。展萍有些羞涩，转过身，继续注视着落日。柏建新靠过去，从身后搂上来，一只手抚摸着她的腹部，另一只手托住了她的乳房。夕阳隐没在大和尚山的背后，残留的光芒把对面海天相接处涂了一抹光晕，接着，昏暗笼罩了四周。没有了阳光，山里变得一片朦胧，刚才还是金光辉映的大海，此时一片黢黑，只有海岸的轮廓清晰地和群山区别开来。

别这样呀，别呀！展萍握着柏建新的手，嘤嘤地说，别呀，老柏。她捧起柏建新的手，咬了一口。柏建新惊叫一声，松开了，狠狠甩了几下胳膊，伤口处，凝了几滴鲜血。展萍说，谁让你馋嘴猫似的？柏建新有些恼，气哼哼地不说话。服务员走进来，先向客人鞠躬，然后到凉亭那边摆餐具。又进来一名身着和服的茶艺小姐，端着茶具走到鱼池那边。展萍扮了个怪脸，老柏，喝杯茶去，败败火吧。柏建新跟着走到鱼池边。茶艺小姐洗了茶杯，放到小几上。玉一样的茶杯润泽光洁，十分耐看。她冲了一泡，倒掉了，再泡，又倒掉了。第三泡的时候才递给柏建新。柏建新端着茶杯先闻，有股奶香，还有些青草的味道。他呷了一口，唇齿之间，舌根处，慢慢有了回味。展萍也呷了一口，期待似的看着他。柏建新点了点头，展萍才说，不错，是岩茶吧？茶艺小姐说，是的，是岩茶。说完，又冲了一泡。然后，放下茶壶，鞠躬退出。

凉亭那边，酒菜也摆好了，服务员点亮了灯笼，灯笼上写着“大江户料理”，看起来很有和风和韵。凉亭的上方亮起了一盏灯，灯光聚到桌面上，显得既含蓄又富有诗意。抬头望去，天上的星星伸手可及，仿佛黑暗之中飘着无数只萤火虫似的。耳边清风缠绕，树影婆娑，喝酒的人也要幻化成琼楼玉宇里的尊贵客人了。再往远处看，茫茫的一片大海，连着黑黑的天际。

真爽快啊。展萍感慨地说。她甩了下头发，吸了口气。柏建新也跟着吸了一口气，朝大海那边望。大海似乎也在深呼吸，发出深沉而幽雅的吐纳声。

海里要是有一排霓虹灯该多好啊。柏建新点燃了一支烟，啊，五光十色的大海会有多美？

你看，那些车灯。展萍伸手指着远处，那儿有一条藏在林中的路，有一些车辆缓缓行驶，有的隐在树林之中，有的露出头来。车辆跟着车辆，尾灯灯光连在一起，隐隐约约像一条流动着的小溪。展萍说，你看，不美吗？是啊，由车灯串起来的光亮，点缀着蜿蜒的滨海路，更像一束飞扬的红丝带。柏建新不得不佩服展萍的想象力。

嗯，你很会享受……这么美的地方也能找到！柏建新说。展萍笑了笑，一动不动，柏建新搂着她，蹭着她的脸。

喝杯酒吧。展萍轻声说。

是得喝杯酒了。柏建新轻声应着。

展萍走进凉亭，倒了两杯酒。这时，她的裙子摆动了几下，柏建新也感到了一阵凉爽的风吹来。展萍伸开双臂，很享受这样的凉快。柏建新递给她一杯酒，自己也端起一杯。两个人碰了下杯子，柏建新一口干了。

怎么样，柏大老板？

我已经没有更好的词来形容了，展萍，没想到这么美。柏建新斟了酒，端起酒杯，在我的印象中，你是一个挺传统的女孩子，没想到你会变成这个样子。

变好了，还是变坏了？

不是好与坏的问题，只是变得有些不认识了。除了名字，别的，我找不到一点儿从前的影子。

展萍说，你说得也对。以前，变化多小啊，现在日新月异。忽然又说，假如，我不是我呢？柏建新一阵错愕，展萍笑了，夹了一片鱼递过来，柏建新张嘴吃了。

现在的生活节奏太快了，无论是城市还是乡村，都是快节奏；无论是穷人还是富人，都是快节奏；无论是健康人还是残疾人，都是快节奏；无论是老人还是年轻人，都是快节奏。所有的人都站在一条起跑线上，所有的人都按照一个规则拼命地跑。身强力壮的就得了便宜了，年老体弱的就吃亏了。你说，能不累吗？活着太累了。说完，柏建新喝了一大口酒。

所以，我们要苦中作乐，自己想办法慢下来，让别人去跑吧，让别人去争吧，只有这样，才能对得起自己。展萍跟着喝了一口酒，老柏，我很喜欢这里的安静，这里一直很安静。你看，除了夜空里闪烁的繁星，没有什么可以打搅我们的。

星星，是朋友，最亲密的朋友，最好的朋友，星星在保护我们呢，在祝福我们呢。柏建新有些轻飘飘的，随着展萍的语气，陶醉了。他端起酒杯朝展萍的酒杯碰了一下，大声说，干杯！说完，一饮而尽。两个人互相看着，不知谁的脚碰到了谁的脚，缠在一起，再也分不开了。因为隔着一团灯光，他们的脸都藏在灯光的外面，朦朦胧胧的。两个人恍然发现，这一小块天地与现实是隔绝的，他们已经浮游在这梦幻的世界中了。

这是神仙来的地方吧？柏建新轻声问，我们都成神仙了？

成了私奔的神仙吧？即便玉皇大帝派人来捉，我都不离开，你呢？展萍剥了一只烤虾，递过来，柏建新卖力地吃掉了，摇头说，决不离开！展萍收回了大腿，也许，我们会后悔的。

为什么要后悔？

将来有一天，我们忽然就没有理由地、莫名其妙地后悔了，想后悔就后悔了。展萍淡淡地说，听起来有些伤感。她靠在了椅子上，整个人淹没在黑影子里。柏建新也靠在了椅子上，刚才的那份默契、那份轻柔一下子被推得远远的，想要说点儿什么，又找不到恰当的词，担心说不明白会适得其反。索性什么也不说，看着灯光外面的黑暗。展萍也是一句话不说，默默地坐着。柏建新坐直了，重又回到灯光下。喝了口酒，做出专注的样子，吃得津津有味，还故意吧嗒嘴。展萍摁了铃，叫来服务员，又要了一盘烤肉串。他们依然沉默，各自吃着肉串。后来都有些恼火，都想弄出点儿动静。他们恼火对方的沉默，就这样毫无来由地僵持着，都盼着对方主动打破僵持局面。他们时而仰望繁星，时而面朝黑黢黢的大海。谁都不开口，空气也变成了哑巴，也变得气哼哼的。

展萍突然扔掉扦子，站起来，就到这儿吧。她拢了一把头发，转身就走。柏建新追过去，伸手搂住了她。展萍挣扎了一下，倒在他的怀里，怨气突然就消失了，一切重又归零。她没有挣扎，安安静静地让柏建新抚摸，然后，悄悄地摁了铃。柏建新见服务员进来，慌忙闪开了。展萍无声地笑了，捂着嘴笑，颤得犹如雨打梨花。

第六章　启蒙年代如此心酸

很久以前，柏建新在繁星点点的天际处，发现了一个草帽样的发光体，大约有烟头那么大。开始以为是烟头，后来又以为是颗烟头样的星星。当他突然醒悟过来凝视着那个物体时，物体就越来越大了，而且闪电般地朝他扑来，吓得他从窗台上翻到屋里，差一点儿折断了脖子。当这个物体有草帽般大小的时候，突然停住了，悬在大槐树的上面。轮廓和草帽一样，仿佛戴着草帽的神仙踩着露水而来。几分钟以后，草帽下面出现了一张脸，不是很清晰，犹如一串光彩夺目的珍珠穿连出的脸。柏建新确定是孙悟空的脸。他爬起来，拍了拍屁股上的土，再抬头时，草帽消失了。

柏建新紧张地说，明明是孙悟空来了嘛，明明是戴着草帽来了嘛。孙悟空的脸闪着光，明明闪着光嘛，你们怎么就不信呢？展萍撇了撇嘴，故意朝别处看。她对柏建新瞎编乱造的故事从来都不感兴趣。他编得太离奇了，让人无法忍受。那时候，展萍的兴趣完全被电影占据着，谁要是能送给她一张电影票，对她来说就是最好的礼物。

真的，真是UFO，你们怎么就不相信呢？UFO就是不明飞行物。你们怎么就不相信呢？柏建新找到了新概念，替换原来的“神仙说”。

你有照片吗？孙嘉国问。他明明知道柏建新没有照相机，根本不可能拍到狗屁UFO，所以，这样的质问，自然就堵住了柏建新的嘴，让他无法狡辩。柏建新被激怒了，发誓一定要照一张UFO照片来证明清白，为此，差一点儿把胸脯拍出个窟窿，一边拍一边嚷，一边气得跺脚哭。不过，他的誓言对于人们来说等同于放屁，没人会当真。更早以前，“标枪”老师就公开表示，谁要是相信柏建新的鬼话，谁就是痴呆！

那一次，他将柏建新踢出教室，柏建新捂着屁股，哭着喊，臭“标枪”，等着吧，迟早要了你的命……看着闹得不像样了，校长和两个力气超大的老师分兵偷袭，好不容易才把他捉住。几个人好言相劝，让他消消气。有个老师竟然违心地说，以后，宁可当痴呆，也要相信柏建新的鬼话了。柏建新这才转怒为喜，高高兴兴地回家了。不过，临走时，他指天发誓，张狂地说，迟早要杀了“标枪”。那天晚上，老师们都劝“标枪”老师不要急着回家，都担心柏建新能干出傻事来。

他的话你们也信？“标枪”老师说。可能是有了某种感应吧，“标枪”老师居然跺了下脚，蹿腾着走出了教研室，走出了学校。他站住了，撞了鬼似的一动不动。可惜，没有人注意到他的反常，否则，一定会提供更有价值的线索，为破案做出贡献的。

街道静悄悄的，风从这一头吹到那一头，一点儿声音都没留下，只有路边的树叶跟着飘来荡去。“标枪”老师背着手，以从来没有过的姿势走了。没走多远，后背弯曲了，膝盖弯曲了，如同得了软骨病。他一边走一边摇头。目击者提供的信息非常混乱，说他“摇头”的是展萍。当时，她和另一个女孩子悄没声地翻绳玩，女孩子努了努嘴，展萍看见“标枪”老师的身板突然弯下来，一边走一边摇头。展萍没有料到，这一眼竟然成了永别。太阳再次升起前，“标枪”老师正走在去另一个世界的途中。

“标枪”老师死了。倒在楼道里，太阳穴上有一处核桃大小的伤口。报警的是孙嘉国的奶奶。孙奶奶一大早出门，看见对门亮着灯，便好奇地凑过去，贴着门缝听，听见小哑巴呜哇呜哇地哭。孙奶奶顾不得忌讳，放下铁皮桶，敲了几下门。哭声停了，灯也关了。屋里传出一阵咳嗽声，似乎是男人的声音。孙奶奶顾不得去倒脏土，匆忙跑到派出所报警，理由很充分：小哑巴是个单身女青年，家里怎么会有男人的声音？孙奶奶问警察，她不是搞破鞋吧。警察认为言之有理。她为什么要开灯？为什么又要闭灯？为什么要哭？为什么又不哭了？种种疑问，让人不得其解。

有鬼！这里面肯定有鬼！梳着大背头的所长果断地说，命令高个子警察立即去调查。高个子警察顿时精神抖擞。谁不知道小哑巴长得好看？能把她堵到被窝里，一定很过瘾。一路上，他问东问西，恨不能把小哑巴剥光，看个清楚。孙奶奶心烦，打着哈欠，假装没精打采的样子。没一会儿，进了楼。高个子警察被什么绊了一下，一声惊叫，一跳一闪，摔倒了，紧接着便是一阵号叫。孙奶奶浑身发软，连连躲闪，脚尖触到了软东西上，感觉踢到了一袋面。

熊样，还警察呢！孙奶奶蹲下来摸，先摸到了布，接着摸到了扣子，又摸到了胡茬。她拖着哭腔喊，哎，妈呀！警察说，你摸我的脸干什么？孙奶奶拍着胸口，吓死我了，还以为是死尸呢。警察说，是死尸！这时，一束强光射来，孙奶奶慌忙遮住眼睛，哎，妈呀，又是哪一个？孙嘉国和他爷爷同时回应了一声。孙嘉国问，干什么呢？警察拽着楼梯扶手站了起来。孙爷爷举着手电朝这边照，警察的脚下躺着一个人。等看清了面孔，楼道外面也麻麻亮了。这栋楼随即被警察和闻讯赶来的人围了个水泄不通。警察宣布，楼内所有居民都不得自由出入！

“标枪”老师死了，死得很蹊跷。经法医检查，太阳穴处有一块创伤。孙奶奶比画着，说伤口有核桃那么大。人们问是谁干的，孙奶奶朝对面噘了噘嘴，人们吃惊地问，小哑巴？孙奶奶点头，又连忙摇头。其实，小哑巴不是真的哑巴，先前还是能说话的，虽然嗓音嘶哑，但不影响正常交流。小哑巴从小和一帮孩子抠耳屎吃，她吃得最多，结果嗓子就坏了。后来，全家下放到农村，她死活不走。街道干部说，留下就留下吧。这时，偏偏她嗓子发炎，不能说话了，一天到晚都得比画着来。炎症消了，能说话了，居然不说了，还是习惯比画着来。人们就把她当了哑巴看待。好心人就把精通哑语的“标枪”找来，给她当了老师，一教就是好几年。这些，小哑巴在公安局里“说”得很清楚，“说”了有些日子，直到没有什么可“说”的，才罢休。有一天，所长带着两名警察来到学校，点名要见柏建新。

你说过要杀死老师的话吗？所长问，又加上一句，你要老实交代。柏建新怎么也想不起来自己说过如此嚣张的话，他想了又想，还是想不起来。后来，在所长的提示下，他想起被一脚踢出教室时说过，难道说一说也犯法吗？

我们决不冤枉一个好人，梳着大背头的所长猛地拍了一下桌子，也决不放过一个坏人！校长的办公桌被他拍得微微摇晃。柏建新被带走了，半个月后，又被释放了。疗养院领导、街道干部和校长经过研究一致决定，把柏建新交给孙奶奶，由孙奶奶监护。孙嘉国高兴，一个劲地朝天吐唾沫。他就是这样的德行，喜怒哀乐全然颠倒。柏建新虽然一百个不愿意，但也没敢反对。人虽然出来了，心思却一直在小哑巴的身上，担心着她的前程。能出来就很幸运了，柏建新不想节外生枝，对组织上的安排，哪敢说半个“不”字？受审时，才知道小哑巴叫上官莲君，警察怀疑他们之间有什么盟约，共同杀了“标枪”老师。审来审去，柏建新最先洗脱了嫌疑，无罪释放了。由于没有证据证明人是上官莲君杀的，因此，她也死罪得免，不久，就被送到农场劳教了。

柏建新变了，时常对着墙发呆，没有墙就对着天发呆。不久，孙嘉国和展萍都发现了他的这个嗜好，觉得不可思议。新来的班主任老师也觉察出这小子有些魂不守舍，不禁怒从心头起，恶向胆边生。上课时，柏建新盯着黑板，眼珠子一动不动，老师走到眼前，也毫无知觉。老师心里发急，或者抽冷子拍一下他的脑袋，或者朝他的脖子突然斩下一掌，任何一个动作都会让柏建新打个冷战。眼珠子虽然会动了，精神却更加萎靡。有一天，孙奶奶不见柏建新来吃饭，就打发孙嘉国去叫。孙嘉国跑去，发现柏建新坐在窗台上，仰着脸看天。孙嘉国猫着腰，悄悄摸过去，对着他的耳朵嗷的一声叫，柏建新打了个冷战。孙嘉国顺着他的目光望去，天上除了几片云彩，还有几颗星星。孙嘉国把柏建新拽下来，锁了门，两个人撒腿朝日本楼跑。一路上，柏建新几次停下脚步，什么也不说，只是嘿嘿笑两声，回头朝天边望一眼。

有什么好看的？孙嘉国说，老柏，你不是傻了吧？柏建新一本正经地说，宇宙真他妈的大。孙嘉国气乐了，这不是废话吗？如果不是担心奶奶责骂，早就揍他一顿了，也好让他清醒一些。孙嘉国对“宇宙”这个概念一知半解，有首歌好像是歌颂“宇宙”的，另外，有个同学叫李宇宙，除此之外，也想不出“宇宙”这个东西有什么意义。后来，他把柏建新的傻话告诉了展萍。展萍吃惊地问，你也知道了？孙嘉国从展萍的表情中看到了“宇宙”的重要性，他放弃了继续嘲笑的念头，认真听着展萍的解释。展萍说，她发现柏建新的书包里有一个放大镜。说到这儿，和孙嘉国交换了一个意味深长的眼神，两个人几乎同时喊，看宇宙用的！

柏建新热爱科学、钻研宇宙奥秘的举动被老师知道了。不久，老师笑着说给别的老师听，别的老师笑过了，又笑着告诉了校长。校长很认真地听，也很认真地笑，笑过了，皱起了眉头。老师们都知道，每当思考重大问题的时候，他都习惯性地皱眉头。经过一下午以及一整晚的思考，校长眉头上的疙瘩舒展开了，第二天一早，他带着其他校领导来到班级，认真听取班主任老师对柏建新的介绍。教室里多次响起嘲笑声，柏建新窘得满脸通红，恨不能找一条地缝钻进去。校长几次打断老师的汇报，试图朝着他所期望的方向引导。遗憾的是，班主任老师并不了解校长的意图，依然我行我素，对柏建新冷嘲热讽。对这种南辕北辙的交流方式早已忍无可忍的校长终于大发雷霆，点着老师的胸膛，骂他误人子弟。教室里突然安静了。柏建新苦苦寻找的地缝依然没有找到，简直无地自容了。校长走过来，猛地将他拽起来，拍着他的肩膀，说了句让柏建新吃惊了好长时间并且影响了他很长时间的话。从这以后，每当想起这句话，柏建新总会生出温暖的、被人爱抚的感受。

柏建新同学虽然有缺点，有毛病，但是，他热爱科学的精神值得每一个人学习！这种精神符合党的尊重科学、尊重知识的要求，符合叶委员长的“科学有险阻，苦战能过关”的题词精神，我们全校师生都要向他学习，向他致敬！校长说得嘎嘣溜脆，一气呵成。柏建新垂着头，继续寻找着地缝，恨不能立即钻进地底下。他不能承受生命中突然而至的冷嘲，他被笑声淹没了。当校长冲着他拍起巴掌的时候，当全班同学随着校长的节奏一起拍起巴掌的时候，柏建新的窒息感消失了，从拘留所出来以后一直笼罩在心头的阴霾也消失了，随着掌声的持续，眼泪一颗接一颗摔在桌面上。在校长的要求下，他终于抬起头，咧着嘴笑开了，笑着时，肚子也快乐地叫开了，憋不住，放了一个屁。校长拍了柏建新的脑袋，赞许地点了点头，然后带着其他领导走出教室。刹那间，教室里响起了成串的屁声，一声高过一声。那是孙嘉国他们模拟出来的屁声，引得女生们羞涩地笑，她们全都趴在桌上，把脸埋在胳膊肘里，笑得像树叶上起伏着的豆虫。柏建新也跟着笑，从来没有过的快乐情绪在血管里奔涌。从那一刻开始，快乐便与他如影随形了。当天下午，老师把他带到办公室，给了他一沓稿纸和一支钢笔。老师掐了把柏建新的脸蛋，示意他放松，示意他可以坐下来。柏建新顺势坐在办公桌前，心情忐忑，不知又做错了什么。

麻烦您老写一份总结吧，老师戏谑地说。他撕了一张稿纸，裁了几截，卷了旱烟抽。还说，白瞎了这么好的纸。烟雾从他的鼻孔里钻出来，柏建新咳儿咳儿地咳，好半天才止住，眼泪汪汪地看着老师。老师拍了拍他的脑袋，让他把观察宇宙的美好动机写清楚，重点要写出热爱科学、勇于探索的精神。老师临走时告诫柏建新，要珍惜来之不易的荣誉。说到“荣誉”这个词，他使劲咽了口唾沫，喉结眨眼间跳了一下，咕的一声，仿佛一不小心掉进了粪坑里。

就这样，柏建新成了学科学的标兵。在给全校师生讲了十二次心得后，柏建新觉得自己马马虎虎地也成了科学家，和那个研究哥德巴赫猜想的陈景润也差不了太多。他变得口若悬河，变得随心所欲，甚至有些胡说八道了。好在每一次做报告，校长都要严格把关，剔去效果不佳之处，填充富有感染力的内容。经过一次次修改，柏建新相信自己观察宇宙的原因的确就是——热爱科学，长大后为实现四化而奋斗。他忘记了仰着脑袋看天的初衷，坚信自己就是为了科学而生的，就是为了宇宙而活的。多少年以后，他还在想，一个少年整天痴迷天空的根本原因是什么？答案有许多，但没有一条让他信服。他慨叹时间的凶恶，把这样一个简单的问题变得如此复杂。他怀疑那个所谓的过去欺骗了自己，把他当成了痴呆耍弄。他怀疑自己曾经生了一场大病，精神始终处于分裂状态，一半正常，另一半痴傻。过去的行为和思想有些是被动的，不是他的本意。他变得烦躁，很长一段时间都控制不了沮丧的情绪。

校长被柏建新感动得一次又一次掉泪。柏建新终于像笼子里的鸽子一样被放飞了。他的舞台从春柳河拥军小学一直延伸到甘井子区所有的中小学校。如果不是一次偶然的变故，柏建新肯定能走遍滨城，甚至走遍全省；如果不是一次偶然的变故，柏建新很可能会成为华夏大地冉冉升起的一颗明星。校长对他很有信心，初始阶段还叮嘱他不要紧张，要注意台风，要注意吐字发音，要注意嘴巴与话筒之间的距离等事项。随着演讲次数的增多，他驾驭会场的经验也与日俱增。校长放心了，上台前干脆朝柏建新的屁股拍一掌，幽默地说，别乱放屁。柏建新捂着屁股快乐地笑，模拟着，发出一连串快乐的屁声。

区教育局的牛局长送给他一架五十倍的望远镜，期望他能够更好地观察宇宙，更好地把心得感受告诉广大师生。虽然有了望远镜，柏建新还是没有把放大镜送给孙嘉国，无论孙嘉国如何软磨硬泡，总也没能得到。柏建新每天都有一堂汇报课，其余时间便在校长的授意下修改演讲稿，随时增加新内容。他很少有机会完整地听一堂课。在校长的授意下，他不再参加课外活动，连美术课、体育课这些无关紧要的课程都统统免掉了。每天，柏建新都要迫不及待地等待天黑，白天对他没有意义，白天意味着无休止的改稿和上台演讲。只有夜晚来临，他才会产生创作的冲动，得到些许的安逸。不过，随着时间的推移，千篇一律地瞭望夜空让他倍感枯燥，一度使他烦恼不堪，甚至产生就此不干了的念头。望远镜里的天空除了让人眩晕，和肉眼所见的天空并没有区别，这让他对明天需要增加的汇报内容焦虑不已。不过，这只是通往幸福路上的一个小小的插曲，时间长了，也就不成其为苦恼了。不久，柏建新就习惯并喜欢上这样的苦恼了。

第七章　探究浩瀚的宇宙

每一个明天都会有一个发现，每一个明天都会有一个惊奇。这是柏建新讲稿中最精彩的开场白，也是对生活的真实认知。他渴望新的一天，对明天充满了信心。浩瀚的宇宙带给他的焦虑与快乐相比，简直是微不足道的，不久，他找到了消除烦恼的好办法——望远镜中的宇宙完全可以通过合理的想象而变得丰富多彩。他固执地认为自己找到了开启宇宙科学之门的钥匙。每当镜头对准月亮，他或多或少都会心慌意乱。他总是告诫自己，要相信科学，望远镜里的宇宙才是科学的宇宙。孙嘉国总是缠着他，老柏呀，天上有什么？每回都恨不能夺过望远镜看个仔细，可是，又没有这个胆量。包括校长在内的许多领导都曾严厉地告诫过同学们，谁也不准动望远镜。这是死命令！校长声嘶力竭地喊。校长如此大动肝火，是因为望远镜被牛局长挂在柏建新脖子上不久，便遭到了疯狂的抢夺，如果不是柏建新誓死捍卫，这架望远镜很可能就被毁掉了。

柏建新变了，变得活泼开朗。是什么让他如此自信呢？当然是历经了上百场的演讲的结果。如果不是一位老教授的孙女多嘴，柏建新很可能会一直讲下去的。老教授是滨城工学院的学术权威，和柏建新一样热爱科学，把探究科学奥秘当成分内的事，就和吃饭喝水一样真切自然。有一天，他被孙女惟妙惟肖的描述打动了，得知这个城市里有一个让他梦寐以求的“神童”，老教授不禁激动万分。第二天，他换乘了两趟公交车、走了几站地慕名而来，赶在课间操时见到了柏建新。老人家长得方面大耳，和蔼可亲，腮帮子上布满了短髭。他微笑着和校长聊天，询问是如何发现“神童”的，他居然用了“神童”这个词。他的疑问实在太多了，以至于见多识广的校长也愁得直挠头皮，嘴里啊……这个嘛……啊……就是嘛胡乱应着。最后，老教授请校长借一步说话。柏建新平静地看着他们走开，经过这些日子的洗礼，他已经习惯了各式各样的环境和各种身份的人。

出了门以后，他们走到一棵榆树下，老教授拍了拍树干，又朝四周看了一遍，确认没有人能听到他们的谈话后才说，宇宙大学是国家高度保密的单位，是专门培养国防军工方面高级人才的院校，如果考核证明柏建新是个人才，有关部门会马上批准小家伙穿上军装，到宇宙大学深造的。老教授还说，宇宙大学要在全国特招一批“神童”，因此，柏建新如果能去，肯定会给学校乃至全市教育战线争光。校长受宠若惊，使劲地拍着榆树，使劲地跺着脚，兴奋得都不会说话了，如果不是老教授拦着，能就地翻个空翻或者拿个大顶。

再见到校长时，柏建新发觉他的脸色红润而且泛光，轻佻得像刚喝过酒。他撞倒了桌子，碰翻了水杯，大声吩咐主任给老教授沏茶，然后，扯过柏建新的耳朵，我问你，想不想去宇宙大学念书？他面目狰狞，声嘶力竭。柏建新吓坏了，干张着嘴，说不出话来。校长掐着腰吼，赶紧准备，考试！说完，喝醉了似的一路旋转着出了办公室。老教授端详着柏建新，并不急着问话，仿佛柏建新是他笼中的鸟，想飞？门都没有。他忽然伸出双手，握住了柏建新的脑袋，仔细地摸，连脑门上的伤疤都要问个清楚，然后，掏出皮尺，测量了脑围。教导处主任傻眼了，误把水杯递给柏建新，眼中放射出礼花般绚烂的光芒。她讨好地说，校长肯定是向牛局长报喜去了！老教授的笑容消失了，小耗子似的，无影无踪了，短髭上蒙了一层灰色。他淡淡地说，那么性急。老教授踱着步子，嗨，八字还没一撇呢。柏建新赶忙把水杯递给他，老教授皱着眉头，喝了一口水。教导处主任捋着油亮的大辫子，捏着辫梢在柏建新的脖子上画了几下，似乎写了几个字。可惜，柏建新一个也没猜出来，否则一定能察觉到她的意图。就在空气都要凝固成霜的时刻，校长撞门而入，脸是红的，眼睛也是红的。柏建新猜，校长又喝了半斤。校长说，牛局长马上就到，马上就到。老教授又喝了一口水，没有说话，只是望着柏建新的脑袋出神。

无论什么时候，柏建新都懊恼这一段经历，以至于很多年以后，还对当时的情节耿耿于怀。虽然力争还原真相，但每一次都又让他像个娘儿们似的自怨自艾，哭天抹泪。于是，他总要放弃回忆。柏建新担任龙翔公司总经理以后，依然分不清领导和被领导的关系。他的地位一直很尴尬，似乎每个人都喜欢他，愿意和他交往，然而，又都不在意他的权威。终于有一天，柏建新大梦醒来，改变了怯懦的本性，变得具有侵略性。从那天开始，公司里的每一个人都惧怕他，他的话不但被重视，而且还被雷厉风行地执行。他坚信找到了成功的密码——侵略性。他试着去稀释当年"神童事件"带来的负面影响，他不得不承认，"神童事件"改变了他的人生轨迹。他曾经离成功那么近，却突然被抛弃了。他又一次成了弃儿，就因为缺乏侵略性。

他懦弱、浑浑噩噩，长此以往，又变得脆弱、敏感、神经质。后来，龙翔公司发展壮大到一定程度，他的神经质越发地突出，越发地不可思议。于是，折磨别人成了他每天必服的"药品"，然而，副作用很大，损害了身心健康，带来了许多麻烦。果然，麻烦积蓄到一定程度就成了灾难。这一天，灾难终于找上门了，他遇到了人生中最大的一次挑战，差一点儿成了刀下之鬼。这一次变故又一次改变了他的人生轨迹，他被迫出局，被迫来到滨城避难。

"云鼎人家"拆迁过程中，饱受停电、停水、饮用粪水折磨的动迁户们忍无可忍了，愤怒如同瘟疫一样，传播到每一个家庭。耐火材料厂家属宿舍区是这场瘟疫的重灾区，后来，问题已不是抗拆不抗拆，而是上升到了人格的高度，面对着柏建新的时候，每个人都抱着必死之心。这天早晨，八个男人陆续闯进办公室，有的站在窗前，有的站在门边，有的站在柏建新面前。柏建新以为他们都是保洁员，要打扫卫生呢。他没有理会，依然盯着财务报表发呆。上官莲君最后一个进来，她放下水桶，反锁上了门。柏建新猛地跳了起来，尖叫了一声。

你们要干什么？几秒钟以后，他又故作镇静地说，你很像我的姐姐。

你有过姐姐吗？上官莲君顶了他一句。她嗓子有些沙哑，一字一顿地说，如果你有姐姐，你能忍心往她的饭碗里倒大粪吗？柏建新说，你是莲姐姐，连声音都像。我们失散多年了，我想她了……

别扯鸡巴淡了，一个大汉不耐烦地说，柏大老板，你面前没有姐姐，只有动迁户。柏建新望了一眼上官莲君，喃喃地说，你肯定是我姐姐。上官莲君侧过身，站在大汉们的身后，不理他了。柏建新出乎所有人的意料，爽快地说，朋友们，一切都好商量，不就是钱吗？钱是什么？钱是王八蛋。他打电话让人送来九万元现金。会计拿了钞票，敲了半天的门，大汉们就是不开。会计只得用塑料桶装了钞票，从楼上窗户上吊下来。柏建新扯过水桶拎进屋，从桶里拿出钱，掂了掂，然后准确地抛到每一个人的手里，最后一沓，递给上官莲君。她接了，别过脸，不看他。

莲姐姐，别再喝井里的水了。柏建新说，真是对不住了。上官莲君转过脸来，眼里闪着亮光，仔细看，是点点的泪光。柏建新说，莲姐姐，等过了这阵子，我会找你的，我有许多话要对你说。说完，柏建新又和大汉们聊，想开句玩笑，想活跃一下气氛，这样死撑着，迟早会擦枪走火的。想了想，又没有合适的笑话。柏建新绝不希望这次突发事件改变什么，什么都不要改变，否则，一切都成了水中月、镜中花。他需要集中精力开发“云鼎人家”，那是他这辈子下的最大的赌注。他宁愿用性命去赌“云鼎人家”，也不愿死在这几个鲁莽的大汉们手里。千算万算，没有想到，兔子急了也能咬人，动迁户居然杀到开发商这里了。就这么死了？就这么缴枪了？不，决不！他愿意合作，愿意付出代价换取生命。他有些后悔，如果当初多拿出一千万来，满足了动迁户们的条件，就不会出现这样的局面了。

柏建新，你后悔有什么用呢？你有什么好怕的呢？你瞧，有上官莲君在，她能杀你吗？她能忍心让别人杀你吗？柏建新的目光再次盯上了上官莲君，顿时，恢复了自信。外面的人都不知道他承诺了些什么，如何打动了这些如狼似虎的人，总之，不到一刻钟，八个男人有说有笑地簇拥着柏建新走出办公楼，像一群瞎子，穿成一列，朝翠竹楼走去。之前，有人先说，饿了。柏建新马上拍板，请他们吃饭。有人说，光听说过翠竹楼，还没去吃过呢。柏建新马上宣布，就去翠竹楼。有人说，那可是要花许多钱的。柏建新说，钱是王八蛋，钱就是要人花的。

于是，一行人高高兴兴地去了翠竹楼。柏建新要了茅台酒，给上官莲君单独要了智利进口的红酒。有人问，为什么不要法国的？柏建新说，法国的都他妈的兑水了。大家都笑，还是老板有见识。上官莲君低着头，一直没说话。当她爪子一样的手指伸向菜盘的时候，柏建新惊得好一阵子没有闭上嘴，想不出这些年来她都经历过什么样的苦难，什么力量让一双柔软的手变得瘦骨嶙峋，居然还有烟头烫过的疤痕。柏建新干了一杯，赢得了满堂彩。八个男人喝光了两瓶茅台后，其中四位郑重表态：今后不再代表别人了。还有两位流露出渴望代表龙翔公司的意思。柏建新微笑着，笑而不答。

轮到我守夜，老板你就派人去倒大粪吧。听了这样的话，除了上官莲君外，其他人都笑了。柏建新依然笑而不答，只是爽快地和他们碰杯，酒杯都碰碎了。上官莲君光顾着吃，吃完了，放下筷子，低头捋手指，一根一根地捋，捋完了左手捋右手。第四瓶酒也喝光了，柏建新吵着上酒。老板娘亲自拿酒过来，趁倒酒的机会碰了他一下，朝两侧扫了一眼。柏建新才发觉，前后左右都坐满了人，都直勾勾地盯着他们，每双眼睛都冒着烈火。柏建新斟满了酒，八个男人站起来，喊着整齐的号子，干了杯。喝光了第六瓶酒时，大汉们心里没底了，在还觉得清醒的时刻坚决告辞。他们扶着一切可以扶着的东西，摇摇晃晃地走出酒店。上官莲君跟在队尾，滑着步子，俨然跳舞一样。老板娘碰了碰柏建新，噘了噘嘴。柏建新看见一群人围了过去，他摸了摸脑袋，微笑着向外走去。

第四天早晨，保安队长打来电话，说动迁户们聚集在公司门前闹事。柏建新跳起来，快步走到门前，反锁了门。保安队长又打来电话，说动迁户没有恶意，只是希望再加一点儿动迁费。柏建新伸头朝楼下望，下面零零散散站了一些人。保安们一字排开，挡在门前。上官莲君夹在人群之中，脚步踉跄着，被人撞了一下，居然像子弹一样射向保安。保安使劲推开她，推了一个跟头，她也不恼，双手背在身后，脚步轻灵地滑动着，似乎沉浸在某种节奏之中。又有人撞了一下，上官莲君再次像子弹一样射向保安，这回，可没有那么便宜，保安挥着橡皮棍，狠狠抽在她的背上。上官莲君惨叫一声，蹲下了。柏建新气得直哆嗦，指着保安，我操你妈的！人们都仰着脸看他。有人喊，老板呀，每平再加一百块吧！柏建新急着喊，人呢？有人喊，老板呀，还可以商量嘛。柏建新喊，人呢？

柏建新打电话把保安队长叫到办公室，狠狠地骂了一顿，命令从今以后严禁对女人动手，谁动手谁就不是人。没有人能猜到柏建新为什么如此震怒，谁能料到，他会对那位失去了美丽容颜的女人怀着深深的眷恋之情，这样的感情是复杂的，甚至是见不得阳光的。柏建新痛苦不堪，无法将心底里的秘密和盘托出。上官莲君是不可替代的，是他寻觅了许多年的同类——说一种语言的同类。柏建新的同类太少了，他经常把自己想象成麋鹿——与族群失散了许久的麋鹿，在旷野中乱走的麋鹿。他遇到许多很像自己的动物，不过，他们之间无法沟通——听不懂对方的语言。终于有一天，柏建新发现了同类，对方也注意到了他，先是互相嗅着体味，然后慢慢靠拢，试探性地打个招呼，说的是彼此都能听懂的语言。他们有着相同的茫然、相同的孤独、相同的胆怯。他们猜想，若干年以前，遭遇了一场浩劫，族群几乎灭绝，残存者带着迷茫和眼泪朝远方迁徙。没有谁注意到幼小的还没有完整记忆的他们，他们是这场大劫难中的弃儿。这样的画面在柏建新的脑海中反复出现过，他把自己当成了麋鹿，他喜欢麋鹿。他甚至专门到动物园里观察过麋鹿，私下里给了饲养员一笔钱，让饲养员把麋鹿牵出来，绕着圈子走。柏建新跟在后头，计算着麋鹿的步伐和耐力，经过复杂的验算，确认如果这样一直不停地走下去，一只麋鹿一辈子能走八十万公里。也就是说，麋鹿这辈子可以从容不迫地走到月亮上，还能从月球上从容不迫地走回来。

保安队长指着人群喊，喊什么听不清楚。上官莲君的身影又一次出现了，像没事人一样，撞开保安队长，又撞开保安。她双手背在身后，在人群的缝隙中移动，步伐还像年轻时那么轻盈。每个人都是她的道具，她穿梭在道具之中，异常享受。忽然，莲姐姐的脚步有些零乱，她看见了柏建新，霎时，变得狂躁。

柏建新给会计打电话，让他提十万元现金，交给下面那位跳舞的女人。会计说，柏总，您不是说笑吧？柏建新说，我什么时候和你说笑过？

柏总，目前只能拿出五万元现金。

五万就五万吧。

如何走账？

我来想办法吧。话虽这么说，柏建新想起平衡账目的麻烦，无力地说，算了吧。说完这句话，沮丧到了极点。

我猜您就是开玩笑，会计说。

柏建新说，我没有开玩笑。他像个倔强的孩子，语气强硬地说，马上准备五万块钱，送给楼下那个跳舞的女人。说完，挂了电话。动迁户们失去了耐心，有人带头喊口号，其中一句“你不得好死”的诅咒惊得柏建新连打了几个冷战。他咬着牙，给杨副市长打电话，刚说到补偿，杨副市长就说，你终于想明白了。柏建新问，你说我是给，还是不给呢?

给有给的道理，不给有不给的道理。杨副市长显得很油滑，就是不亮底牌，柏总，你们的动迁补偿方案市里已经通过了，标准是市里定的，全市一盘棋，如果你追加了动迁费，其他单位就会很被动的。柏建新听明白了，杨副市长，我懂了，如果我超标了，市里的动迁标准可就要翻着跟头上升了，对不对吧?杨副市长说，这是你的理解。杨副市长又说，你们企业家也要讲政治，要维稳。柏建新突然把手机伸向窗外，你听听他们都在骂我什么!

我听见了，骂你不得好死!杨副市长说，柏总，这是少数坏人在挑唆。杨副市长当即表态，他给龙翔公司撑腰。挂了电话以后，杨副市长给城建局、公安局等有关部门打电话，敦促各单位加大工作力度，保障龙翔公司的正当权益。这是杨副市长最后一次旗帜鲜明地站在柏建新的身边，此后，杨副市长就变了。

“你不得好死”的骂声整齐划一地响彻办公楼的上空，柏建新即便是泥捏的也要气炸了。他扶着窗台朝下看，眼里冒出了火。他冲口而出，不给不给就是不给!声音奇大，楼下的喊声停了，人们都一动不动，静静地看着他。这时，会计夹着档案袋，钻进人群，寻找着跳舞的女人。他在上官莲君身边走来走去，哪儿有跳舞的女人?会计回来了，柏建新扯着他走到窗边，想指给他看。人群中却再也没有了莲姐姐的踪影，她消失了。

柏建新把钱放进抽屉里，告诫会计不要让黄丽鹃知道。他相信迟早会再遇到莲姐姐的，他发誓要帮她。后来，柏建新在“云鼎人家”的工地上又见到了上官莲君，也是一眨眼的工夫就没了踪影。柏建新没有找她，他的热情耗尽了。他只是把莲姐姐当成一个符号，留在心里头随时拿出来可怜可怜的符号。他们有着许多相同之处：同样的身世，同样从大杂院进了拘留所，进了劳改队。走的路都是一模一样的。什么时候出现了分水岭呢？什么时候走上了相反的方向呢？有了莲姐姐作为参照，不幸的少年时代也变得亮丽无边了。

是的，分水岭就是在那个上午出现的——许多年前，见到老教授的那个上午，他的命运转了个弯，朝着最糟糕的方向急转直下了。

说说看，宇宙中都有些什么？老教授高声问道，紧接着又连珠炮似的问了五个问题。问完后，老人家掏出手绢，擦了把额头上的汗，又不错眼珠地问，你还看到了什么？他的身子倾着，几乎要替柏建新回答了。校长和牛局长也都张着嘴，看着老教授的嘴，又不约而同地看着柏建新的嘴。

有一个脸盆大的月亮吧？柏建新小心地说。

很好！老教授又擦了一把汗。

快说！所有的人都厉声喝道。柏建新笑了，看见窗户上贴着两张脸，一张是展萍的，另一张是孙嘉国的。看到了展萍，他的心情顿时轻松起来，心想，即便去了“神童班”又能怎样？

还看到了嫦娥，她抱着一只大白兔子！柏建新巡视过的天空就是这样的，完全按照他的意念存在着的。在辽阔的宇宙中，他最留意的还是月亮，最揪心的是嫦娥。随着见识的增长，他断定，嫦娥住在月亮背后；那里肯定会有河流，肯定会有葱郁的植被；除此之外，月亮上全都他妈的寸草不生、兔子不拉屎。

柏建新如同捅了马蜂窝，办公室里顿时乱了套。老教授重重地靠在椅背上，手绢掉在了地上。校长走来走去，突然站住了，踹了柏建新一脚，厉声喝道，你就不能稳当一点儿吗？记者们端详着老教授的脸，请他配合拍照。老教授直起了身子，听从摆布，然后，又问了若干个问题，这些问题一个比一个轻松。最后一个是：你父母做什么工作？柏建新经过短暂的眩晕后，恢复了常态。他平静地说，早就死了。老教授怔怔地看着校长，校长点了点头。老教授扶着椅子站起来，众人都跟着站起来。只有柏建新还坐着，瞅着窗外的伙伴们笑，还朝展萍调皮地眨眼睛。老教授双手合拢，再一次抚着柏建新的脑袋，一字一顿地说，挺聪明的娃。说完，又摸了摸柏建新的脸，以商量的口吻对校长说，能不能让他多学点儿文化知识？校长连耳朵根都红了，狠狠地瞪着柏建新。柏建新慌忙低下头，不敢与他对视。

路上，老师像押送俘虏似的，有几次，还使劲戳他的脊梁。柏建新百思不得其解，他开始怀念死去的“标枪”老师，回忆起“标枪”老师搂着他走路的情景。老师的最后一戳，让他的脑袋撞上了门框。柏建新的脖子虽然梗了梗，但是没敢回头，没敢顶牛。他流下了几滴眼泪，不是为了自己，而是为了死去的“标枪”老师。从此以后，柏建新变了，变得郁郁寡欢。为什么不再上台做报告了？他的解释是，要念大学了，老教授让他省点儿心，多学些知识。同学们都不相信他的解释，问的人越来越多，疑心的人也越来越多。只有他坚信，很快就要到宇宙大学去了。虽然一度产生了去不去都无所谓的念头，可是面对周围那些冷漠的面孔，他改变了主意，盼着越早去越好。没多久，除了展萍，连孙嘉国都对他冷言冷语甚至指手画脚了。孙嘉国还模仿他的口吻，称他是“大白兔”。柏建新受到了伤害，一段时间后，也就不那么难过了。他开始认真学习功课，希望尽快离开。他把连环画作为分别的礼物全都送给了展萍，后来，在孙嘉国家里发现了一部分，这让他很不好受，想去质问展萍，但最终没敢轻举妄动，他担心这样一来会更加证明自己“走不了”了。

这期间，唯一给他带来安全感的是望远镜。虽然老师多次不客气地让他从脖子上摘下来，也不准拿到学校来，可是，并没有强制收回。有了这架望远镜，心里就有了底。他更加如饥似渴地观察宇宙，观察着天空中胖胖的月亮和瘦瘦的月亮，凭着丰富的想象力以及锲而不舍的探索精神，他居然在嫦娥的身边勾画出了一个吴刚来，甚至对吴刚的穿衣打扮也有研究。这在他的铅笔画里得到了充分的描绘。这期间，他经历了生命中的庄严时刻——遗精，胡须也像施了肥的庄稼，突然茂盛起来。又过了一个学期，柏建新的腋窝和下体也都长出了乱七八糟的绒毛。他有些绝望，“神童班”在哪里呢？他猜想，即便胡子白了，也不会有人让他去念大学的。他担心自己又一次被遗弃了。

有一天，在澡堂里，柏建新注意到孙嘉国的下体光滑无毛，而他的丑陋如斯，不禁心慌意乱。他不时地掩饰着，实在掩饰不住了，就跳进池中，池水都能把人烫熟了。柏建新的嘴唇都快要咬出血的时候，孙嘉国才去洗头发。当孙嘉国闭着眼睛，脑袋上涂满了肥皂泡时，柏建新猛地蹿出来，跑进更衣室。皮肤红了，像涂了层油彩，碰一下，钻心地疼。他顾不得这些，慌忙穿上衣服。这时，才恍然明白，自己不可能到“神童班”深造了，因为，他已经告别了“神童”的年龄，从生殖器上看，更像是成年人……孙嘉国走进更衣室，擦着身上的水珠，柏建新怔怔地看着他的生殖器，难过得掉下了眼泪。他哽咽着说，我决定不去了。

不去哪儿？孙嘉国吃惊地问，你要去哪儿？

我哪儿也不去！柏建新忍不住哭了。孙嘉国说，抽风吗？柏建新擦了把眼泪，大声喊，我不去宇宙大学了！孙嘉国笑了，笑得不地道，有些嘲讽的意思。刚想说点儿什么，却听到女浴室里传来的歌声——展萍的歌声，悦耳的歌声让他陶醉了。孙嘉国也不穿衣服，痴呆一样左右摇摆着，跟着旋律打节拍。从那以后，柏建新放弃了对宇宙的痴迷，不单是因为没有去成“神童班”，更主要的是，他从一本书中看到，宇宙是浩瀚的、无穷无尽的。他的理解就是：宇宙——他妈的没完没了。他更喜欢有始有终。因此，柏建新下决心放弃徒劳的探究。这与他后来热衷UFO研究并不矛盾，他认为UFO作为一个触手可及的课题，远比虚无缥缈的宇宙真实得多。而且，他在UFO领域里有着别人所没有的神奇的能量相助，这为他后来在这一领域内的一次重大发现奠定了坚实的基础。

第八章　万恶的金钱

星期三这天上午，柏建新决定去“伊泰美泉”看看，滨城市建委的领导在大会上多次推荐这个住宅区，引起了柏建新的关注。就像在自家公司里开会一样，他突然站起来，整理好笔记材料和眼镜，抬腿就走。

领导，您不能走。一位工作人员挡住了去路。

为什么不能走？

等一会儿，还有一顿工作午餐，都点了数的。工作人员诚恳地说，免费的。柏建新拨开了他，哼，我从不吃免费的午餐！他的声音很大，引得许多人回头看他。柏建新抬头挺胸，走出了会场，出了酒店。因为走得匆忙，忘了回房间拿手机。就这样，星期三的一段时间里，他犹如一只断了线的风筝，在滨城里随心所欲地游荡着。

“伊泰美泉”坐落在莲花山的腹地，柏建新走的这条路是早年专为国宾馆修建的，因为路窄，如今，反倒没有多少车，难得地僻静和幽雅。为了更进一步了解“伊泰美泉”的整体环境，柏建新吩咐魂斗罗停车，他问清了方向，下了车，沿着盘山道朝山里走。这是一个阳光明媚的时刻，山谷宁静而清新，宛如一幅层次分明的水墨画，寥寥几笔，却饱含深意。山脚处是一片槐树林，再往上一层是榉树林，榉树树叶在海风的吹拂下，有节奏地飘动着。俯首看去，山谷里掀起了层层的深绿和浅绿，银杏树的枝叶像波浪顶上的浪花，四下溅去，闪着粼光。柏建新离开了大路，爬上了一座山包，指着露出头的一处建筑问，那就是“伊泰美泉”吧？没有人回答。他醒悟过来，自嘲地笑了，准备打电话让魂斗罗上来，才发现没带手机。柏建新反倒从容了，没带就没带吧，手机就像狗链子，没带，就意味着自由了，这样挺好的。柏建新顺着山脊朝上走，走了一段后，遇到一片灌木丛，酸枣树的枝叶上长着刺，会扎进肉里，每走一步，都得小心。

滨城中心区域竟然藏着这么一片森林，让人颇感意外。柏建新扶着树干朝下看，突然好像被魔法定住了，仿佛看到了另一个世界——梦里的世界，仿佛穿越时空来到了未来——梦里的未来。他看到了“云鼎人家”。柏建新情不自禁地喊，是你吗？山谷里回荡着他的喊声，一声声，如野兽咆哮。他忍不住要冲下去，忍不住要去拥抱美轮美奂的仙境了。

那就是“伊泰美泉”。十几栋楼盘高低错落，恰好呈现出一个“运”字形。“云鼎人家”是“品”字形，也是错落有致，也是分三个区域，不同的是人家是运气的“运”，自己是品格的“品”，一字之差，却是天地之差。“伊泰美泉”成了“俏姑娘”，“云鼎人家”成了“野女人”。想想还是运气不好，如果不是因为动迁不力，能这么被动吗？

山谷里格外幽静、深沉，大海如一面巨大的镜子，能照出山的影子来。柏建新深吸了一口气，狠狠地喊了一嗓子。“伊泰美泉”就是“云鼎人家”的现实版，一模一样的理念，都是“桃花源”，“伊泰美泉”成功了，“云鼎人家”却要搁浅了。柏建新坚信投入与产出成正比，为什么黄丽鹃不坚持了呢？她应该明白熬过严冬就是春天的道理，为什么熬不下去了呢？“云鼎人家”如果此时下马，就意味着龙翔公司选择了硬着陆，失去了项目的支撑，资金链将面临彻底断裂的危险，能否安全着陆都是未知数。为什么要下马呢？柏建新真想让黄丽鹃来看看“伊泰美泉”，让她对“云鼎人家”有信心，让她明白只有付出才能得到回报的道理。

许多年前，柏建新就懂得这个道理。那时，他还是工地上的一个力工。他是听一个女人说的这句话。女人说这话时是认真的，柏建新听这话时也是认真的。女人说完，走了。柏建新想了许久，又把自己的经历梳理了一遍，觉得很有道理，于是，就把“只有付出才能得到回报”这句话当成了座右铭。当时，工地上有几百名力工，都过着只想占便宜、揩油水的日子，没人想过付出。每当夜色来临，工人们三三两两地回到工房，有的睡觉，有的下棋，有的打扑克，有的说下流话，还有人喜欢听蚊子叫，吹嘘能辨出公母来。柏建新曾经虔诚地问，真的能辨别出公母吗？这人说，真的能。柏建新问，公的母的有什么区别呢？这人说，公的长鸡巴，母的不长。柏建新问，怎么才能看到鸡巴？这人说，睁大了眼睛就能看到。有一天，柏建新说，看到了，看到了！屋里顿时静了下来，都围过来，看着正在他胳膊上吸血的蚊子。有人问，你说是公的还是母的？柏建新说，是公的。人们问，凭什么说是公的？柏建新说，看到的，又说，你们瞧，这鸡巴玩意儿真大。还没说完，就被工友们摁在铺上，一顿疯闹。

性饥渴折磨着柏建新，折磨着所有人。每当有喵喵的声音传来，都会引起粗野的呼应。喵喵不是母猫叫春，是女人在发信号——站街卖肉的女人没有生意了，才会想到这群人。女人钻进工房，拉灭了电灯，看不清长相，也无法辨别年龄。不过，工友都得意轮廓匀称的女人，像往常一样，为了争先后而吵，每个人都很激动。只有一位老工友没有参与吵闹，他趁乱把女人拖进蚊帐。

三十块钱！女人骑在老工友的身上，点着了一支烟，打火机燃着的瞬间，容貌钻进了每个人的眼里。她吐了一口烟，蹬着老工友的脸，三十块钱一、三十块钱二、三十块钱三！老工友被马蜂蜇了似的，夸张地叫，操你妈的，三十块就三十块！女人又蹬了一脚，操你妈的，四十块。工棚里笑翻了天，女人扔掉烟头，脱光衣服，趴在老工友的身上。柏建新跟着浑身战栗，真想扒开蚊帐，把女人搂在怀里。他不停地捶着床板，不停地跟着叫唤。突然，一只脚蹬在他的脑门上，柏建新伸过手去，想趁机揩点儿油，哪怕摸一把也好，否则，要憋死的。他摸到了老工友满是汗毛的小腿，又摸到了满是汗毛的大腿，摸到了一条光滑的腿，尽可能地摸呀摸，捏呀捏，光滑的大腿动了动，拧了拧，有些恋恋不舍，有些恼火，有些无能为力。柏建新爬进了蚊帐里，贪婪地摸着。女人抬起腿，一脚踹在他的脸上。女人套上了衣裙，钻出蚊帐，伸手挠了几把，柏建新的身上顿时起了火，火辣辣的，被挠出了几条印子。女人冷笑着说，小鸡巴蛋子，你记着，只有付出才能得到回报……柏建新羞得无地自容，抹着身上的血，低下了头。女人问，想要吗？柏建新没敢回答，女人又说，看在你是处男的分上，我就让你上一回。

那时候，柏建新还不明白处男对一个“鸡”来说，意味着什么。他抬起头，丧着脸子说，谁稀罕，要找也得找个处女。工棚里一阵哄笑，女人挂不住，伸手又要挠他，柏建新躲过了。女人说，小鸡巴蛋子你当真？柏建新点着头，那还有假？女人一声不语地走了。两天后，又来了，例行公事般地爬上爬下后，一边擦汗，一边对柏建新说，外面站着我闺女，货真价实的处女，你准备钱吧。柏建新听到“钱”字，当即傻了，模拟着雷鸣般的鼾声，假装睡过去了。女人啐了一口，骂了一句，小鸡巴蛋子，一辈子也别想出人头地！往外走的时候，女人说，攒钱吧，攒够了，我把闺女送给你当老婆。柏建新浑身发抖，倍感震撼。从那以后，总是抓耳挠腮，坐卧不安。这样焦躁不堪的状况入了冬以后就结束了，柏建新和黄丽鹃闪电般地结了婚，黄丽鹃除了不是处女，其他的没的说。对柏建新这样穷困的男人来说，有个女人和他过日子已经是烧高香了。

洞房花烛之夜，柏建新迫不及待地将黄丽鹃放倒。没料到，他的热情之火燃烧了黄丽鹃的同时，顺带燃烧了洞房。当时，柏建新先把烟头甩到身后，然后，迫不及待地扑向黄丽鹃。黄丽鹃的眼里闪烁着勾魂的光泽，湿漉漉的，如汩汩清泉，温润爽滑。柏建新久违了的探知宇宙奥妙的热情迅速充斥了大脑，俊美的嫦娥呀，女人呀……

你冷吗？黄丽鹃冷下来问，不冷你抽什么风？柏建新闭上眼，掩饰着慌张。然而，睁眼也好，闭眼也罢，都像在抽风。就是抽风嘛，他不知道如何进入女人的世界，不知道洞房花烛夜之时，男人如何有效地操纵女人。在工棚里，听过做爱，却没有见过。他妈的婊子们为什么要闭灯呢？黄丽鹃明白了，丈夫还是个处男呢，不能要求高了，要一点点地来。她原谅了柏建新的毛手毛脚，任凭他抽风样地上下求索。柏建新原始的性能力突然爆发了，他找到了缺口，打开了两性之门，终于，不再是处男了。他像条凶残的狼，瞪着黄丽鹃，揉着她的软处，揉得她喵喵地叫，揉得她哭爹喊娘，瞬间，就把她撕碎了。

一股呛人的浓烟袭来，屋里蹿起了一人高的火苗。黄丽鹃看见了，没有声张。丈夫还没有吃完呢，丈夫还在贪婪地吃着她呢，怎么可以停止呢？她盯着火苗，喵喵地叫，不顾一切地托着柏建新的屁股，加快了节奏。一股电流传导过来，黄丽鹃跟着抽风，跟着颤动。几秒钟以后，她蹬开柏建新，滚下床。她敏捷地扯下窗帘，踩着火苗。柏建新惊恐地喊，烧着了！烧着了！黄丽鹃厉声喊，快灭火！柏建新使劲拽着被子，被子压在身下，怎么也拽不出来。他急得直叫，怎么办呀？他哭着喊，出不来了！黄丽鹃猛推了一把，柏建新摔在地上。黄丽鹃扯起被子，压在火苗上。柏建新傻了，这个女人是谁？琢磨着，她是谁的女人？黄丽鹃又抱起鱼缸，朝火上泼去。金鱼在火里蹦来蹦去，转眼就烧焦了。柏建新心疼地捡着还在挣扎着的金鱼，黄丽鹃抢过来，扔进火里。屋里蹿起了浓烟，黄丽鹃转身去开窗，窗户冻上了，怎么也推不开。黄丽鹃端起鱼缸，砸向窗户，玻璃碎了，她的脑袋伸出去，狠命地呼吸。

没事了。突然，她又声嘶力竭地喊，柏建新，你要是再敢在屋里抽烟，我就劈了你，信不信？黄丽鹃把被子、褥子全都扔到地上，已成焦炭的金鱼落在柏建新的脚边，柏建新捡起来，看了又看。黄丽鹃从柜子里抱出被子，铺在床上，她爬上床，面向墙里睡了。柏建新不敢上床，担心妻子会踹他。他抱着脑袋，掉下了眼泪，哭着说，都怪我没掐死烟头，把你家祸害成这个样子。黄丽鹃说，算了，火烧旺！她掀开被子，上来睡吧。柏建新这才安下心，钻进被窝里。黄丽鹃伸手闭了灯，柏建新猛地坐起来，拉亮了电灯。他发觉大腿根处粘着冰凉冰凉的精液，极其难受，他想擦掉精液。黄丽鹃闭了灯，伸手搂住了他，一只手摸着他的胸，另一只手摸他的腿，摸到了精液，一动不动了。

半夜里，柏建新的胳膊麻了，想抽出来。黄丽鹃的脑袋像块石头一样，越抽，压得越紧。柏建新抬起身，借着月光，想看看黄丽鹃是不是真的睡了。寒风钻进来，屋里和外面一样地冷，柏建新蜷缩着，赶紧躺好了，盖紧了被子。他摸了摸妻子的肩膀，冰冰的。他抱住妻子，想给她挡挡风寒。黄丽鹃浑身一紧，凶巴巴地说，冷死了！她推开柏建新，你想冻死我吗？柏建新哆哆嗦嗦地说，我想让你暖和暖和。

你暖和我还是让我暖和你？

柏建新叹了口气，侧着身子，尽可能地遮挡着风寒。黄丽鹃的胳膊搭在柏建新的脸上，不久，脸也麻木了。黄丽鹃扭过身，一只手插进柏建新的身下，牢牢抱住了他。柏建新全身每一块肌肉都要僵硬了，变成了一个冰人，彻头彻尾的冰人。黄丽鹃贴着他的耳边说，柏建新，我还想要！柏建新连回应妻子的能力都没有了。黄丽鹃揉着他，柏建新，听见没有？我还想要！柏建新一动不动。黄丽鹃推开他，记着，你欠我的！妻子的话让他铭记了许多年，也懊恼了很多年。命中注定，他欠的是驴打滚的阎王债，一辈子都难以还上。新婚之夜，柏建新懂得了债权和债务的关系，明白了人活在世上，任何错综复杂的故事中都会蕴藏着一条主线——欠与被欠的关系。欠债总是要还的，还债是要付出代价的。

柏建新贪小便宜、揩油水的毛病被妓女纠正了；不负责任、懦弱的坏毛病让黄丽鹃治好了，他终于变成了一个正常的人，一个敢于在现实社会中正视现实的人，这是后话。

在偌大的工地上，柏建新面对着一个相当现实的梦——发财梦。他怀着一个惊天的秘密——他拥有一个宝藏，码起来比他还高出几个头的钱垛子。这堆钱，就藏在黄丽鹃家的地下。他千里迢迢来到三江，就是想挖出这堆钱，可是，黄丽鹃的家在他赶来之前，被拆迁了。黄丽鹃搬回了娘家，和她娘家姊妹住在一起。柏建新顿时傻了眼，像只苍蝇一样围着工地转。他想找到哪怕一丁点儿的蛛丝马迹，顺藤摸瓜，起走宝藏。他找到黄丽鹃，郑重地提起李劲草。“李劲草”这个名字就像黑暗里的一盏灯，突然照亮了黄丽鹃的眼眸。柏建新说，是李劲草让他来的，接着说李劲草死了，被子弹打死的。黄丽鹃频频点头，看起来，她知道这个消息。柏建新把自己和李劲草的关系交代清楚了，就是没提那笔钱，不是想独吞，而是担心会吓着黄丽鹃。柏建新以死人李劲草的名义向黄丽鹃发号施令，居然很有效果。黄丽鹃也很愿意听从支使，仿佛是那个不久前被打死的男人通过这个男人来完成某种夙愿似的。柏建新借钱，黄丽鹃的眼睛眨都不眨一下，要多少给多少，还不要借条。柏建新买酒、买肉、买烟孝敬工头，目的是想当一名相对自由的力工。他无时无刻不在想着那笔钱，那是多么大的一笔财富啊！十万块钱，能把半个三江买下了，能让他一辈子吃香的喝辣的，一百年不必出苦力。这是一个伟大的时代，这是一个可以把梦变成现实的时代。不久，他悟出了一个道理：只有付出才能得到回报。与此同时，他还发了誓，一旦找到那笔钱，首先就要找一个处女结婚。

这个处女必须是瘦的，像那个妓女一样苗条。为了实现理想，再苦再累也无所谓，为了财富，柏建新耐心寻找机会，等待机会。他的计划一步步实施着，也一步步失败着。他刚找准了藏宝的位置，那儿就堆了小山一样高的沙子。他不气馁，趁着天黑，拼命挪动沙堆。他打算花一个月的时间把沙堆搬到别的地方。他几乎完成了计划，还没有来得及庆贺，那块地，眨眼间堆满了红砖。柏建新算了一下，挪开这些砖垛得需要两个月的时间。他不气馁，继续在夜深人静的时候搬砖。附近没有空地，他得把这些砖挪到一百米之外的地方。两个月快要到了，砖垛快要搬完了。眨眼间，又堆了一堆预制板。他擦了把眼泪，依然没有气馁，咬着牙开始搬预制板。

他得和时间赛跑，这儿即将长出一栋大楼，一旦完工，地下埋着的钱怎么办？柏建新急了，他需要帮助，需要助手。他借的钱越来越多，黄丽鹃成了他的钱包。他把钱全都用在寻宝上面。为了阻止工程进度，他暗地里给工友们送烟送酒，让他们想方设法怠工，或者尽可能避开在藏钱的区域施工；他买通了几个工友帮他搬预制板，帮他搬砖。工友都以为他疯了，都以为他不想活了。柏建新肆无忌惮地折腾，肆无忌惮地花掉黄丽鹃的钱，他相信，得了宝藏后就能立即还上，就能两不相欠。后来，他发现，除非找到宝藏，否则这辈子也还不上欠债了。柏建新害怕了，气馁了，跑到黄丽鹃家，想跪下谢罪，不过，始终没有机会跪下来。那天，黄丽鹃也没有和他商量，就向娘家人宣布，要和柏建新结婚。黄丽鹃含着热泪，向全家人保证，不会再出差错的。五姐说，一旦……黄丽鹃恼了，撒泼，骂人，哭着说，一旦还是克夫的命，就去死！柏建新听得懵懵懂懂，看得稀里糊涂。他没敢拒绝这份感情，因为，欠得太多了，还因为，他气馁了。

新婚之夜，是柏建新在“钱”和“性”的认知中战战兢兢地游走的一夜，最后大脑也被冻僵了，仍然没有停止认知，直到睡着了，脑子里的天平还在摇摆。第二天一早，他醒了，看见妻子坐在窗下，弄着一沓钞票。窗户被挡住了，阳光像利剑一样从缝隙中穿进来，扎在她的身上。柏建新叫了一声，声音很轻，想让她躲开。黄丽鹃误解了，犹豫了一下，走过来，小猫一样趴在柏建新的身上。柏建新被压得喘不过气，好不容易才把她推开。黄丽鹃抖着腕子，哗哗地数着钞票，数了一遍又一遍。柏建新估计，起码能有一百元。黄丽鹃把钱放进柏建新的皮夹里，微笑着说，男人嘛。

当天，柏建新没有按时回家，除了在工地上偷着搬砖，还抽空绕工地转了一圈。他希望能遇到那个妓女，没有别的意思，只想把皮夹里的钱拿出来炫耀一番。天完全黑透了，也没有遇到她。而且从这以后，那个女人再也没有出现过，这让柏建新颇为遗憾。

第九章　一曲悲怆的短歌

这段视频，贴在公司的网页上，对方还是留有余地的，没有在网上大面积地散播。黄丽鹃看到后，第一感觉是：这是一个圈套，是柏建新精心设计的圈套。这不是真的，她不相信柏建新变心了，花心了。她宁愿这一切都是假的，是柏建新要的孩子气。她不想毁掉这个家，不想失去丈夫，多年前，她失去过一个，她不想让悲剧重演。黄丽鹃流泪了，为公司的处境流泪，也为自己的婚姻流泪。张姑子想劝，又不甘心，她认为，这一切都是黄丽鹃的错，她应该承受痛苦，接受惩罚。张姑子火上浇油，反复地说，快去找找吧，我担心他回不来了。黄丽鹃急了，他敢！又说，我把生活费掐了，看他还能挺几天？张姑子不敢翻脸，也没有翻脸的本钱。

这么多年，除了没和柏建新上床睡觉，能做的她都做了。说暧昧也好，说朦胧也罢，张姑子打心里把自己和柏建新扯在了一起，就当他是身边最可靠的那个人。她从心里爱护柏建新，像对待兄弟一样。自从“云鼎人家”出了人命，柏建新干着急也没有用，谁让他把公司整成了乱摊子？换谁都得起急，都得硬起心肠。张姑子猜到了悲剧的开始，却没有猜到结尾。她的道行还不够深，不足以改变什么。她推说心口疼，走出黄丽鹃的办公室，走出龙翔公司办公大楼。快到中午时，走到华乐山南坡的果园里，坐在井台上歇脚。一阵风吹来，空气中飘着果木的香味。

师父。妇女说，你是小张师父。她放下水桶，双手背在身后，脚步移动着。张姑子没说话，看着她的脚步，猜她在做什么。妇女说，早就想问你一件事，一直没有机会。她天生的哑嗓子，听起来像鸭子叫。

你说吧。张姑子揉着脚踝。

你说用什么办法能除掉井里的臭味？

有臭味吗？张姑子看了一眼，井水泛着亮光，她问，怎么会臭呢？

你闻不出臭吗？

闻不出。

真的没有臭味？

没有吧？张姑子嗅了嗅，没有臭味！

你说没有臭味就没有臭味，我信你。妇女笑了，脚步轻盈，仿佛踏着节拍，仿佛验算着某种程序。张姑子看了半天，也没有猜出她在做什么。妇女说，唉，鼻子坏了，香臭不分。她将水桶顺进井里，提上来一桶水，蹲下来闻，一脸的茫然。

自来水呢？

都动迁了，哪儿有自来水？

都动迁了？

都动迁了！

你怎么不走？

我没有地方去，儿子要结婚，要买房。上海的房子多贵呀，我们攒的那两个钱好干什么？我把动迁费都攒着，给儿子买房。我还住在老房子里，一天不拆，我就省得租房；两天不拆，我就赚了；拖着不拆，我就赚大发了。

张姑子垂下头，阿弥陀佛。又真诚地说，大姐，这水不能喝了。张姑子嗅到了一股不香不臭不甜不苦的味道，她的心沉着，犹如浸泡在水里。妇女不高兴了，白了她一眼，挑起水桶，一扭一扭地走了。

大半年以后，柏建新被警察押回三江，保释后，见到了张姑子。两个人闷坐着，都在搜肠刮肚找话题，又都没找到合适的话题。张姑子提到了那口机井。柏建新叹了口气，唉，和我无关了。张姑子又说起机井里臭气熏天，顶风能臭十里地。柏建新说，的确和我无关了。张姑子还要说，柏建新摆了摆手，不让说了。张姑子想了想，有个女人一直喝井里的水。柏建新怔住了。张姑子念了声，阿弥陀佛，阿弥陀佛。柏建新拿出一点儿钱，交给张姑子，让她照顾好那个女人，又说，和我一样，她也是一只麋鹿。

柏建新临下山时，张姑子郑重地说，我可以还俗的。漫天针尖一样的细雨钻进她的短发里，扎在头皮上。她的声音更像房檐上的雨珠，滴在长满荷花的水缸里，听起来倍感凄凉。柏建新撑起雨伞，沿着湿滑的台阶下山了。他没敢回头，也没敢停下脚步。

张姑子看着他的背影慢慢变小，越发明白柏建新其实是不存在的，和空气里的光一样虚，是她内心里制造出来的魔障。面对这样的结局，她反倒不那么难过了，相信自己觉悟了，修成正果了。柏建新像夜晚的流星，除了划出一道绚丽的弧线，什么都不会留下的。张姑子伫立在细雨中，仰着脸，看着灰暗的天空，想象着有那么一大片的流星划过，想象着柏建新身在其中，朝她微笑，朝她招手。

回到大半年以前的那天上午，也是下着细雨，也是心情忧郁。黄丽鹃派车来接她，张姑子料到柏建新出事了。黄丽鹃指着电脑让她看：柏建新站在树林中，一手掐腰，一手高高挥起。黄丽鹃敲击着桌面，恨恨地问，你说老实话，柏建新变了没有？张姑子没有说话，只是盯着视频。柏建新的胡子又黑又密，起码有两天没有刮过，两鬓处也出现了霜痕，显得憔悴而冷峻。

看起来他的气色不好。

还看出什么来了？

画面零乱起来，好像偷拍的人遇到了麻烦，紧接着，换了画面，出现一群人，一个女孩子举着牌子招揽生意。女孩子朝着镜头笑，突然冒出一句，先生，到我们店里住吧……画面一带而过。

你猜，这个姑娘是谁？黄丽鹃问。

和他有关系吗？张姑子不屑地问。黄丽鹃说，虽然是个“下三烂”，不过长得倒挺漂亮。

是挺漂亮的。张姑子又问，开旅店的吧？

干这一行的就没有一个是清白的。黄丽鹃撇了撇嘴，他把公司整垮了，还敢躲到外面胡来。张姑子瞪了黄丽鹃一眼，你有什么证据证明他胡来？

证据早就有了。

是和她吗？张姑子指着被定格的女孩子问。

她还不够格，是和一个日本女人。

你可别把他弄丢了。

一眨眼，嘿嘿，我们结婚都快二十年了。黄丽鹃幽幽地说，人呀，真不扛混。

三天以后，柏建新发现了江晓东的马脚，再次断定他是来监视的。柏建新只猜到了其一，没有猜到江晓东还有一个目的——扳倒柏建新。他和柏建新仇深似海。江晓东从上海那边辞职回来，应聘到龙翔公司，目的就是要当卧底，搜集证据报仇。

柏建新平静了，不再抱怨，也不再乱发脾气。他要将计就计，通过江晓东办一件大事。他要搅浑这一池水，要让黄丽鹃心神不宁，要让黄丽鹃乖乖请他回去，请他继续主持龙翔公司。于是，从这一刻开始，他就对江晓东下套了。

柏建新感慨地说，万事万物都有高潮和低谷，走得快了，就得站下来等等别人。其实，地产业也是一样的。这些年，走得快了，把一些人甩下了车，更多的人挤不上这趟车，因此，产生了民怨。柏建新想继续阐释观点，可是，又说不出更高明的观点来。在杨副市长到来前的这段时间里，柏建新不由自主地紧张、空虚，即便想装模作样，也往往不得要领。

房子就这么些，怎么办？很好办！价高者得。柏建新说，这是天经地义的，市场规律嘛，计划经济搞了几十年，不是走不下去了吗？因此，改善住房条件还得靠市场，还得靠勤劳致富，想着打土豪分田地？嘿嘿！

江晓东皱着眉头，政府为什么就不能多建保障房呢？

政府没钱呗。柏建新说，如果按百分之二十的需要保障的低收入人口计算，全国就得建造五千万套保障房，静态计算就得要十万个亿，如果动态计算，我都不敢想象。盖完了，得不得维护？得不得物业支持？又需要大量的人力物力，而且这些人力和物力都是常态化的，要不断加大投入的。那时候，政府还掏得出钱吗？改革开放三十年的积累全都得被房子吃掉，即便全都吃掉也很难完成，即便靠举国之力，完成了这五千万套保障房，那么若干年后，新的需要保障的阶层又将如何呢？

江晓东说，这道题迟早要解开的，任何负责任的政府，都有义务解决社会矛盾，这是职责，也是使命。政府应为大多数人服务，而不是为少部分人服务。事实是，大多数人没钱，只有少部分人有钱，你说，政府该为谁服务？到底为谁服务了？少部分有钱人买了那么多的房子囤积，大多数没钱的人如果仅靠工资收入，连个厕所都买不起。这是什么道理？政府没有责任把闲置的房子逼出来吗？闲置房有的是，逼出来，一切都解决了。柏总，我相信，肯定会有那么一天的，哪怕是流血，哪怕是血流成河，一定会解决的。政府不解决，老百姓就能自行解决。

柏建新警觉起来，琢磨着话里的意思，发觉这个人很偏激，是个愤青。柏建新忍下了，暂时还没有精力和他辩论，他更关注即将和杨再新的见面——即将面对的摊牌。

很久以来，杨再新就通过黄丽鹃控制龙翔公司，干涉公司的业务。这个人很怪，看起来，既不喜欢女色，也不喜欢钱财，只贪恋权力，芝麻大的权力都要争，做什么都要事必躬亲。柏建新拿他一点儿办法也没有，除了拼命为他的政绩添砖加瓦，很难靠别的办法取悦他。控制别人是杨再新最大的乐趣，柏建新在这方面恰恰是短板，因此，只能控制钱。钱是个哑巴，不像人那样口是心非，那样心怀叵测。对即将到来的杨再新，柏建新有一种前所未有的恐惧，总觉得来者不善。他琢磨着下一步棋该如何走，验算每一招的得与失。他看到了大幕徐徐拉开，音乐响起来，演员们都跟着起舞了，包括他在内，然而，谁是领舞的呢？

咱们到哪儿吃饭？柏建新问江晓东，故意让他放松，又说，今天你做主，你说了算。

到银沙滩吧。话刚出口，江晓东就后悔了，立即改口，随便吧。柏建新愣了几秒钟，银沙滩像一把匕首刺在他的胸口上，疼得他直打哆嗦。江晓东有些紧张，柏总，我听您的，您说到哪儿就到哪儿。柏建新顿了顿，银沙滩不好，那地方让我总是想起以前。他转过脸，对魂斗罗说，银沙滩不是个好玩的地方，太肃静了。魂斗罗连连点头，去一次就得了，谁还顿顿在那儿吃。柏建新问，植物园怎么样？以前，那边的环境就不错，我们在湖边找个饭店，一边吃饭一边观赏，你们说怎么样？

柏总，您真有眼光。解放前，文官住在南山，武将扎在星海湾。魂斗罗说，前些年扒日本楼，你们猜，都扒出了什么？你们想破脑袋也猜不出来，天棚里面藏着战刀、勋章，还有枪。有个民工拽出一杆三八大盖，扣了扳机，你们猜怎么的了？啊，你们猜怎么的了？对面楼的窗户玻璃呀，叭勾一声，就被打碎了。

还有什么好玩的？柏建新问。

还有女人的尸体，都成了木乃伊了，抬下来，那脸像刮了大白一样。

还有成堆的金条呢。柏建新说，故意这么说。江晓东和魂斗罗的眼神顿时都拉直了，进入了想入非非的状态，一路上，再也没说一句话。

南山像一位端坐着的老人，日本人在的时候说，像天照大神，日本人败了，中国人说像弥勒佛。老人也好，弥勒佛也罢，都认为南山有灵魂。山上山下，被各种植被覆盖着，是个大氧吧，吸一口空气，能清凉到心底去。下了车，柏建新问，这山，像不像老头？

不像。江晓东说。

有点儿像吧？魂斗罗拿不定主意，那棵大槐树倒很像个老猴。

树就是树，怎么像猴？江晓东说。魂斗罗和他们混熟了，说话也不顾忌，掐着腰说，你们就是犯傻。柏建新怔住了，第一次听到这样的评价。魂斗罗也觉察自己失言了，尴尬地笑着，柏总，是我犯傻，是我犯傻。柏建新看着湖泊，没有理他。

他记得以前来过这里，总共来过三次，有一次，差一点儿丢了小命。第一次为什么来的，记不得了；第二次是为了滑冰。那天，气温很低，西北风转着圈地吹。公园里冷冷清清的，只有一个男人在湖上溜冰，这个人很怪，一直用一个姿势滑行。这时，走来一个小小子，把冰车从栅栏缝隙塞进去，又踩着砖头翻进公园里。小小子拧了一把鼻涕，鼻涕长了眼睛似的，甩在柏建新的脸上。柏建新气得跳脚大骂。小小子也不示弱，指着柏建新和他对骂。柏建新捡了一块石头，扔过去。小小子坐上冰车滑到远处，停下来接着骂。柏建新气得直跺脚。小小子得意地滑行，内八字外八字，急停急走，花样还蛮多的，一边滑一边骂。柏建新急了，抓着栏杆也要翻进去，管理员跑出来，喊着要抓他。柏建新奋力朝下跳，不巧，挂在了栅栏上。他挣扎着，直到棉衣扣子全都绷掉了，才重重地摔在地上。小小子笑得前仰后合，还拍起了巴掌。管理员骂了几声后，回屋了。

冰面上只有那个一个姿势滑行着的男人，小小子没了。柏建新还以为花了眼呢。这时，小小子像条鱼似的蹿出来，直了嗓子喊，救命啊！瞬间，又没了。再喊救命时，那个一个姿势滑行的男人刚好冲过来，打了个趔趄，躲开了冰窟窿，流星一样滑向远方。柏建新甩掉棉袄，连摔了两个跟头，接近了小小子。冰面咔咔地响了，柏建新意识到完蛋了。随即，掉入水中，在手脚还有知觉的时刻捞起了小小子，把他推上冰面。冰面断裂了，两人再次落入水中。柏建新承认最后还是他先爬上来的，然后才把小小子拽上来。这就是柏建新舍己救人的前后过程。为什么要去离家很远的儿童公园？他说不清楚。作为班长，展萍得弄清楚了，她拽着柏建新做实地调查。

假设你是一个舍己救人的好人，一旦你不是怎么办？展萍很认真，又问，假设你不是一个舍己救人的好人，一旦你又是了怎么办？柏建新说，都让你绕糊涂了。展萍说，因此呀，你得经得起调查。说这话时，柏建新注意到了她的眼睛，她的眼里闪着亮光。柏建新放心了，猜想展萍还是相信他的。

太阳懒洋洋的，湖边的柳树也睡不醒似的，懒洋洋的。柏建新看见了那个一个姿势滑冰的男人还在一个姿势滑冰，哎，那个谁，我来了！柏建新扑过去，男人摇晃了一下，几个加速后又恢复了一成不变的姿势。展萍扯了一把柏建新，示意不要打扰人家。柏建新说，他是证人，他目睹了我救人的全过程。等那人再滑过来时，展萍扬着手喊，大叔，打听点儿事呗？那人面无表情，流星般地滑了过去。柏建新恨恨地说，操他妈的，见死不救。展萍若有所思地看着溜冰人，没有说话。柏建新带着展萍到事发地考察，时不时让展萍小心，自己却连摔了几个跟头。

管好你自己就行了。展萍说。柏建新揉着屁股蛋，讲述着如何脱掉棉衣、如何不顾一切地跑过去、如何勇敢地下水救人的细节。由于紧张，展萍听得惊心动魄，脸色煞白。她使劲拽着柏建新的手，生怕他得意忘形时再次掉进冰窟里。太阳偏西了，孙嘉国犹如一条训练有素的军犬，串大街走小巷，一路嗅了过来。找到他们时，鼻头已经冻得像紫皮蒜。他撇着嘴说，这湖水还没有腰深，怎么就能淹了人？展萍恍然大悟，不由得连连点头。她瞪着柏建新，气得哭了几声，又笑了几声，最后捂着肚子蹲下了。

你做梦都盼着表扬吧？展萍仰着脸说。恼过了，站起来，朝孙嘉国使了个眼色，两个人拔脚就走。柏建新气得浑身发抖，连声痛骂。孙嘉国陪着展萍到管理处了解情况，工作人员肯定地说，丰水期时，湖水有两米深，冬季枯水期时最深处也没有一米。听了这话，展萍狠狠瞪着柏建新。孙嘉国搓着红肿的双手，朝柏建新嚷，你啊你啊，一个屁两个谎，长这么大就没说过一句真话呀，你啊你啊！

柏建新气得跳着脚地骂，又疯子似的跑到冰面上，张开双手，拦着绕湖滑行的男人，那个谁，你得给我作证呀！男人聋子似的，面无表情，一次次绕过去。无论柏建新如何扑击，他都能应付自如。直到摔得爬不起来了，柏建新才拍着冰面，放声大哭。

柏建新做了两次检讨，检讨对他来说不是件了不得的事。难受的是，展萍对他冷淡了，他们的友谊突然遭遇了一场寒流，瞬间冻成冰坨了。和“神童事件”恰好相反，“救人事件”带给他的危害是长久的。一直到中学毕业，因为一起下乡到蚂蚁岛，展萍才和他恢复了正常关系。去蚂蚁岛没几天，柏建新发现自己荒废了太多的时间，错过了谈情说爱的大好时光。和孙嘉国相比，简直就是一个傻瓜。长时间的孤单使他失去了许多次恋爱的机会。嗅觉、味觉、视力、语言、思维等功能都在下降，最可怕的是，他没有读过几本书，连给姑娘们说段“瞎话”的本事都没有。不会说，不会道，还不会干活，哪个姑娘能喜欢他？青春期的初始阶段，柏建新可不是这个样子。那时候，他比别的男孩子更善解姑娘们的意图，因为，他是全班第一个长了体毛的男生，也是全班第一个四处巡视的男生，哪个女生有了异常都躲不过他。可惜呀可惜，像一次长跑比赛，没过半程，就被超过了。青春期初始阶段，他对生活充满了希望，即便当不成“神童”也没有关系，那时候，展萍生活在他的视野里。可以这么说，那时候的每一天如果都能写成日记，展萍一定是唯一的主人公。

第十章　美丽是一次意会

儿童公园完全变了样，湖畔北边新设置的游廊给公园增添了妩媚之气。柏建新走上游廊，司机魂斗罗也跟了过来，抢着为柏建新做导游。凭栏望去，湖水被微风吹皱了，泛起层层波纹，继而是一片镜子样的冰面，依稀可见一个男人飞一样地滑行——一成不变的姿势——永远阴暗的面孔。柏建新揉了揉眼睛，再看，男人消失了。他叹了口气，哎，这儿什么时候改成游廊了？

侯书记在的时候改的。魂斗罗说，十年前，侯书记一声令下，公园里的栏杆全都拆了。江晓东忽然喊，是原木的！柏建新踢了踢，果真是木质的。他转头问，栏杆拆了，随便进？魂斗罗说，随便进，不要门票。柏建新点了点头，想起了三江的杨副市长。算了算，上千米长的甬道，得耗掉多少原木呀，这在三江是无法想象的，三江人民公园的长廊造型也很美，可都是水泥的。

还是滨城财大气粗啊。柏建新感慨地说。

造孽！江晓东小声说，用这些钱，能盖多少保障房？柏建新说，即便盖了保障房，你也捞不着。江晓东噎住了，没有接话。他们找了一家餐馆进去，柏建新一眼就喜欢上了，坐在窗边，可以欣赏到湖面景色。几十株柳树一字排开，像一群窃窃私语的女人。远望过去，柳丝飘来荡去，分外妖娆。江晓东似乎没有兴致看风景，拿着菜谱翻来翻去，点了这个又抹了那个。柏建新和魂斗罗聊得投机，谈兴正浓。魂斗罗本来话就多，没人和他说话时，他也要自言自语。柏建新能和他谈天，魂斗罗倍觉兴奋，恨不能把知道的都讲出来，不知道的也要诌上两句。直到饭菜上齐了，他还手舞足蹈，口沫乱溅，没有住嘴的意思。

手机响了，江晓东看了一眼，慌忙站起来，走出包房，过了好一会儿才回来，脸上有些红晕。

柏总，我想请个假。江晓东的脸色更红了，表妹想和我见个面。

表妹？

才毕业的大学生。江晓东避开了柏建新的目光，来滨城刚好两个月。

学什么专业？

学中文的，就算没专业，只能去旅店混。

旅店？柏建新问，干保洁吗？

不是保洁，拉客，到火车站拉客。

柏建新猛地问，拉客？江晓东说，是啊，有时候也到码头上拉客，拉来一个提一次成，拉不来就饿着。柏建新眼前出现了港湾广场上的那个漂亮的女孩子，耳边飘着她的吆喝声，先生，到我们店里住吧！

不回家乡去就业，就会来抢我们的饭碗。魂斗罗说，我们本地人都被逼死了，穷死了。赚钱的活都让你们抢去了，出苦力的活也让你们抢去了。我们就等着喝西北风哪。

像我这样的，不抢你们饭碗的，受欢迎吧？柏建新故意逗他，跃跃欲试的样子。

柏总，说实话吧，我们还真不欢迎您这样的！

柏建新没有料到魂斗罗会这样直白，他张着嘴，晾在那儿。魂斗罗说，您这样的大老板来了，虽然不和我们抢饭碗，可是你们乱花钱啊，把物价带起来了，把房价也带起来了。你们多厉害呀，我们滨城的老少爷儿们，都得跟着你们的节奏跑。有几个能跑过你们的？我们就掉了队，差不多的都成了弱势群体。二十年前，我们混得不差，你们有的，我们也有；你们没有的，我们也有。现在呢，我们成了名副其实的下等人，你们有的，我们没有；你们没有的，我们更没有。竞争呀，打破铁饭碗呀，下岗呀，失业呀，都和我们挂上了钩。炒股呀，炒房呀，炒黄金呀，这么说吧，赚钱的买卖统统都让你们包圆儿了，与我们无关。我们只能打扑克，打麻将，打老婆，打孩子。我们就是跑掉了鞋子也追不上你们，这辈子都没指望了。

江晓东捅了一下魂斗罗，哥，光发牢骚有什么用？柏建新很反感，江晓东的话很有些挑唆的味道，听起来很别扭，你说，不发牢骚让他造反吗？江晓东红着脸，柏总，我只是随便说说的，柏总，你得承认现在出现阶级了吧？你得承认富人多、穷人更多的事实吧？魂斗罗的恼怒明显被挑逗起来了，兄弟你说得对，富人也太他妈的欺负人了，有几个破钱怎么的了？惹火了，一刀一个。江晓东说，算了，别乱说了，等着善有善报、恶有恶报吧。柏建新说，你的意思是推倒重来？江晓东没有回答。柏建新也觉得无聊，说着说着都成愤青了，他换了个话题，小江，你表妹做什么工作呀？问过后才想到，刚刚问过了。

她在旅店当招待员。江晓东说，柏总，我表妹长得真叫漂亮。

魂斗罗说，是你表妹吗？是女朋友吧？

你胡说什么呀。

是啊，你胡说什么呀。柏建新也跟着说。

魂斗罗说，不是胡说，我只是怀疑。漂亮姑娘找不到工作，谁信呀？

是呀，漂亮姑娘找不到工作，谁信呀？柏建新跟着起哄，观察着江晓东的情绪变化。江晓东说，那些个老板都想着法子勾引她，占有她，表妹纯着哪，宁肯饿死了，也不去招惹他们。柏建新有些不高兴，敲了一下桌子，面无表情地说，不说了，再说就多了。又说，吃点儿东西，你就去吧。柏建新站起来，说待会儿请表妹吃饭。柏建新又让魂斗罗开车去送，江晓东没有推辞。柏建新使了个眼色，魂斗罗连连点头。

有机会把你表妹带来，一起吃个饭。柏建新不动声色地说。这时，他的心里已经有了成形的策划了，决定利用江晓东的表妹做做文章。只有这样，才能把这出戏演得更加逼真，才能让江晓东按路数出牌；只有这样，黄丽鹃才能召他回去；只有这样，柏建新才有机会重掌公司大权。柏建新的心情顿时轻松了，妙呀，简直是神来之笔，表妹就要成为这出戏的关键人物了，肯定能起到意想不到的效果哪。

一路上，江晓东心绪不宁，猜不透柏建新葫芦里卖的是什么药，回想了自己的一举一动，没发觉有什么漏洞。魂斗罗递过来一支烟，兄弟，我想顺路订一个蛋糕。江晓东说，哥呀，我着急，不能耽误。魂斗罗说，我爸今天过生日。江晓东说，我约好了时间，不能耽误。魂斗罗说，我爸一年就过一次生日。江晓东没说话。魂斗罗说，我爸瘫痪了六年，我妈伺候了六年。江晓东的眼圈一热。魂斗罗说，从小到大，我净惹他生气。江晓东摆了摆手，不让魂斗罗说下去，又摸出一把钞票塞给他。魂斗罗说，你这是干什么？江晓东说，哥呀，去买蛋糕吧。他再也说不下去了，魂斗罗的话勾起了他的伤心事，江晓东忍着忍着，还是忍不住，抱着脑袋哭了。

他不能忘却柏建新给他们家带来的耻辱，不能忘记卧床不起的老爸期待的目光，他是老江家的儿子，有责任和柏建新拼命。曾经，他想过许多扳倒柏建新的办法。然而，他太乐观了。柏建新是开发商，财大气粗，有着巨大的关系网，硬碰硬地来，无论用什么计策，都无法撼动他。老父亲逼他，知道说多了他烦，就不说话，只是每天都要当着他的面，喝下一碗臭气熏天的井水，然后，朝他亮着碗底。江晓东心急，心急也没有用。他斗不过柏建新，斗不过龙翔公司。他想忍了这口气，想把父母接走。他在上海的事业刚刚起步，在上海的爱情也刚刚起步。他不想失去这些，他担心一时冲动不但于事无补，还会毁了前途，毁掉来之不易的爱情。老父亲不这么想，老父亲不管他的事业，也不管他的爱情。老父亲只在意碗里的臭水，只在意耻辱。江晓东无路可走，除了诅咒，没有更好的办法。

上海那边催他回去，他一点儿办法也没有。终于有一天，他抢过碗，仰脖喝掉了碗里的臭水。他舔干嘴巴上的水，走出家门。他虽然是父亲的儿子，可是，他帮不了父亲，他有自己的路要走，不能总是纠缠一碗水的香与臭。回到上海，他又变了，变得坐卧不安，变得魂不守舍。他的魂丢了，丢在三江，丢在粪水里了。他要回去找魂，回去安魂，否则，就成了一具行尸走肉。江晓东不顾别人耻笑，又买了回三江的机票。去机场的路上，接到耐火材料厂莫会计打来的电话，得知父亲自杀了。那一刻，他出奇地冷静，没有哭，也没有闹，眼前就是一碗水。他开始打嗝，不停地打嗝，从胃里往外涌出一股臭味。司机摇下玻璃，车内依然臭气熏天。江晓东写了封辞职报告，发到女友的邮箱里，同时告诉女友，他们的爱情到此为止了。江晓东发誓要报仇，柏建新一天不倒台，他就一天不罢休。他要求自己冷静，不能冲动，他要蛰伏起来，伪装起来，要像膏药那样，粘在柏建新身上。江晓东来到龙翔公司应聘，他的学历和丰富的职场经历打动了黄丽鹃，很快，被招入公司，天赐良机，又被派到滨城，跟在柏建新身边。原来以为，这样的机会怎么也得一年以后。

来滨城的第一天，他发现了那张名片，反复思索着这家不起眼的小旅店有什么本事和柏建新拉上关系，柏建新能把一家小旅店的名片单独存放，就很可疑。江晓东蹲坑守候，终于找到了答案，是她，肯定是漂亮的佳玉吸引了柏建新。江晓东笑了，英雄难过美人关，他一定要让柏建新这只狗熊过不了佳玉的关。他要让柏建新身败名裂，让柏建新家破人亡。他仿佛看到一根索命的绳子垂了下来，就要套在柏建新的脖子上了。绳子的一头，牢牢地抓在他的手里，只要轻轻地一提，柏建新就完蛋了。

爸呀！江晓东止住了哭泣。

什么？魂斗罗问。

我这就下车，你去订蛋糕吧。江晓东哽咽着，爸呀！爸呀！他打了声嗝，散发出一股糟糕的臭气。魂斗罗说，你放屁了吗？江晓东没有说话，狠狠地叹了口气。魂斗罗停下车，兄弟，你慢点儿走，别着急忙慌的。江晓东下了车，扒着车窗说，我没放屁，只是打了个嗝。魂斗罗愣愣地看着，不明白他说这话是什么意思。江晓东又说，哥呀，一定要买最好的蛋糕，让老父亲乐和乐和。魂斗罗说，放心吧，我这就去麦香园，让老板娘亲自给我爸做蛋糕。

如果没有这段解不开的恩怨，没准儿江晓东和柏建新会联手做点儿事的，没准儿江晓东会成为柏建新最得力的助手的。如果真是这样，就不会产生悲剧了。然而，这一切都是假设，假设没有这段恩怨，江晓东肯定在上海发展了，肯定会在那儿结婚生子的，肯定不会跑回三江的，也肯定不会到龙翔公司谋个职位的，因此，命运中，肯定不能和柏建新有交集的。

和江晓东一样，柏建新也痛恨假设，假设是懦弱的代名词，假设曾经让他吃尽了苦头。他很早就悟出了这个道理：没有亲眼看见的永远都是假的，假设更是不值一提。说出这句话时，二十四岁的生日正恋恋不舍地和他告别。简陋的工棚外面下起了大雨，浑浊的天空任凭雨水洗刷，还是那么浑浊。工地上矗立着一栋刚刚竣工的建筑，柏建新的十万块钱被永远地压在了这座大厦的下面。他疯了，站在大厦脚下，嗓子都喊哑了。他垂着头，喃喃地说，骗子！他妈的骗子！黄丽鹃痛惜丈夫的理想之城轰然坍塌，想劝又无处着手，她看得出来，柏建新为一件事而来，这件事和她有关，和前夫李劲草有关。命运之神太顽皮，居然把她和柏建新绑在了一起，两个不相干的人居然息息相关了。她成了柏建新的主心骨，她得罩着他。柏建新崩溃了，失控了。黄丽鹃自责，仿佛自己也是个骗子，欺骗了柏建新。她就是一个骗子，无休止地借钱给他，目的就是让他永远也还不完债。她是债权人，牢牢地牵住了柏建新的牛鼻子，让他去东就去东，让他去西就去西。她实现了目标，和柏建新成了夫妻，而且还是具有债权和债务关系的新型夫妻。她想笑，又不忍心；想着要哭，实在没有哭的理由。

大雨停了，柏建新不哭了，他的眼睛已经哭肿了，再哭就瞎了。他勉强睁开眼睛，伸手搂住妻子，大声说，我记住了，不存在的东西不值得去探讨！

这句话成了柏建新的又一个座右铭，虽然这么说，但他不死心，还存在着一丝侥幸。从这以后，他每天都要到百货大厦跟前，算计着方位，设想着如何避人耳目，从钢筋混凝土中挖掘下去。他不敢明说，担心被黄丽鹃骂。他只能偷偷地想，偷偷地算计，最终，所有的可能都被排除了。柏建新想到了炸药，打算炸掉这座百货大厦，然后，趁机挖出他的十万块钱。随着年龄的增长，这样偏激的想法渐渐淡了。黄丽鹃挣回了第一个五万块钱后，柏建新猛然醒悟了，他发觉，钱是靠挣的，不是靠挖的。他彻底摒弃了假设，变得脚踏实地，变得果敢刚毅。

和江晓东分手后，柏建新到郁金香洗浴中心洗了个桑拿浴。他像个多愁善感的女人，在这两个小时的时间内一直惦记着两个人，一个是湖面上的溜冰男人，另一个是被他救上来的小小子。感叹着生命的无常，思考着一些以前没有想过的问题，直到心里没底了，才想起又一次与现实断了联系——没带手机。柏建新又高兴又担心，高兴的是挣脱了束缚他的链子，担心的是可能耽误事。他痛恨手机，又离不开手机，医生说他神经衰弱。尤其静静思考的时候，手机突然响了，别提多烦躁了，有几次，恨不能将手机扔进马桶里。

说来也很可怜，手机从来没有传来一条让他愉快的消息，哪怕让他笑一笑、轻松一下也好，要么工地出事了，要么主管部门前来检查，要么银行催贷，没完没了的麻烦，没完没了的噩耗。黄丽鹃的来电让他紧张，最紧张的还是她的警告，她总是警告柏建新不要“胡来”，可笑的是，任凭他如何解释，黄丽鹃就是不相信他没有“胡来”过。

二十年前，也就是他们结婚不久的一天傍晚，黄丽鹃顶着凛冽的西北风，找到工地。她断定丈夫“胡来”了，工地静得出奇，只有黄丽鹃的骂声四处飘荡，惊得柏建新无处躲藏。他从砖垛后面钻出来，没跑几步，被喝住了。黄丽鹃举着手电筒，反复地扫射着。柏建新一口气说出了五个不回家的理由，这些理由像窗户纸一样被一一戳破了。柏建新还想说出第六个理由，黄丽鹃哭了。见此情景，第六个理由无论如何也说不出口了。柏建新不知该如何解释才能赢得妻子的信任。一个还在蜜月期的男人迟迟不回家，总是说不清楚的。黄丽鹃的哭声来得快，去得也快。她捡起手电筒，顺着一人高的砖垛来回巡视。一个女人突然跳起来，一手遮着脸，一手提着裤子，从柏建新和黄丽鹃之间钻了过去。

你怎么能“胡来”呢？黄丽鹃痛心地问。她绝望地说，怕什么就来什么，你还是“胡来”了！那天晚上，他们的身影有时长，有时短，有时叠在一起，有时踩在另一个的脚下。即将走出工地时，传来一阵炸雷似的叫喊声，两人回头看，几个女人没命地跑，一群人疯狂地追，扭打在一起。黄丽鹃啐了一口，走出工地。回到家，黄丽鹃哭了一会儿，突然掀开被子，一脚将柏建新踹下床。她说，你还有脸上我的床？柏建新爬起来，委屈地说，王八蛋才“胡来”呢！他差一点儿就说出了有家不归的秘密，还是忍住了。直到后来大厦竣工，埋在地下的十万元钱成了泡影，柏建新才说出夜不归宿的缘由。黄丽鹃才知道这里面竟然藏着这么大的秘密，而且和前夫有着极大的渊源。黄丽鹃不禁对柏建新刮目相看了，同时也倍感凄凉，前夫人都死了，怎么还来搅和呢？

那天晚上，黄丽鹃发了好长时间的呆。柏建新重新爬上床，也发了好长时间的呆。不知谁先碰了谁，柏建新突然像一头野兽，猛地就把黄丽鹃吞进肚子里，又吐了出来。那天晚上，柏建新用力量和能量与妻子对话。那天晚上，没有刮风也没有下雪，屋内温暖如春。那天晚上，猫叫声一直响彻空中，星星都被吵醒了。

第二天早晨，黄丽鹃收拾得干净利索，显得水灵灵的。趁丈夫还在沉睡，忍不住给他刮了胡子。柏建新睁开眼睛，看见锃亮的剃刀在喉咙前晃动，吓得闭上眼睛，好一会儿没有分清是在梦里还是醒着。黄丽鹃抚摸着他的脸颊，建新，就算你以前没有“胡来”，不过，要警钟长鸣，以后不准“胡来”。柏建新这才睁开眼，看着妻子得意的长脸，不明白她如此纠缠，图的是什么？从那以后，柏建新的头上便套上了“胡来”这个箍，黄丽鹃哪天恼了，就能念上几遍，柏建新就得乖乖地服软。这些年，手机成了帮凶，很长一段时间，手机犹如狗链，每当她需要了，准保打来电话，没话找话，说了半天还是绕到“胡来”这个字眼上。

回琴海大酒店的路上，柏建新一直想笑，笑自己是妻子豢养的狗。想象着自己应该是一条什么样的狗，越想越忍不住，到了酒店广场，实在忍不住了，笑开了。司机问，你没事吧？柏建新摇着手说，没事，没事。江晓东朝这边走来，柏建新愣了一下，吩咐停车。江晓东忽然又扭身返回，捂着嘴巴继续打电话。几分钟以后，他收了电话，跑过来朝他打招呼。柏建新假装要布置工作，郑重地说，这个嘛……那什么……他竟然口吃了，越着急，越找不到调。他问，和表妹见过了吗？又说，表妹……江晓东说，见过了，她还要来看你呢。他让柏建新看手机里的照片，柏总，这就是表妹，漂亮吧？柏建新扫了一眼，嗯，挺漂亮的。

柏建新离开了江晓东。走到电梯间时，内心一动，感觉江晓东的神情很是可疑。他转身回到大堂，站在落地窗前朝外看，想看看这葫芦里到底卖的是什么药。江晓东在广场上转悠，好像在等一个人。柏建新断定他在搞小动作，很可能是些见不得人的勾当。柏建新走出酒店，朝小山上走，他想试探下江晓东的反应。按照这些天来的观察，每当心虚的时候，江晓东总是格外殷勤。不过，今天是个例外。江晓东居然没跟过来，居然躲着他。柏建新脸面挂不住，只好假戏真唱，顺着石阶往山上走。走到凉亭附近，眼前出现了彪子的幻影，他顿时紧张起来，后悔冒冒失失地上了山。他担心彪子会大吼一声，把他吓个半死。柏建新定了定神，对自己很不满意，怕什么呢？

忽然，一阵阴风扑来，柏建新猛地转回头，本能地大吼一声。定神看去，又什么都没有。他倚着石头，一动不动。好一会儿，看了看手表，快四点了。他转身朝山下走，走到山脚下，看到江晓东和一个女孩子有说有笑。柏建新放缓了脚步，慢慢靠过去。江晓东侧对着柏建新，表情特别丰富，认识这些天来，从来没见过他如此活泼。

人家都说他精明……江晓东说，你想不到他有多窘。女孩子看了一眼柏建新，眼神有些怪怪的，仿佛猜出他是江晓东的上司。江晓东继续说，两口子一个在天上一个在地上，一个心胸开阔一个小心眼儿……他就是个恶霸，他往井里倒大粪，他作孽！别看他整天总想着教训别人，其实，他挨训的样子比谁都可怜。哎哎，老婆，我错了，我后悔死了……哈哈……江晓东的笑声戛然而止，猛地，他转过身，看见了柏建新，想着要笑，却笑不起来，牙疼似的咧着嘴，一口一口地吸着冷气。

你的表妹？柏建新朝女孩子瞥了一眼，忽然，心尖被扎了一下，仔仔细细地打量着女孩子。

柏总，我……没有恶意。江晓东尴尬地说，真……真的没……没有恶意。女孩子靠前一步，柏总，真是这样的。柏建新问，你知道我姓柏？女孩子点了点头，又连忙摇了摇头。柏建新问，你是他表妹？女孩子愣了一下，看着江晓东。柏建新说，我们见过吧？女孩子说，不记得了。柏建新说，其实，我什么都没听见，只是看见他在笑，像个傻瓜一样，十分张狂。说完，扭头朝酒店方向走，江晓东呀江晓东，感谢你表妹吧，看在她的面子上，不跟你计较了。走进酒店，柏建新突然怔住了，想起了那个揽客的女孩，由远至近，形象和表妹重叠了。

先生，你就住在我们那儿吧，很便宜的。女孩子的体形像个瓷瓶，丰满且妖娆。是她，绝对是她。柏建新头顶上炸了个雷似的，震得他眩晕了半天。难道是天意吗？失之交臂的女孩子回来了。柏建新顾不得仪态，小跑着出了酒店。再看，江晓东和他的表妹无影无踪了，蒸发了一般。柏建新懊恼不已，无精打采地回去了，脑子里全是女孩子的声音容貌。

展萍从房间里出来，满脸是笑，似乎和谁在说话。柏建新打了声招呼。展萍迅速缩回去，关上了房门。她也在瞬间消失了。柏建新愣了半天，觉得自己一定是个怪物，否则，别人不会躲闪的。他听了听，展萍的笑声透出来，似乎在传递着某种信号。他知道房间里还有人——展萍不方便让他见的人。柏建新有些恼火，悻悻地回到了房间。

手机放在写字台上，开机后，来了七条信息，都是黄丽鹃的。柏建新写了一条短信发给江晓东，让他去“伊泰美泉”，拍一些照片回来。有了工作在身，看他还有心情玩！谁能想到，魂牵梦萦的女孩子竟然是江晓东的表妹。其实，他也不清楚自己是怎么想的，想干什么。和她来一次轰轰烈烈的恋爱吗？绝不可能。和她上床？有那么一点儿意思。想来想去，想到了以前设计好的一个圈套，没想到，就这么天遂人愿了，真是无巧不成书。

他给妻子打了个电话，说出门考察，忘带手机了。黄丽鹃没追究，只是说杨副市长就要到滨城了，让他在富丽大酒店订个套间。交代完了，又说，建新，你猜我做了一个什么样的梦？我梦见你失踪了，在滨城失踪的。你一下子就没有了。唉，你那么大一个人怎么说没就没了呢？

柏建新想起了小表妹，品味着她优雅的身姿，漂亮的面孔，不禁有些陶醉了，笑着说，你整天胡思乱想，很有瘾吧？

我都急傻了。黄丽鹃说，我给张姑子打电话，她说我遇到了大财运了。我不相信，怎么是财运呢？你说说，你丢了，我就能发大财吗？

也许，我就是你的灾星，没有我，龙翔公司就成五百强了。柏建新酸溜溜地说。

我都这个岁数了，宁可少赚点儿钱，也不能把你给丢了……黄丽鹃语调悲伤地说，唉，我已经丢了一个男人了。柏建新猛地想起了她的前夫李劲草，想起他们之间的约定，心里一阵烦躁。黄丽鹃唠叨了几句，挂了电话。柏建新琢磨了一会儿，觉得妻子话里有话，有改变主意的意思，她居然讲起感情了，这是个好的开端。如果真是这样，就万事大吉了。柏建新想了一会儿，又给家里打了个电话。五姐接的电话，柏建新问了几句情况，她只会说，还行，还行吧。

黄丽鹃最近还好吧？

还行，还行吧。

她没提起我吗？

还行，还行吧。五姐醒过来似的，连说，没提起，没提起。柏建新忍不住，骂了一句。五姐生气了，挂了电话。柏建新心里冒火，又打通了电话，吼道，你现在就给我滚蛋！五姐也拔高了嗓门，你呀，你说了不算！

这是我的家，我当然说了算。

这是我妹的家，你算老几？

柏建新撂了电话，为了五姐的犯浑，他没少生气。门外传来几声响动。柏建新走到门边，听了听，又寂静无声。他怀疑自己有毛病，这么大岁数了，还像小男生一样神经兮兮。他哼了一个调子，越发像小男生那样张狂。开始是哼，后来干脆唱了，调子对不对也不在乎。这时，门铃响了，柏建新拉开门。展萍站在门口，手里捏着一支烟。

你吓我一跳。

你也吓了我一跳。展萍说，老柏，以前你可不会唱歌。柏建新没说话，伸手搂住了她，凝视着她的眼睛。这双眼睛还像以前那么美丽，那么纯真。他想起为杨副市长预订酒店的事还没有着落，便松开手，喂，请帮忙在富丽大酒店订一个套间，今晚就用。

你要搬走吗？展萍问。

我们的副市长就要到了，琴海大酒店的档次不行。本来想等江晓东回来办，看起来，这家伙一时半会儿回不来。

展萍答应了，拨了电话，五分钟后，搞定了一个套间。柏建新又搂住了她，抚摸着她的胳膊。展萍推了一把，还大老板呢，一点儿也不自重。

大老板就不能碰女人了吗？

展萍把柏建新的手拿开，老柏，真的想我了？柏建新郑重地说，天天都想。展萍脸上飞上了一片红霞。柏建新顺势将她放在沙发上，动手解她的衣服。展萍说，不行，大姨妈来了。她使劲推开柏建新，柏大老板，别那么没出息！

你的房间里还有别人吧？柏建新酸溜溜地问。

你怎么知道的？展萍的眉毛挑了一下，咦？你在偷听我们说话？

他是谁？

我结交了一位大客户。展萍说。

大客户？柏建新耸了耸肩膀，比画了一下，能有多大？展萍拍了一下他的手背，下流！人家可是女的，要开一个楼盘，银行那边催款催得急，公司想出售部分股权应急。

柏建新想起“云鼎人家”，也是遇到了资金问题，心里发紧，皱着眉头说，宏观调控，厉害呀厉害。

我的任务就是把在建的楼盘炒起来，形成一定影响，让各方面都有信心，然后让他们顺利转让股权。

柏建新想了想，遮遮掩掩地说，这个钱嘛，说好赚就好赚，说不好赚也难……展萍说，柏大老板，你就帮着出个主意吧，这一单可不少赚。

也不是没有办法，关键得看几点，一是对方在当地的影响力，这一点很关键，只要政府保，还能稳住；另一点就是看胆子大不大。如果胆子大，利用关系，打好擦边球，我不敢保证能赚多少，起码能把资金抽出来，不至于套牢了。

老柏，快说说你的思路吧。展萍恳求道。

你这么急？

怎么不急，再不接单子，就得喝西北风了。

首先，你别把实底告诉双方，要牵住他们。我这个策略，其实一点就透的，人家明白了，就会把你甩了。柏建新忽然想打住不说，这个策划方案是他花了很长时间才想好的。在滨城的这些日子，他反复论证过这个方案，很缜密，万无一失。他准备出奇制胜，关键时刻，把“云鼎人家”救起来。他担心这个策划提早曝光，引得各地跟风，惊动了上面，再出台一个反制的政策，反而坏了自己的大事。

你在想什么呢？展萍捏了捏他的手，老柏，咱们可是两小无猜的，你可不要跟我也留一手，嗯？再说了，我赚了钱也有你的好处。柏建新淡淡一笑，好吧，我就竹筒倒豆子，全都告诉你吧，你先让甲方把总房款的百分之十打到你的账户上，一般来说，这些钱也有几千万了，开发商拿出这点儿钱不成问题。你拿着这笔钱，作为抵押，吸纳各路资金，高利贷就高利贷，也别害怕。然后，买了他的股权，再整合包装成一个新项目，去银行融资，用原来的项目重新做合同——到房管处办理购房备案手续，先把一部分房子“卖”出去，也就是抵押出去。你别害怕，一旦还不上钱了，大不了房子不要了，假的就成真的了。资金回笼如果顺利，就赶紧退房，把高利贷还上；如果资金回笼不顺利，就把资产交给银行。通俗点儿说，你投了一块钱，然后，把资产包装成一百块，最终，即便拿回十块钱，也不亏了。剩下的就算烂尾了，那九十块钱让给银行，银行也不亏，打折拍卖出去，银行即便赚二十块钱，也是皆大欢喜嘛。一来二去，就盘活了，就能炒起来，活起来。如果是一线、二线城市，正赶上限购，会有些麻烦。如果是三线、四线城市，你就赚大了。

你是让我去买房吗？展萍疑惑地问。

不是买房，是去交首付，然后让地产公司到银行把房贷套出来，姑娘还是那个姑娘，多打扮几次，多提几家亲，彩礼不就滚滚而来了？到时候，你拿张家的彩礼退李家的，总会有剩余、有差价的，明白吗？柏建新想起二宝行长，心里一阵忐忑，有些后悔说得太多了。

我好像懂了。展萍说，你的打法，就是脚踩几条船，新瓶装旧酒。她满是笑意，倒在了柏建新的怀里，软得没有了骨头。看起来，并不像来了大姨妈。柏建新感觉吞了只苍蝇，心里生起了无名之火。

快去忙吧。柏建新推了一下，别让客人等急了。

不急。展萍搂着他的腰，老柏，你可别像当年那样任性，说走连声招呼都不打。

不会的，我还得住些日子。

你在滨城有事？

没什么事。

你在等什么？展萍盯着柏建新的眼睛，你不是躲债吧？

你看我像躲债的吗？

你不是犯法了吧？

你看我像犯了法的人吗?

你不是杀人了吧?展萍猛然瞪圆了眼睛。柏建新惊愕地看着她,一阵狂躁,心都要蹦到嗓子眼了。他想起了耐火材料厂的那八个被杀的动迁户,仿佛有一副冰冷的手铐摆在面前,等着铐他。展萍笑了,眼里又恢复了清澈的亮光,越笑越要笑,最后,笑软了,倒在柏建新的身上。好一会儿,才停下来。嘿,看把你吓的,好像真的杀人了。老柏,你干脆来滨城投资吧,我们合伙做生意。展萍看着柏建新,有意无意地拂着他的敏感部位。柏建新有了生理反应,有些不好意思。展萍轻声说,我可以帮你的。柏建新的脸开始发热,顾不得害臊,手伸进她的怀里。展萍羞涩地笑着,躲闪着,扭来扭去。柏建新怀疑她和那位"大客户"刚刚做了爱,有了那次垫着,才不愿意和他做,才谎称大姨妈来了。他越是这么想,越是恼火,动作就越是粗暴。展萍扭着,使劲抓着柏建新的手,试图阻止他鲁莽的举动。柏建新抬了抬身子,将她的裙子扯下一截。展萍抬手给了他一巴掌,一声清脆的响声,打在他的肩膀上。展萍双手撑着,坐起来,恼火地推开他。柏建新站起来,裤子像脚镣似的拴在脚踝上。

对不起,忘了你不方便的。柏建新慌忙提上裤子。展萍抚平裙子,平静地说,算了吧,如果你此时性欲旺盛,有两种办法可以解决。

……

第一,到色情场所解决。她笑了笑,笑得有些不自然,不过,那种地方不干净,警察盯得又紧,搞不好毁了你一世英名。

说说第二种办法?

第二种办法就简单了,我帮你打飞机吧!展萍朝他伸出双手,老柏,你先去冲个澡。柏建新傻了眼,不知怎么做才好。他没好意思去洗澡,只是尴尬地笑,靠在展萍的身边坐下。展萍犹豫了一下,手伸进了他的内裤里,一股暖意传递过来。

你夫人挺厉害的吧?

柏建新愣了一下,不愿意在这样的场合下提起黄丽鹃,觉得不舒服,不自在。他想推开展萍,可是,身子却像中了邪一样,动不了了。

你很怕老婆,是吧?

怎样才算怕？柏建新反问了一句。想站起来走开，又担心展萍难堪，只得直挺挺地僵着，心急如焚。

还记得当年你、我、孙嘉国三个人的誓言吗？

这个话题让柏建新恢复了活力，他趁机坐直了。展萍说，你现在是大老板了，和你相处，即便还像以前那么单纯，也让人怀疑，怀疑有利益的成分。柏建新笑了笑，瞎说，利益在哪儿呢？展萍说，利益无处不在。又说，孙嘉国很惨，有机会你真应该帮帮他。她的手松紧有度，看起来，经常帮人打飞机。柏建新没有说话，感觉血流加速，心跳加快。他不停地想，如果自己混得不像人样，她会如此热心吗？

你在想什么？展萍问。

柏建新没有说话。展萍又问，是孙嘉国的事触动了你？柏建新长出了一口气，歪在那儿，心里面沉甸甸的，真不知怎么说才好。展萍扯过纸巾，擦着手指。柏建新点燃了一支烟，哦，别提他了，你要我怎么做？展萍说，谁也没逼你，只是，别忘了当年的誓言就行了。

你放心，有机会我会帮他的。

你不想知道他的情况吗？

柏建新摇了摇头，不敢和展萍对视，担心眼里能喷出火来。他闭上了眼睛，情不自禁地捏紧了拳头。孙嘉国，一个既陌生又熟悉的名字，勾起了他的回忆，让他突然变成了另外一个人，一个不是柏建新的人。

第十一章　恼人的情书年代

二十多年前，展萍可是十五中最漂亮的姑娘，这是孙嘉国说的，也是男生们公认的。后来，十五中的知青都去了蚂蚁岛，一部分在山嘴，一部分在大鱼坨。上了岛，展萍身边可以自由出没的只有柏建新和孙嘉国两个了，其他的，都像隐了身的妖怪，不阴不阳，不远不近。再以后，连孙嘉国也变得蹑手蹑脚，无影无踪，于是，有人就鼓动上面，把他调到大鱼坨青年点。这样一来，柏建新便成了展萍身边唯一的不被人嫉妒的男生。这也是柏建新的威望陡涨的时期，有那么多认识的和不认识的男生都来讨好他，都要惊讶地问，原来你就是老柏呀？

如果不是因为一次事故，柏建新会一直耀武扬威下去的。在这次事故之前，经常有人托柏建新递送情书，料到无论如何他都要偷看，因此，都不粘封口，都以坦荡的胸怀暗示他自重。其实，这样的情书不看也罢，啰里啰嗦的，根本无法启迪柏建新混沌的两性意识，看了，纯属浪费时间。让他乐此不疲的，除了能得些瓜果小吃外，还有一堆一堆的恭维话。然而，有一封情书让柏建新厌恶，信封上一个字也没有写，封口上还涂了胶水。送信人急着要走，说是火爆大哥的信。

火爆大哥？柏建新问，怎么？他也瞄上展萍了？送信的没有搭理他，戴上狗皮帽子，走了。柏建新来了气，按规矩，火爆大哥应该孝敬点儿什么的，即便没有好吃的，也得捎点儿好听的。柏建新怒从心头起，一把将信封撕开了。情书上面没写称谓，开头一段“想你……还想你……”，柏建新笑个不停，妈的，牙都要酸倒了。还有一段写着“把孩子打掉吧……留得青山在，不怕没柴烧……”等等乱七八糟的话。柏建新没看懂，即便字迹不那么潦草，也未必能弄明白其中的深意。他从头至尾看了两遍，还是将信将疑：展萍有孩子了？

柏建新留了个心眼儿，破天荒没有把信交给展萍，他担心展萍脸皮薄，挂不住羞。他准备好好想想，该怎么解决这个棘手的问题。柏建新偷偷跟妇女们打听怀孕的常识，妇女们只是说，怀孕的女人肚子大。大到什么程度呢？反正像锅盖那么大就是了。展萍的肚子好好的，腰是腰，腚是腚，走起路来还一扭一扭的，这哪像怀孕的人？这足以说明火爆大哥是存心调戏。几天后，柏建新自作主张，把那封信包上一块石头，扔进厕所里，溅起来的粪水落在裤腿上。柏建新咧着嘴，暗骂晦气。

两个月后，一个女生的肚子鼓得和锅盖差不多大了，柏建新一阵惊慌，凑到跟前，左三右四地看。女生瞪着柏建新，还踢了他一脚。又过了两个月，火爆大哥来了，瞪着三角眼四处寻找柏建新，寻到了，又一声不吭，只是下死眼地盯着。柏建新不敢与他对视。好半天，火爆大哥问，信呢？

什么信？柏建新假装糊涂，梗着脖子说，谁知道什么狗屁信？火爆大哥冷笑了两声，不问了。他掀开军大衣，从腰上解下来一根链条，握在手里，下死眼地盯着柏建新。柏建新想跑，发现前后左右都没了活路。紧接着，链条落在了他的身上，雨点一样急。那一次，火爆大哥几乎要了他的命。柏建新才知道，那封信并不是给展萍的，才明白大肚子女生如果及时看到这封信，也许还来得及堕胎。结果，错过了时机，生下了一个女婴。柏建新后悔莫及。

一年以后，知青们全部回城了。绝大部分从回城那天算起，就失业了。柏建新挺幸运的，被母亲生前的单位——滨城冶金疗养院招去，当了钳工。有了工作，就意味着长大成人了。他终于摆脱了监护人，可以自由支配工资了。从此，香水湾周边的饭馆里经常能见到他的身影。他理所当然地学会了抽烟喝酒、穿喇叭裤、戴蛤蟆镜。柏建新就是在这样的环境下懂得了爱情，并且掌握了几种应付爱情的手段。他的爱情之旅首先是从邀请展萍看电影这一美好而特殊的契机开始的。

回城以后，展萍从没拒绝过任何一位邀请她看电影的人，无论这个人是男是女、是丑是俊。那些日子里，展萍痴迷电影，像男生痴迷她一样。柏建新和她看的第一场电影是印度大导演普利特维·拉兹·卡普尔执导的《流浪者》，柏建新为了赢得好感，让展萍欣赏他的口才，先买票看了一遍，牢牢记住了影片的内容。他故意重复着大法官拉贡纳特的一句经典台词：好人的儿子一定是好人，贼的儿子一定是贼。以此来炫耀自己。就这样，展萍的胃口被吊起来了，还没等去看电影，就对柏建新刮目相看了。柏建新幽默地唱起《拉兹之歌》，边唱边看展萍的脸色。

俺爸拉裤（到处流浪），嗯哼，
命运唤我奔向远方，奔向远方，嗯哼，
孤苦伶仃，没有依靠，
我看这世界像沙漠，
它四处空旷没有人烟……
活在世界举目无亲和任何人没有来往，
好比星辰迷茫在黑暗中，
俺爸拉裤（到处流浪），嗯哼，
俺爸拉裤（到处流浪）……

柏建新把自己想象成了拉兹，把展萍想象成了丽达。他一遍遍地唱着这首歌，感觉和展萍的心一点点地靠近，感觉爱情的干柴燃起了火苗，即将熊熊燃烧。俺爸拉裤，俺爸拉裤，俺爸拉裤，俺爸拉裤！他抑制不住兴奋的心情，在前往电影院的路上高声唱了起来。

快闭嘴吧，你！展萍脸色苍白，恨恨地说，公鸭嗓子你唱个没完了，嗯？柏建新吐了下舌头，没料到情况会如此糟糕，早知这样，决不会豁出命唱的。他吐了下舌头，歉意地看着展萍。展萍笑了，眸子里恢复了些许暖意，老柏，别再唱了，好吗？继续说咱们的拉兹和丽达吧。

拉兹和丽达曲折的爱情故事深深地感动了他们，那天，柏建新第一次为爱情流下了眼泪。接下来，看电影成了两个人保持关系的一个重要方式。从那以后，他们每个星期都能看上一场催人泪下的影片。每当展萍要抹眼泪了，柏建新都会提前一步，先哭个一塌糊涂，往往因此忘却了事先设计好的拉手、搂肩膀的规程。展萍倒是主动递给他手绢，让他擦干眼泪，柏建新不管那一套，擤了鼻涕后依然抖着肩膀哭。展萍感到恶心，气不得，骂不得。就这样，虽然经常一起看电影，但是，柏建新一直没有抓住让爱情升温的机会。

后来，黄丽鹃送给他一块手帕，这是她走了几家商店才买到的生日礼物。黄丽鹃说，建新，你要珍惜。柏建新好半天没敢表态。想起了展萍曾经递给他的手绢，懂得了一个信物对女人是多么重要。他痛惜错过了那么多的机会，痛惜美好的姻缘多次从手里溜掉。怪谁呢？实在要怪，就怪不争气的鼻涕泡吧。

为了爱情，柏建新学会了编造各种理由请假，他每时每刻都想围在展萍身边，哪怕像狗一样恬不知耻也好。展萍除了答应和他看电影，对其他巧立名目的约请都不感兴趣，甚至用“没时间”来搪塞。这让柏建新的爱情攻势减弱了许多，苦心设计的词，见了面，像大风刮走了似的，越说越乱，越乱还越要说，语无伦次时，后果可想而知。后来，他尝试用笔“说”，“说”错了可以修改。他很快就找到了虚构的感觉，感叹着创作的伟大力量。于是，永不疲倦地撰写情书成了柏建新孤单岁月里的一大乐趣。

农历八月十五这天，柏建新恳请展萍和他一起去北海头，一起欣赏“海上生明月”时的壮观景色。也许是没有听到，也许是假装没有听到，展萍面无表情，一头钻进了厕所里。柏建新站在厕所边，始终找不到展萍拒绝这次浪漫之约的理由。中秋月圆之夜，一对恋人在海边，边走边谈，或者光是走，一句话也不说，只聆听大海的呼吸，只仰视圆润的明月，不是很惬意的吗？她为什么要拒绝呢？

当天晚上，执着的柏建新骑着自行车来到展萍家楼下，他的脖子上挂着望远镜，准备让展萍通过望远镜，看到更清晰的月亮。同时，他还想心平气和地讲述那次神秘的UFO经历，想和展萍分享一回埋在心底里的研究成果，他需要一次掌声，需要一次鼓励。展萍会感兴趣的，即便不那么感兴趣，也不着急，这不是着急能解决的，这是科学。他相信真理掌握在少数人的手里，他就是那一小撮秉持真理的少数人。他相信无论展萍感兴趣与否，都不会影响他和她即将升温的伟大爱情。

夕阳的余晖还没有褪尽，北海头那边的月亮便急吼吼地挂上了半空。柏建新站在路灯下，凝望着展萍家的窗户，虽然什么也看不见，但他有足够的耐心。在等待的过程中，他的自信一点点地被蚕食掉了，渐至消失殆尽。等到月亮更加惨白的时候，电灯亮了，展萍的影子从暗处转到了明处。柏建新朝她招手，举着望远镜看她。镜头里又什么都没有了，只有一个亮着灯光的窗户。那天晚上，柏建新足足等了四个小时，灯光亮了又灭，灭了又亮了许多次。在这四个小时的等待中，他抽了整整一包烟，展萍依然没有下楼。四个小时以后，月亮旁边出现了几片流云，淡淡的，又有点儿像雾，不久，被更大的云层遮住了。天空恢复了原色，像展萍家的窗户一样黑暗。柏建新在如此悲凉的深秋的夜晚，像一头走投无路的麋鹿，恨不能朝黑暗处狠狠地撞过去。激情耗尽之时，柏建新忍不住掉下了眼泪，转念间，又痛惜如此虔诚的泪水没机会让展萍看见。如果看见了，她肯定会被感动的，肯定会跟他一起去北海头的，肯定会和他一起赏月的。如果是那样，才让人鼓舞和欣慰呢。柏建新扔掉烟头，骑上自行车，恋恋不舍地离开了。胡同里，漆黑一团，迎面传来一串笑声，仔细听，是展萍的笑声。一辆骑得飞快的自行车差一点儿撞上了他。黑暗中他听到孙嘉国的一声断喝，妈的，瞎了吗？柏建新让开了，展萍的笑声像一支羽箭，刺中了他的胸膛。

在这以后的大段时间里，柏建新都是在大喜和大悲中煎熬着，展萍笑了，他会开心；展萍恼了，他便精神恍惚。这期间，他以巨大的热情投入美妙的情书创作中去，悟出了情书的最高境界：首先要愉悦自己，然后才能感动对方。柏建新在创作中极力渲染着懦弱，尤其热衷表现眼泪和孤独。他剖析过许多“流泪”的心理过程，把流泪后的欢笑和欢笑后的流泪之间的界限把握得十足精准。他还真能在需要的时候运用自如地朝信纸上洒几滴眼泪，模糊几行字迹，以达到身临其境的效果。他为能如此准确地表达爱情而欣喜若狂，继而推广下去，花样翻新。面对着信纸，他总要不厌其烦地叙述上一封情书发出去以来的种种焦虑和忧伤，以细腻的笔法、华丽的辞藻，描绘着怯懦的心情，检讨着错谬。他迷信写作技巧，并尝试着运用各种精妙的结构达到高度理想的效果。这样的情书送进邮筒时，就是激情的强弩之末。那一瞬间，柏建新经常会神经质般地出现极端状态，会突然后悔多写了一句话，或者用错了一个词，担心这句话和这个词很可能适得其反，很可能让他的爱情夭折。甚至有过那么一次，因为用了一个轻佻的词而懊悔不已。在邮筒前徘徊了三个小时十六分钟，直到阳光灼伤了后背，邮递员才无精打采地来了，又无精打采地打开邮筒。柏建新眼疾手快，一把抓回自己的信，然而，被反应更快的邮递员掀翻在地，死死地摁在那儿。后来，经核实，才把信交给他。柏建新迫不及待地打开信，从头至尾看了两遍，发现那个词颇有点睛之意，并不像想象的那样轻佻，这才松了一口气。于是，他抓紧时间买了信封，写了地址，贴了邮票，抓紧时间送到邮递员的手里。

每当情书邮出去，柏建新总会化成一缕无色无味的轻烟，飘到展萍的身边，附在她的肩膀上，看着邮递员把那颗滚烫的心，捧送到展萍的手中。他享受这种偷窥——展萍从接情书到打开阅读的所有动作都不能离开他的视线，他要仔细观察展萍的一举一动，每个笑容、每次皱眉瞪眼都要看个清清楚楚。柏建新一边看信，一边观察展萍的表情：害羞了？恼了？抿嘴笑了？大笑了？笑得倒在床上了？不笑了？眼球一动不动了？

大半天过后，柏建新按照自己的理解，构思好了下一封信的主要内容。他迫不及待地铺开信纸，拿起笔，表达着衷肠。为了支持他的爱情，钳工班的于师傅破天荒地将仓库钥匙交给了他，允许他在仓库里不被打扰地写情书，工作之余，可以一边写情书一边幻想着未来。时间久了，他也搞不清哪些是真实的，哪些是虚幻的。信中的展萍与每个星期都要和他看一场电影的展萍越来越不一样，柏建新越来越不适应和她面对面地交流，宁可背对背，靠文字传递着爱的信息。情书里的展萍才是可爱的，有血有肉，有说有笑，并且善解人意。二十多年后再谈起这段爱情，展萍和柏建新都记不得总共写了多少封情书。

有两大抽屉吧。展萍说，那时候，你挺真诚的。柏建新说，可惜有情人没能成为眷属。展萍说，可是，我根本就没读过你的情书。接着，展萍又说了让柏建新惊得差一点儿背过气的秘密。展萍说，全让我妹妹抢去了。展萍的妹妹从小有病，想要的东西家里人都得顺着。展萍的妹妹一开始就喜欢读柏建新的情书，读情书对治疗她的病，竟然非常见效，比吃药还灵！

柏建新猛地站起来，瞪着展萍。他的手在颤抖，他的嘴唇在颤抖，他的心在颤抖。如果二十年多前能够想到和他徜徉在爱情海洋里的对象不是展萍，他还会那么痴迷地写下去吗？二十多年后，当展萍反复擦拭着手上的精液居然还能保持着微笑时，柏建新内心深处的怒火几乎要喷出来了。他背对着展萍，表达着愤怒。二十多年前那段荡气回肠的情书之旅竟然如此滑稽，如此糟糕。柏建新无论如何也不能平静下来，自己就像一头愚蠢的麋鹿，很早很早以前，就被一只无形的手拽着走，偏离了方向，沿着岔路越走越远，越走也就越荒唐。

每发出两三封情书，总能接到一封署名“你的萍”的回信，柏建新哪里知道，这是展萍妹妹的恶作剧。于师傅每次从传达室取回信，都要朝柏建新的屁股上踢一脚，快活地说，写你的情书去吧。柏建新捧着回信，钻进仓库，插上门闩，抚摸着信封上秀丽的字迹，痴痴地想，痴痴地笑。他并不急于拆信，总是猜想一下信里都会写些什么。然而，结果却往往让他大吃一惊，和猜想大相径庭。其中，最出乎意料的是一封等了两个星期的来信，信中透露出“孙嘉国猛烈追求”的秘密。虽然这不是秘密，还是让柏建新一整天都沮丧不已，懊恼不已。他几乎被这个噩耗击垮了。柏建新没有勇气追问展萍和孙嘉国的关系，如果问了，不外乎三种答案：一是果然恋爱了，二是根本不可能恋爱，三是矢口否认恋爱过。即便问清楚了又能怎么样呢？因此，三个人，不，是四个人，其中还加了个展萍的妹妹，他们盲人骑瞎马，在爱情的天堂中横冲直撞。如果展萍告诉他，我和孙嘉国根本没有那回事，柏建新肯定能警觉起来，肯定能捉住展家妹妹的那双左右他的爱情的“黑手”，就不会像一头愚蠢的麋鹿，被一根无形的绳索拽着乱走。

以不再和展萍一起看电影为时间节点，柏建新的维系了两年的“爱情”结束了，如同轰鸣的机器突然停止了运转。一切都尘埃落定，一切都悄无声息。柏建新扔掉钢笔，走出了仓库，他决定不再无休止地写下去。他得活回来，得活到现实中来。现实是残酷的，现实不是请客吃饭，不是你好我好，现实是你死我活，是你死我也活不成。理智告诉他，不要在展萍的身上浪费时间了，展萍是一块铁，冷透了，他柏建新没有暖化她的本事。他定下心神，下决心不再靠一己之力拯救这台残破的爱情机器，他学会了放弃。可是，钳工班于师傅的一句话又让他陷入了新的危机之中。于师傅敲着铁案，操着浓重的胶东口音说，你急什么？你慌什么？她要是你的，跑到天边也得乖乖回来；要不是你的，你跑到天边她也不在乎。

你说展萍还是我的吗？柏建新怯怯地问，我又是谁的？

你这不是废话吗？你就是你爹你妈的！

你能肯定我是我爹我妈的？柏建新傻子一样地问，忽然想起妈妈被海水泡肿了的脸，才意识到身边空荡荡的，才意识到无依无靠地活了许多年。如果妈妈还活着，柏建新相信他的爱情不会如此悲凉，如此无助。爱情毁掉了，于师傅的话却让他空虚的内心得到了填充，他迫不及待地想打开尘封的史册，比任何时候都迫切想了解那段几乎被忘却了的往事。很快，他判断出妈妈死亡的背后肯定有着不可告人的秘密，这种疑虑越来越强烈。可是，什么事都不是想象的那么简单，没等柏建新把他的疑虑全盘端出，于师傅的头就摇得像个拨浪鼓。

你问的都是没影子的事。于师傅转动了一下黄眼珠子，没想到啊，你小子突然间就成熟了！他拿起扳手，有一搭无一搭地敲着铁案。柏建新不依不饶地追问母亲的死因，于师傅蹲在条凳上，挠着头皮，挠得哗哗直响。于师傅说，老柏你别逼我，我还想着多吃几年太平饭呢！最后一句话，让柏建新十分震惊，什么力量能阻止于师傅谈论一个死去多年的工友呢？什么力量让妈妈从二十多米高的悬崖上纵身跳下去呢？难道就是因为口袋里装着的两百元公款？当时，有人说妈妈畏罪自杀。她要那么多钱干什么呢？可惜，真相的大门始终关着，于师傅闭口不谈，其他人更是不敢沾边。柏建新收获了一堆疑问，甚至神经质地坚信，阴森森的疗养院里有那么一双阴森森的眼睛在盯着他的一举一动，这双眼睛肯定是熟悉的，当然了，在真相没有大白之前这双眼睛也是最陌生的。这双眼睛让他毛骨悚然，柏建新担心哪天也会像妈妈那样，忍不住跳崖。长得足够大、足够成熟以后，柏建新后悔了，如果当年再聪明点儿，也许就能从于师傅的嘴里套出秘密的，可惜，那时他刚经历失恋的打击，大脑有些僵化，判断出现了偏差。不久，柏建新又开始了新的旅程。这回是从虚无缥缈的精神领域一下子转到了现实中来，他找到了一种治疗失恋的好办法——赚钱致富。这种转变虽然有些突兀，有些夸张，有些不可思议，不过符合形势。那是全民下海经商的年代，那是一切向钱看的年代，柏建新惊奇地发现，满世界的人都在谈论钱，只有他，像个傻瓜一样沉湎于虚无的爱情之中，沉湎于情书的创作之中，沉湎于动人心魄的文字之中。倒霉的爱情差一点儿毁了他的发财进程。后来的事实证明，他的发财之路同样坎坷到了极点，一路踉跄，一路荆棘。

10月份正好是疗养院的大忙季节，十多个维修工分成两组整修供热管线，准备迎接采暖期。柏建新显得很忙，其实，只有他自己知道，他闲得难受。他害怕静下来，静下来后会发觉更闲。这天，师徒俩正在锯一根镀锌管，门卫宋叔跑来，让柏建新去接电话。柏建新实在想不起来天底下有谁会给他打电话，愣了半天，才跟着去了。路上，宋叔说，老柏，办点儿事呗？宋叔说他家准备装土暖气，缺几根管子。宋叔小心地问，你不是有仓库的钥匙吗？柏建新明白了他的意图，顿时，有些反感。宋叔说，我也不能白用你。他伸手掐断一条柳枝，老柏，下班时，你把管子扔在煤堆那儿就行了，剩下的事和你鸟毛关系都没有，完事，给你几瓶好酒，痛快喝一顿，多美气？如果没有后面的一席话，柏建新很可能就转身往回走了。宋叔说，怪可怜见的，还没有我腰高呢，你妈就把你丢下了。柏建新灵机一动，扭头问他，我妈为什么要丢下我？宋叔吓了一跳，老柏，接电话吧。

电话是孙嘉国打来的。孙嘉国的姐姐在邮电局工作，办公桌上有一盘电话，可以随便打。孙嘉国抄起电话，想了半天，只有柏建新有工作单位，就拨通了疗养院的电话。这是柏建新第一次接听电话，在这之前，从来没有摸过电话。他找不准合适的电话语言，孙嘉国也没有找到，他看起来比柏建新还要笨。两个人支吾了好半天，像一对烦躁的耗子似的。

你到底有什么事？柏建新假装不耐烦地问。

老柏呀，今天的天气真好！孙嘉国假装轻松地说。

有话快说，有屁快放！柏建新有些不耐烦地说。

老柏呀，红星电影院刚演的日本片，听说还有栗原小卷脱裤子撒尿的镜头，孙嘉国兴奋地说，我要像你那么有钱，肯定要连看五场的。经过不断努力，他俩终于找到了共同的电话语言。“栗原小卷脱裤子撒尿”刺激着他们的神经，两个年轻人的情绪突然间盎然起来。

骗谁呢？你当我是傻瓜吗？

千真万确，是展萍告诉我的。

她能跟你说这样的下流话？柏建新气得撂了电话。

第十二章　友谊在颠覆

下班后，柏建新没有回家，他想找孙嘉国，把“栗原小卷脱裤子撒尿”的出处问个清楚。他来到孙家，发现孙奶奶和孙爷爷在门外低头踅摸，像一对觅食的鸡。柏建新问，找什么呢？孙奶奶说，找钥匙，钥匙丢了。说着，露出了干巴巴的笑容，一点儿也不像着急的样子。柏建新问孙嘉国哪儿去了。孙爷爷咳嗽了一声，孙奶奶赶忙闭上嘴。柏建新还要问，被几个小子发现了，跑过来，拽着去饭馆喝酒。柏建新这才得知，二十分钟以前，孙嘉国驮着展萍，在这一带转了两个来回，满世界都知道他要带她去看电影。柏建新想起孙爷爷不同寻常的咳嗽，耳边传来中秋节那天深夜胡同里飘荡着的笑声。影像和笑声闪进闪出，伙伴们还说了些什么他都没听到，耳边就是那串刺挠人的笑声。柏建新连喝了几杯，只觉得天旋地转，顺着现在往回转，转到了过去。过去的那个年代里，有着瘦小的孙嘉国、扎着羊角辫的展萍、走路姿势像一根标枪的班主任老师……

多年前，柏建新的妈妈意外去世了。那时，柏建新还不到十岁，街道和疗养院的领导想了很多办法，决定由觉悟高的人家轮流照顾他。按照政策的上限，疗养院每个月给十八元钱生活费，这钱是不会到他手里的。院里请监护人掌管生活费，供他买书本、穿衣、吃饭用。每个月散在他手里的零花钱不超过两块钱。即便如此，柏建新也是远近闻名的“小财主”，对孩子们来说，两块钱绝不是个小数目，能买许许多多的好东西：夏天买冰棍、买虾米糖；冬天买糖葫芦、买炒花生。和别的孩子相比，柏建新童年就像生活在蜜罐里一样，零食无忧。后来，他喜欢上了小人书，不久，就成了藏书大王。小朋友们都愿意跟他在一起，哄得他高兴了，可以大饱眼福。

这天中午，知了扯着嗓子叫，叫得那个响，轰轰的。这时，柏建新抱着一摞小人书出场了。他走到阴凉处，找了两块砖头塞到屁股下面，然后，四下瞄着，瞄了一眼又一眼。不一会儿，身前身后就挤了一堆小脑袋瓜。他们找准角度蹭书看，还得抽空看他的脸色。柏建新像往常一样，突然将书合上，装模作样地伸了个懒腰。聪明点儿的赶紧讨好他，有的给他扇风，有的给他捶背。柏建新的派头摆足了，才扯出几本小人书派送出去。像孙嘉国这样的刺头就没有这样的待遇了，只能干瞪眼。孙嘉国抓了一块土疙瘩丢过来，正好砸在柏建新的脑袋上。柏建新吓了一跳，接着就抱头痛哭。哭了一会儿，迁怒众人，将小人书扯到怀里，抹着眼泪跑了。回到屋里，他就忘了为什么要哭。他把小人书放回抽屉里，想了想，不知该做点儿什么。知了叫得火急，叫得轰响，他的心空落落的，无所事事。他爬到柜子上，从铁皮盒里拿了两块饼干，重又出来。小朋友们盯着饼干，馋得直咽口水。柏建新掰成几块，分给他们，引得阵阵叫好。孙嘉国狠狠地瞪着柏建新，准备再给他一个好看的。这时，一辆卡车轰隆隆地开过来，停在不远处。柏建新使了个眼色，带着小朋友们朝汽车那边跑。卡车上跳下来几个人，吆喝着往车下抬家具。柏建新和小朋友钻进钻出，哪儿碍事就到哪儿。他忽然看见了一只碗，闪着金色的光芒。他趁人不注意，蹲下身子，把那只碗抓在手里，站起来，转身就要跑。这一刹那，他的鼻子触到了另一个鼻子上。柏建新吓了一跳，慌忙倒退了两步，后脑勺磕在汽车上，疼得连吸了几口凉气。迎面站着一位年龄相仿的女孩子，狠狠地盯着他。

拿出来！女孩子厉声喝道。柏建新扬着脖子，拿什么？一边说一边朝左侧挪动，想寻机逃跑。女孩子拦住了去路，拿出来！柏建新一头撞向她的胸口，趁她捂着胸口之际，撒腿就跑。没跑上几步，女孩子追上来，将他撂倒在地。柏建新的膝盖磕在石子上，疼得连声惨叫。叫声还没有落下呢，女孩子也跟着一声惨叫，捂着脑袋。人们围上来，怎么了？怎么了？柏建新撸起裤腿，指着膝盖喊，哎呀妈呀，出血了呀，她打人了呀！

明明是你打她的头，还敢狡辩。有人说。女孩子捂着脑袋，哭得浑身乱颤。柏建新发现孙嘉国藏在人群中，他大喊一声，是他打的！两个人绕过去，把孙嘉国捉了过来。这么一闹腾，睡午觉的都出来了，都站在街边看热闹。这时，出来一位戴眼镜的男人，问了几句后，把女孩子拉起来。“眼镜”又查看柏建新腿上的伤，喊着，小萍，撕一块布来。小萍捂着脑袋回屋了。柏建新趁机坐在地上，龇牙咧嘴。“眼镜”拽了几下，没拽起来，急得直搓手。邻居们纷纷指责这户人家。有人质问，谁给你们撑的腰？“眼镜”摇着手，真没有谁撑腰，你们误会了。这时，小萍过来，递上一块布。“眼镜”蹲下来，扯了一条搭在腿上，另一条点着了。不一会儿，布条化为灰烬，落在柏建新的伤口上。“眼镜”给他包了伤口，这才站起来。

你不跑不就没事了？小萍说。柏建新挠了挠后脑勺，你不追，我能跑？他忽然想起来，你的脑袋还疼吗？小萍摇了摇头。柏建新指着孙嘉国说，是他干的。

小萍，到底怎么回事？“眼镜”问。

你问他。小萍指着柏建新，他偷咱家的东西。

你满嘴喷粪！柏建新大声嚷嚷。

你胳肢窝里夹的是什么，敢拿出来吗？

“眼镜”耐心地说，让他玩一会儿吧，玩够了，还能不还给咱们吗？柏建新有些恼，掏出碗来，你们家哪来的金饭碗？是地主老财吧？黄澄澄的碗在阳光下泛着金光。“眼镜”一把抢过碗，别胡说，我们是贫农。

你贫农出身哪来的金饭碗？邻居们纷纷质问。“眼镜”连忙说，这不是纯金的。孙奶奶风风火火地跑去送信，不一会儿，上面来了人，把“眼镜”连同饭碗一起请到小黑屋子里去了。经过这么一闹腾，柏建新也累了。回到家，看了一会儿小人书，由这件事引起的所有的不快就算过去了，他睡了。

第二天一早，“标枪”老师领来一位瘦瘦的女孩子。一见到她，柏建新的心就狂跳开了，大事不好，人家找上门算账了！老师让女孩子自我介绍一下。女孩子瞪着大眼睛，看了一圈。柏建新垂着头，没敢和她对视。

我叫展萍，发展体育运动的“发”，浮萍的“浮”。

柏建新扑哧乐了，嘿，你叫发浮？这一声喊，引起了共鸣，顿时，教室里笑翻了，连“标枪”老师都笑得前仰后合。“标枪”老师指着柏建新，臭小子，就你话多，就你耳朵长！此时，展萍认出了柏建新，满脸的愕然。

展萍，你就坐在他旁边吧。老师点着柏建新的脑袋，记着，你就当他是一坨屎，千万别粘上了，粘上就洗不掉了。老师让柏建新的同桌搬到另一处去。同桌三下五除二，收拾利索了，端着书包走到另一处。

我不要和他做老对儿！展萍突然喊，打死也不！

谁稀罕和你当老对儿，臭不要脸的，臭“发浮”！还没等他骂下去，脑袋就挨了老师一巴掌。展萍受了侮辱，捂着脸哭了，这是她第一次因为柏建新而哭。“标枪”老师只好重新安排座位。这次戏剧性的排座位就像命运的一个缩影，“标枪”老师让展萍坐在孙嘉国身旁，而孙嘉国的同桌又满心不愿意地换到了别的地方，别的同学又换到了另外的地方。由于展萍的一句话，整个班级来了次大搬迁，乱了好一会儿才平静下来。

乱点鸳鸯谱！柏建新嘟囔着。看孙嘉国那个臭美劲，气就不打一处来。整个一上午，孙嘉国变了个人，破天荒没有搅闹课堂，也没有出怪声。柏建新深感好奇，忍着没回头看，因为上课的时候，“标枪”老师拎了一把椅子坐在他身边，气哼哼地说，我倒要看看，不说话你就变成哑巴了？可怜的柏建新这一上午即便比平常老实了许多，脑袋上还是挨了几顿敲。漫长的上午熬过去了，老实说，柏建新并没有听课，虽然还算老实，思维却四处乱窜了。他从展萍想起，想了些什么也记不得了，接着，又想什么更记不得了，直到“标枪”老师突然站起来，思绪才收拢回来。仔细想想，展萍长得挺好看的。他有些心酸，要是和她做老对儿该有多好啊。

乱点鸳鸯谱！柏建新嘟囔着。这时，老师提高了嗓门，放学！随着哄的一声，欢叫声几乎把房盖掀开了。收拾好了书包，柏建新找到孙嘉国，要和他结伴回家。孙嘉国拒绝了，他要到被服厂找奶奶。柏建新看着展萍，咧着嘴想笑，却不小心冒出了鼻涕，像两条毛毛虫。展萍紧皱眉头，不敢直视。

那个谁，你家怎么会有金饭碗？柏建新好奇地问。展萍白了他一眼，关你什么事！柏建新说，你家的金饭碗怎么扔在地上了，让人捡去了多可惜。展萍又白了他一眼，扭头不理。

那个谁，我保护你回家吧，高年级的学生专堵着要小钱。柏建新说。

和你一起？展萍咬了几下嘴唇，拉倒吧，我和孙嘉国一起走。

别跟他走，他还要到被服厂，得绕大弯呢。柏建新急着说，干脆以后我就到你家吃饭吧。不白吃的，疗养院给饭钱。我还有许多小人书，让你随便看。

别理他！孙嘉国凶巴巴地说，他是小偷。

你满嘴喷粪！

孙嘉国脖子一梗，绕过课桌，作势要打。柏建新慌忙退后了一步，没有回嘴。

你的小人书都是偷的，上面都有疗养院的戳儿。

你满嘴喷粪！在漂亮的女生面前屡遭诬陷，换了谁都是不能忍受的，柏建新也不例外。他跳起来嚷，你是什么好东西了，摸你姐的奶子当别人不知道吗？柏建新光顾着嘴上痛快了，放松了警惕。孙嘉国一个暴跳，挥拳砸在他的鼻梁上。柏建新一声惨叫，两条“毛毛虫”各自穿了一件鲜红的衣裳溜出来，再也不想回去了。他勉强睁开眼，叫着喊着扑过去，要和孙嘉国拼命。孙嘉国侧过身子，一把抓住他的手腕子，一抖一带，一个扫堂腿，柏建新直挺挺地摔在地上，半天不能动弹。他的脑袋像灌了糨糊，迷迷糊糊的也不知道疼，好一会儿才抹了一把鼻血，然后，满地打滚，大造声势。展萍吓坏了，连忙挡住孙嘉国，又好不容易把柏建新扶起来。柏建新哭着跑出教室，展萍扯着孙嘉国追了出去。幸好，柏建新没有去找老师告状，而是直接朝校外跑。

一路上，孙嘉国沉默不语。展萍几次催促，他才磨磨蹭蹭地跟上来。柏建新一边走，一边抹脸、擤鼻涕，哭了一会儿，累了，哭声小了许多，拐了几个胡同后，就不哭了。大墙根那边有一处自来水点，柏建新蹲下来，冲洗脸上的血痕。他洗得很仔细，一点一点地擦，一点一点地抠。展萍有些不忍，有些恼火，瞪了孙嘉国一眼。孙嘉国倚着墙根，假装看天上的云彩。展萍说，认个错吧。

他要是不告诉我奶，我就认错。

柏建新洗完脸，突然看见了展萍和孙嘉国，一时没了主意，不知是该哭还是该笑。展萍扯了扯孙嘉国，两个人走到柏建新的面前。

你叫柏建新吧？展萍说，我叫展萍。

我知道，发展体育运动的“发”！

展萍笑了笑，别再打架了，打坏了谁都不好。柏建新说，听你的，以后，不跟他一般见识了。

你别找他奶告状了，好不好？展萍进一步请求，孙嘉国也知道错了，他保证不打你了。

看在你的面子上，我就不找孙奶奶了。柏建新又诚恳地说，我的小人书都是疗养院送的，不是偷的。孙嘉国说，我信了！下次谁再说你是小偷，我就揍他。咱们以后就是哥们儿了。

行！咱们拜把子吧。

算我一个。展萍说。

行！算你一个！柏建新伸出手，孙嘉国伸出手，展萍也伸出了手，三个人的手握在了一起。柏建新喊了一句，头可断，血可流，革命友谊不可丢！展萍身上的血一下子就热了，紧紧地握着他们的手，跟着喊，头可断，血可流，革命友谊不可丢！

谁要是背叛誓言，谁就不是妈养的，是狗养的，是狐狸养的！柏建新吼着，嘴里喷着唾沫，鼻腔里的两条“毛毛虫”好奇地爬进爬出。展萍真想让他把鼻涕清理了，考虑到不要坏了气氛，才忍着没说。柏建新忽然问展萍，“眼镜”是你爸吗？展萍点了点头。柏建新又问，蹲了一宿，没挨揍吧？展萍的脸一下子就红了，连说，没有，没有。又说，金碗就是我们家的。

贫农家怎么会有金碗呢？柏建新犹豫再三，没敢问。展萍长得太美了，他不忍伤害她。

第十三章　最后一次温柔

天快亮了，柏建新点燃了一支烟。黄丽鹃咳嗽了几声，伸腿蹬过来，柏建新掐灭了。黄丽鹃翻了个身，表情恢复平和，鼾声起伏，如惊雷又若游丝。半夜里，黄丽鹃拱醒了他。柏建新吓了一跳，发现怀里埋了一个脑袋。柏建新搂紧黄丽鹃，恍如梦中一般。黄丽鹃的手不停地游动，柏建新有了生理反应，抑制不住，和黄丽鹃过了一回激情澎湃的夫妻生活。谁也没有料到，这竟然是他们夫妻的最后一次性爱。

还记得第一次吗？黄丽鹃问，又加重了语气，我们俩的第一次。

怎么能忘呢，那时，我还是个处男呢，急三火四的，还烧了窗帘。柏建新幽幽地说。二十年前的洞房花烛夜就在眼前，伸手就能摸到。黄丽鹃哼了一声，我都忘了你是处男。

我明明就是处男嘛！柏建新说，又觉得有些不妥当，火起来时，我都吓傻了。

我想起来了，你确实是个没结婚的臭男人，脏兮兮的，扔在大街上都没有人要。也无法判断你是不是处男，你就是个光棍。

柏建新嘻嘻笑着，你说得对，光棍苦啊。话音刚落，窗外响起了淅淅沥沥的落雨声，没一会儿，黄丽鹃就发出了震耳的鼾声。

缘分到底还是尽了。柏建新俯下身，脸颊贴在黄丽鹃的脸上，好一会儿，抬起头，端详着妻子，聆听着她的鼾声。当年，为了逃避鼾声，柏建新想尽了各种办法，最后靠医生开具的“神经衰弱”的诊断书才勉强被恩准单睡。那时候，他整天想的就是分开，如今，真的分开了，又不忍心，又恋恋不舍。

雨声渐渐小了，仿佛一段古乐，接近了尾声，呢喃软语，卿卿我我。走了还能回来吗？柏建新一遍遍地问，胸腑间，充斥着一股难以抒发的浊气。黄丽鹃的鼾声停了，微睁着眼睛，看着柏建新的一举一动。她的眼里涌出了泪水。她真想坐起来，抱住丈夫，求他别走；她真想说，一切都好商量；她真想说，一切都听他的。可是，身子沉得像块铁，她没有力量掀开这块铁，让这块铁坐起来。她哭了，无声地哭了。柏建新穿好衣服，轻轻地下床，蹑手蹑脚地走出卧室。从这以后，就再没回来。

五姐站在楼梯口，拄着拖把，发呆，看见柏建新下来，连忙低头，假装擦地。柏建新说，五姐，以后啊……他说不下去了，感觉眼睛有些潮湿。他稳了下情绪，五姐，拜托了，照顾好她。五姐一动不动，也不知是听到了还是没听到。柏建新从她身边走过去，坐在吉祥小象上穿鞋。五姐转过来，呆呆地看他。

你自己也要保重。柏建新站起来，笑着说。

你不要笑了。五姐说。柏建新不笑了，五姐呀，以后也不用和你斗气了。五姐把拖把靠在楼梯边，走到柏建新的身前，突然伸出手，柏建新下意识地打开她的手。五姐握着被打的手，恨恨地说，狗咬吕洞宾。五姐说，领带歪了。柏建新只想着快点儿出门，仿佛那是一道坎儿，迈过去了，就一了百了了。可是，又有些迟疑，有些难舍难分。他没有勇气推开五姐，没有勇气推门而出。柏建新仰着脸看吊灯，灯泡只亮了两盏，一边一个，仿佛他和黄丽鹃，一边一个，预示着他们的命运。

如果不是因为一本名叫《倒在情场上的老板》的烂书，柏建新也许永远不会知道，五姐在他走出家门的一瞬间，跪下了。柏建新也是通过这本书了解到黄丽鹃对他的留恋。在这本书里，作者描述了鹃子的心理活动。鹃子看着丈夫一步步走出卧室，她伤心欲绝。丈夫临走时贴了她的脸，丈夫的脸满是胡茬，应该有几天没刮胡子了，丈夫憔悴了……书中的鹃子就是黄丽鹃。柏建新坚信这本书是黄丽鹃找人写的。他给出版社的责任编辑打了电话，试图印证鹃子的原型就是黄丽鹃。责任编辑请他不要对号入座。柏建新急了，如果是面对面，搞不好也能像五姐那样跪下了，恳求责任编辑收回这本可能败坏他名誉的书。书中还描述了“柏建”这个人如何山穷水尽、如何走投无路，这时，鹃子来到滨城，四处找他，终于，在“伊泉”找到了他。“柏建”

推着一辆童车，全神贯注地看着车里的宝宝，仿佛这个世界只有一个病恹恹的宝宝，别无他人。见此情景，鹃子伤心地离开了。

读到这一段，柏建新热泪长流。这本书勾起了他的回忆，他想起了黄丽鹃的种种好处来，竟然动心了，竟然想回去找她了。哪怕聊几句话，也就满足了。柏建新找到原来的手机，按照存着的电话号码，试着打了一遍。许多号码都换了主人，有些号码根本就没人接听。有一个人的号码没有换，这人就是江晓东。江晓东说，柏老板，你真有意思。柏建新愣了，江晓东在讥笑他，很不客气地讥笑他。江晓东说，他刚出来，消息也不是很灵通，听说黄丽鹃去了加拿大，至于做什么、还能不能回来，他一概不知。他知道的只有这么多，他说他还处在假释阶段，有些话不方便说。柏建新想安慰他，可是，话到嘴边，却一句也说不出来。说什么呢？任何语言都那么苍白，那么虚假。想起江晓东最终图穷匕首见时的凶恶样子，柏建新的心里很不是滋味，恍如隔世。

为什么要杀我？柏建新面对着刀子，倔强地问。江晓东叫喊着，你他妈的，给我闭嘴！逼急了，反手给了柏建新一个耳光。

为什么要杀我？柏建新又问。江晓东的眼珠子都红了，刀子压在柏建新的喉咙上，只要轻轻一拉，柏建新就会一命呜呼，甚至都来不及惨叫。

为什么要杀……柏建新问，喉结处冒出了血。

你……让我爸我妈……喝大粪水！江晓东咬牙切齿地说，你……你丧尽天良！

知道了！柏建新一连声地问，你是耐火材料厂的子弟吧？你是上官莲君的什么人？

你认识我妈？

光你调查我，我就不能调查你了？柏建新说，你真的是莲姐姐的儿子？你果真是她的儿子！你看看，你的眼睛，你的嘴，哦，还有你的鼻子，像，真像！嘿嘿，没想到会死在莲姐姐的儿子手里。

闭嘴！江晓东说，现在，说什么都晚了，神仙都救不了你了。你还好意思提我妈，你脸皮真厚，真厚。我妈她整天喝着大粪水，你知道吗？臭的，不是一般地臭。你还好意思提她？呸！呸！呸！

柏建新心如死灰，仰着脸，让江晓东啐。江晓东啐，就等于莲姐姐啐了。啐吧，该啐，使劲啐！直到这时，他才算真正想开了，嘴里涌出一股苦味，从里到外地苦。他羞得无地自容，懊恼得无地自容。想象中，有人捏着他的鼻子，朝他嘴里灌大粪，想象中，他拼命挣扎……

这时，响起了警笛声。柏建新说，快点儿动手呀。江晓东一时没了主意，掀开窗帘的一角，朝外面张望。

警察怎么知道的？

还用问吗？肯定是你表妹报的案！

我表妹？江晓东收起了刀子，表妹？婊子吧？臭婊子！

快点儿动手吧，警察就要进来了！柏建新催促着。

你说，我还能杀你吗？江晓东跺了下脚，杀了你，我也得偿命呀！

那你就赶紧想办法！你总得处理这件事吧？柏建新催促着，男子汉大丈夫，当断不断必自乱。

我哪有办法呀。江晓东崩溃了，警察就要上来了，快说，我该怎么办？

你把我放了！快！柏建新瞪着眼睛吼，快点儿！

江晓东丢下刀子，哆哆嗦嗦地解绳子，警察砸门了。江晓东抖得更厉害，脸上滚下了豆大的汗珠。他哆嗦着，就是解不开绳子，他不停地问，怎么办？怎么办？又不停地骂，操他妈的，操他妈的。警察撞开了门，绳扣在那一刹那解开了。柏建新站起来，抖了两下，绳子掉在了地上。警察冲了进来，柏建新和江晓东双双举起了手，被警察带走。

警察问，你是江晓东？江晓东说，我是。警察又问，你是柏建新？柏建新说，我是。警察说，柏建新，你的手可以放下了。柏建新放下了手。又一个警察说，不行！他也是嫌疑人！听口音，是三江那边的。柏建新心里一慌，乖乖地举起了手，随着虎视眈眈的警察，上了警车。

进了审讯室，柏建新不再害怕了。他力陈江晓东不是恶意的，是和他开玩笑的。为了让警察相信，他故意神秘地说，这是他们之间的一种默契，一种特殊的、暧昧的游戏。警察听懂了，差一点儿就吐了。柏建新想救下江晓东，就因为他是上官莲君的儿子。江晓东骂得对，他柏建新就是个混蛋、丧心病狂的家伙。他让莲姐姐没水喝，让莲姐姐喝粪水，他简直不是人，猪狗不如。柏建新把责任揽到身上，想方设法拯救江晓东。虽然如此，法院根据警方提供的证据，还是判处江晓东有期徒刑三年。柏建新另案处理。柏建新的案子很复杂，如果说严重，判他死刑都不冤。不过，他的案子又很特殊，谁也没有料到，其中最重要的一项犯罪证据居然消失了。说起来真是让人无法接受，违规骗贷一案因建行二宝行长的自杀，突然断了线索。这可是老天爷拯救了他，二宝临死前居然销毁了对柏建新不利的证据。骗贷案成了无头案。无论警方如何下功夫，柏建新都是软硬不吃，滴水不漏。另外，因野蛮动迁造成的八条人命案也被证明与他没有直接关系，警方实事求是，表示没有证据证明柏建新参与了这件令人震惊的凶杀案。

柏建新逃过一劫，毫发未损地出来了。龙翔房屋开发股份有限公司宣布破产，他因此又逃避了作为法人应该承担的一些法律责任。从头到尾，仿佛在刀刃上跳舞；从头到尾，都在躲着万劫不复的灾难。居然，让他成功了。这一刻，柏建新感到无比轻松；这一刻，他才真正感受到了福祸相依的道理。虽然，两手空空，但获得了自由。这时候，才知道自由的珍贵。有什么比自由、比生命还宝贵呢？没有！

柏建新还了解到，黄丽鹃新成立了盛邦地产股份有限公司。这家公司接手了“云鼎人家”项目，其业务范围和经营模式跟龙翔一模一样。显然，黄丽鹃毁掉龙翔的目的就是从法律上踢开柏建新，盛邦不过是个新瓶，里面装着龙翔的旧酒。盛邦继续开发“云鼎人家”，不过，这次是以建设保障性住房的名义上马的，因为有了政府的输血，“云鼎人家”突然变得红红火火。杨再新再一次得到了他想得到的荣誉，省政府对三江的保障性住房建设取得的进展大加赞扬，住建部也力挺这个典型。柏建新了解了这些以后，由《倒在情场上的老板》这本书带来的激动和小鹿撞怀般的憧憬顿时消散得干干净净，他把书皮扯得粉碎，扔到坐便池里还不解恨，又拉了一泡屎，连着书皮一起冲进下水道里。

有那么一幕很有意思，仿佛是立体电影似的，栩栩如生，让人置身其中，身不由己。一群鱼游来游去，像刮风一样。其中一条是展萍，她调皮地笑，调皮地摆尾拍水。柏建新没捏住她的尾巴，让她挣脱了。一动不动的是黄丽鹃，像雕塑一样，死死地盯着柏建新，只有眼睛是活的，只有眼睛才能证明她不是雕塑。柏建新想捉住她，想和她开个玩笑，想让她动起来。她还是一动不动，柏建新反倒缩了手，疑惑地看着她的眼睛。一大群鱼游过来，刮风似的呼啦啦地来，呼啦啦地去，都不说话，也都没有表情，其中一条是佳玉，身材极美。她不停地炫耀着身姿，展示着舞姿。佳玉身后跟着小鱼宝宝，哦，可爱的孩子们哪。柏建新伸手要捉住小家伙们，小家伙们甩着尾巴，轻巧地躲开了。杨再新冲进鱼群，像头巨鲸，吞噬着鱼群。佳玉拼命地逃，小家伙们紧紧跟随，眼看着就要掉队了。柏建新喊，小心呀！小家伙们被冲散了，成了巨鲸口里的美食。佳玉逃逸的身影刺痛了他，小鱼宝宝葬身鲸腹的画面刺痛了他。柏建新奋力划动，勇猛地冲向杨再新，想从杨再新的嘴里救出鱼宝宝。杨再新爬到柏建新的头顶，甩头吞掉食物，他再次垂下头，狠狠地盯着目标。柏建新预感到杨再新会突然冲下来，一口就能把他咬死。他有些束手无策，有些慌乱，甚至有些后悔。这种心情和在滨城见到杨再新时的感觉非常相似，只不过，那时，还没有这么灰心，那时，还幻想着能够绝处逢生。

那天傍晚，杨再新副市长六点十五分准时到达琴海大酒店，这是许多人都没有料到的。在此之前，柏建新听魂斗罗说，高速公路上大面积堵车。魂斗罗先说他爸今年的生日一定会过得很快乐，接着说起肖家炉发生了重大交通事故。柏建新示意他说下去，魂斗罗来了情绪，有些夸张，有些添油加醋，说有七辆车撞在了一起，说有人朝高速公路上扔石头，结果，就把司机砸死了。

抢劫吗？柏建新问。

谁知道呢。魂斗罗又说，我爸瘫痪了六年。

肖家炉离滨城市区有多远？柏建新问。

一百多公里吧。魂斗罗说，我爸等着我回去呢。柏建新看了一下表，若有所思地说，看来，杨副市长不可能按时到了。

柏总……

你要是走了，谁去接人呢？柏建新漫不经心地说。魂斗罗顿时黯然失色，破天荒没有说话，只是去了一趟洗手间，好长时间才出来，还是一句话也不说，像个哑巴。不久，赵世龙打来电话，问发言材料准备的情况。柏建新一一回答了，顺便告诉他，高速公路出现了大塞车。赵世龙说知道了。柏建新说，他打算到高速公路口接杨副市长。赵世龙没有表态。柏建新耸了耸肩膀，魂斗罗，对不起了，我的事更重要。魂斗罗哭丧着脸，一言不发。柏建新拿出一沓钱，塞到魂斗罗的手里，给你爸买点儿什么吧。魂斗罗捏着钞票，脸色蜡黄。

按照预定计划，柏建新将在琴海大酒店为杨副市长接风洗尘，然后安排他们去郁金香洗浴中心。至于这期间能不能谈正题，那就得见机行事了。其实，柏建新一直很矛盾，想着马上就能从杨副市长的嘴里套出点儿消息，又担心碰钉子。如果没记错的话，杨副市长的冷淡应该是从动迁户突然发动的“绑架事件”开始的。轰动一时的“绑架事件”让杨再新无所适从，柏建新后来知道，情况紧急时，杨再新态度极其强硬地要求有关部门采取断然措施，保护企业的利益及企业家的人身安全。他的讲话传出去后，引起了很大的反响，人们都认为杨再新缺乏政治头脑。杨再新警觉了，猛地就踩刹车了，从那以后，就对柏建新冷淡了。

趁杨副市长还没到，柏建新给妻子打了电话，寻求和杨再新谈话的统一口径。黄丽鹃没有接听。柏建新有些心虚，担心出了什么事。又给江晓东打电话，电话通了，那边非常嘈杂，就听“喂，喂”地乱喊。柏建新挂掉了电话，又给展萍拨电话。接通了，展萍的语调有些怪，问，有事吗？柏建新很是尴尬，想说没事，又得求她办事，就僵在那儿了。展萍不紧不慢地说，我正陪客人喝茶呢。

富丽大酒店订两间房没问题吧？柏建新问。

不是都订好了吗？

我还想订两间。柏建新说，司机和秘书也得住在那儿。

让小江去订吧。展萍有些不耐烦，匆匆地说，不和你聊了。电话里传来了很响亮的亲嘴声，展萍用一个匆忙的吻来打发他。柏建新擎着电话，残忍地想，大姨妈来了，她应该不会做什么的。江晓东打来电话，询问有什么吩咐。柏建新让他赶紧回来，讨论演讲稿的内容。十分钟以后，江晓东像只猫，悄悄地钻进来。房间里没点灯，江晓东猛地看见贴在墙边站着的柏建新，两个人都吓了一跳。江晓东问，有事吗？柏建新说，你到哪儿去了？又厉声说道，让你来，是游山玩水找女人的吗？江晓东低着头，摆弄着手指头。柏建新想起了一个人，记不得这个人是谁，只记得他和江晓东一样，喜欢摆弄手指头，喜欢嘎巴嘎巴地摁，喜欢一根一根地捋。柏建新问，让你写的材料呢？江晓东抬起头，柏总，已经发到您的邮箱里了。柏建新怔了怔，想吼一嗓子，忍住了。他打开电脑，压住了焦躁的情绪，小江，你这就去餐厅订一份菜单吧。

什么标准的？

一万块钱以里就可以了，酒水除外。柏建新说，你先去吧。

这时，餐厅经理敲门进来，柏建新喊住江晓东，让他们就地研究菜单。趁他们忙着，柏建新草草地看了一遍发言稿，虽然不是很满意，但也没有更好的思路。只是恨江晓东敷衍了事，从三江来到滨城后仅做了这么一件事，其他时间要么像个间谍，要么像头蠢猪。柏建新有些后悔，后悔没有认真对待这份材料，谁能料到，杨再新会亲自出席会议。早知道他来，就换个角度写了。总之，他对这份材料不是很满意，继而对江晓东也不是很满意。如果不是考虑到雇他另有深意，早就让他滚回三江了。现在看来，只能将就了。杨再新是否能满意，柏建新心里没底。这份材料就是试金石，如果杨再新认同了，就说明柏建新还有些分量，否则，就完蛋了，一分钱都不值了。柏建新盼着杨再新能突然改变想法，重新认识他柏建新，重新评判他的能力，让他回去掌控龙翔公司。柏建新归心似箭，做梦都想回到三江，做梦都想完成“云鼎人家”项目。“云鼎人家”是他的命根子，是他的荣誉，是他的儿子。是儿子就得自己养。

柏建新使劲搓了一把脸，暗暗下了决心，一定要说服杨副市长，争取最好的结果。这几天，他把资金链紧张的问题也考虑成熟了，想了几个方案，都有些眉目了，只要有一个方案成功了，资金链吃紧的局面就能有效地缓解。其中，他想到了展萍，想到了她的日本人身份，联系到日元和人民币汇率的异动，想到了展萍急切地要和他合资经营……只要把展萍说动了心，就有可能按照设计好的思路走下去。三江地区喊着要企业转型，政府出台了多项优惠政策，鼓励创办科技创新企业，鼓励发展第三产业。如果和展萍合资成立一家公司，只要项目新颖，包装成绿色产业，马上就会得到政府的支持，就能得到一笔可观的贷款。接下来嘛，嘿嘿，就可以用贷款了。到那时，就柳暗花明了，一盘死棋就走活了；到那时，就能形成双赢的局面，不，应当是三赢的局面。前思后想，柏建新找不到破绽，心情越发地舒畅了。

江晓东把拟好的菜单递给他过目。柏建新看了看，基本上符合他的想法，调了两道菜，就签了字。餐厅经理很高兴，一再保证，今晚，一定要让柏总满意，他要请大厨亲自上灶，一展厨艺。

卖点儿力气吧，滨城的领导也要来的。柏建新故意这么说，试图施加压力。餐厅经理说，太好了。只要说出领导的名字，大厨就能知道这位领导的口味。

还有这等本事？

柏总，大厨们鬼着呢，各酒店之间都通气。柏建新看时间不早了，于是，打住了话头，那就辛苦了。餐厅经理识趣地告辞，和江晓东出去了。柏建新又给黄丽鹃挂电话，好一阵子，黄丽鹃也没接听。他一阵忐忑，难道出事了？能出什么事呢？这时，手机上传来一条信息，只有六个字：云顶人家有变。“云鼎人家”的“鼎”写成了头顶的“顶”。柏建新心跳突然加快，真是越怕什么就越来什么。“云鼎人家”是他的命门，是他的短处，一点儿风吹草动都可能要了他的命。怎么会有变呢？

“云鼎人家”是完全按照柏建新的意愿操作的，这需要胆量，尤其是经济不景气的时候。柏建新不缺胆量，如果能按照计划进行，未来将会一片光明。前提是顺利进行，这个项目最大的漏洞就是回旋余地太小了，经不起意外，有人形象地比喻为“蛇吞象”，柏建新在赌，赌不会出现意外。可是，恰恰遇到了意外，第一个意外是动迁户抗迁，耽误了工程进度。第二个意外可以说是灾难性的，遇到了宏观调控。节奏被打乱了，一个环节出了问题以后，各个环节都变得脆弱不堪。为了“云鼎人家”，柏建新下了所有的赌注，根本就没有想着回头，即便面对八个随时都有可能杀了他的人，也没有退缩。他豁出命去和他们喝酒，知道自己喝不死，他要活着战胜他们，瓦解他们，打败他们。他心里有个强烈的信念：总会遇难成祥的。他把自己当成了最后一个筹码，押上了。

柏总，你真的不怕死吗？代表们由衷地说，你的心理素质真好。柏建新微笑着，想说，我也怕死，想说，差一点儿就尿了裤子。他看了一眼上官莲君，她低着头，绞着手指。柏建新走过去，想说句话，上官莲君闪开了，躲到大汉的身后。几分钟后，他们走出龙翔公司。几个小时以后，最彪悍的那位代表被人砍掉了一条胳膊。后来，这个莽汉动了杀机，连杀了八人，铁板一块的动迁户之间出现了分裂，不再风雨同舟，不再荣辱与共。柏建新一口咬定龙翔公司没有参与其中，至于给每位代表一万块钱是怎么回事，柏建新想了许久，没找到合理的解释。随着风声越来越紧，随着杨再新副市长的冷淡，他发觉自己输了，不过，还能翻盘，还能时来运转。抱了这个信念，离开三江时，他是赌着气走的。

在面临死亡的瞬间，柏建新灵光一现，让人从楼上吊下来一桶钞票，分给了八位代表。分完了，他依然微笑着。为了战胜死神，他要不停地微笑。代表们被他的微笑感染了，顿时，戾气化尽，善良重又归位。在柏建新的带领下，他们穿过长长的走廊，穿过长长的胡同，来到翠竹楼饭店。直到这时，柏建新的笑意才越发地真实了。他断定，死神和他仅仅是擦肩而过，虽然惊险，但却无碍。他断定，“云鼎人家”的未来不会有比死亡还要严峻的危机，因此，没有什么好怕的。他还断定，走出了背运，走出了霉运，他的天空云开雾散，风和日丽。

代表们轮番敬酒，热诚地祝他年年有今日、岁岁有今朝。柏建新几乎要开怀大笑了。他来者不拒，一杯接一杯地喝。稍微让他不舒服的是上官莲君，像一个局外人，不说话，不听话，只是低着头，专心致志地摆弄着手指头，一根根地捋，一根根地摁，摁得嘎巴嘎巴地响。那一天，柏建新几乎把下辈子的酒都喝了，他微笑着，努力让自己挺住。他让代表们把家伙拿出来，让他见识见识。没有别的意思，就是好奇。于是，代表们都把家伙拿出来，排着队让他欣赏。无论刀子还是锤子，都造型奇特，都寒光闪闪。如果有一件招呼到身上，他就死定了，如果全都招呼到身上，他就死上若干次了。和死亡相比，喝酒又算得了什么？于是，他干了一杯又一杯。没人知道，他是向那些寒光闪闪的家伙们致敬的。

黄丽鹃得知丈夫被绑架了，急着赶过来，路上就想，不能再让他折腾了，迟早会惹大祸的。到了办公楼前，她看见一只水桶正从四楼吊向三楼。柏建新探出头，抓住了水桶。她的心悬着，喊了声，建新呀！有个人朝下面喊，你给我老实点儿！这个人也消失了。又有一个人伸出脑袋，朝她喊，我们只是和柏总谈谈，没有别的意思！一边说一边扬着手里的斧子。黄丽鹃反应奇快，瞬间就用手机拍了下来。黄丽鹃首先想到了报仇，如果柏建新因此送了性命，她就会把照片打印出来，重金悬赏，即便倾家荡产，也要杀了那个敢拿斧子威胁她的动迁户。她给杨再新打电话，接电话的是赵世龙。赵秘书说，杨副市长正在开碰头会。赵秘书劝她别着急，很快就会研究出解救方案了。黄丽鹃喊，快点儿吧，人都要没命了！她明白，得给杨再新施加压力了，否则他不会出头的。黄丽鹃把照片传给他。杨再新没有回复。黄丽鹃又发了一条信息，写着：百分之十三股份。这个数字果然灵，杨再新马上就打来了电话，黄总，你就别闹了！黄丽鹃说，快救我丈夫。杨再新说，好！好！好！黄丽鹃说，别敷衍我，急眼了我就把百分之十三……杨再新像被开水烫着了似的，连说，好了，好了，好了！黄丽鹃说，你别嫌烦，人命关天。

紧接着就传出了杨再新强硬地要求“有关部门采取断然措施，保护企业的利益和企业家的人身安全”的言辞。许多人不理解，杨再新怎么会如此不讲政治？怎么在处理群体性事件中如此武断呢？柏建新也不理解，但猜想是黄丽鹃起了作用，他也想到了“百分之十三股份”的作用。他假装无所畏惧的样子嘲笑黄丽鹃，说她头发长见识短。柏建新说，我不靠杨再新，我只靠我自己，事实证明，我自己是靠得住的。黄丽鹃说，你就吹吧，别让大风闪了你的舌头。

几个小时以后，柏建新从翠竹楼里出来，微笑着朝黄丽鹃走去，踉跄着，一头栽在黄丽鹃的怀里。柏建新的嘴张着，像一条蹦到船板上奄奄一息的鱼，像笑，又像哭。黄丽鹃掐着他的人中穴，气恼地说，喝死得了！上官莲君说，赶紧送他去医院吧。她的嗓音沙哑，黄丽鹃一辈子都忘不了这么难听的声音。

关你什么事？黄丽鹃冷冷地说。

听莲姐姐的，去……医院！柏建新挣扎着，她……是莲姐姐！我的同伴！

说完，柏建新眼睛直了，像一条死鱼。黄丽鹃扛不动他，好在保安们帮着，才没摔倒。回头再看，哪儿还有莲姐姐的身影呢？她连莲姐姐长什么样都没记住，只记住了她的难听的声音。她很怀疑，这个其貌不扬的女人是干什么的，和柏建新有什么关系。老板娘喊住了醉鬼们，把刀子、剪子、锤子还给他们。柏建新直勾勾地盯着那些凶器，心潮起伏。代表们拿着家伙朝前走，没有十分钟，惨案就发生了。其中一个被砍断了胳膊，其他几位也被打得死去活来。人们搜出一沓又一沓的钱，于是，愤怒像潮水一样涌来，这几位可怜的代表，霎时，就遭到了灭顶之灾……

第十四章　寻找梦里的庙堂

华乐山是一座不起眼的孤山。有一年，山下来了一老一少两个女人，找了一群闲人，站在机井旁问，你们看见了什么？有眼尖的看出了门道，像一个人，躺着睡觉！一老一少对望了一眼，点了点头。又有人说，像睡佛！年长的女人双手合在一起，做了一个参拜的姿势，都对都对。又说，各位都是有慧心有慧眼的居士。年轻的女人恭恭敬敬地施了一礼，各位居士，去年的今天，弘毅师父圆寂前曾留下“华乐山有佛缘”的法旨。说到这儿，女人的眼里露出一道寒光，仿佛看穿了每一个轻浮的心魄。华乐山的确是菩萨的睡相，我师父认定菩萨的阴宅就落在这儿。

众人都震惊了，都信了，纷纷指点着哪儿是脑袋，哪儿是胸膛，哪儿是双腿。第二天，“睡佛”的文章出现在《三江晚报》上，记者专访了这对母女，还配发了照片。这件事引起了轰动，最多一次同时有将近一万人上山观看。杨再新局长（当时还是城建局局长）也专程去看了。他突发奇想，准备将华乐山建成森林公园，还打算找个古迹申遗。他的提议得到了市领导的赞同，这个设想，符合三江的下一个五年规划——“打造绿色三江，开发无烟工厂”的指导规划。柏建新也注意到了这条信息，看到了其中商机。他的脑子转得飞快，首先想到了进山开发，在山清水秀的地方修建一处桃花源，光是想，就很让人怦然心动的。为了扫清障碍，他鼓动黄丽鹃清算公司，整合优良资产，质押拿地。在这次整合过程中，他轻而易举地把一些漏洞堵住了，把一些上不得台面的东西抹掉了。总之，一个新的公司诞生了。黄丽鹃把杨再新的股份提到了百分之十三，柏建新的股份是百分之十七，黄丽鹃是百分之五十一，剩下的被其他人分了。柏建新认为，自己的占比偏少。这么多年的苦打苦熬竟然只分得百分之十七，他有些不平衡。他质问凭什么给杨再新那么多。黄丽鹃笑而不语，问急了，黄丽鹃反问，你怎么知道杨副市长就能要这些股份？黄丽鹃说，杨副市长是清官，不爱钱，也不爱女人。柏建新笑了笑，表面看，的确如此，谁也没有看到他贪腐的一面，不过，柏建新绝不相信他有那么老实，只是藏得深而已。柏建新提出条件，既然杨再新的百分之十三股份让他柏建新背着，他就有权享有这百分之十三的股东权力。黄丽鹃说，就依你吧，你还想跟我闹吗？

柏建新研究华乐山，想方设法地参与政府的规划设计，获取了一些秘密，胆子也越来越大。杨再新不久就被提拔为分管城建的副市长，黄丽鹃对柏建新说，你一定要配合杨副市长，龙翔今后都要靠他吃饭。柏建新很反感这样的话，黄丽鹃太在意杨再新了，龙翔公司是民营企业，和官场上有些瓜葛很正常，但像黄丽鹃说的那样就有些悬了。

柏建新想得到华乐山下沟的土地，费了不少的心思，总是碰钉子。黄丽鹃说，找杨再新去啊。柏建新动心了，把一揽子计划送给杨再新审阅，没几天，杨再新亲自到龙翔公司来了，见了面就夸赞柏建新聪明。杨副市长表态，各部门都要支持龙翔公司的开发蓝图。他鼓励龙翔公司进一步完善设计，要和森林公园规划有机地结合起来。柏建新这才恍然大悟，原来，妻子用心良苦，这么多年对杨再新的铺垫，就等着这一刻。杨副市长要大手笔开发华乐山，龙翔搭上了顺风车。政府没有钱，怎么办？杨再新的思路就是把华乐山地皮炒热了，炒得商家们眼红，带着钱，跑步前来，届时，政府就可以拍卖土地，价高者得嘛。只要炒热了概念，这一块光土地出让金就可以成十倍地增长，将极大地增加三江的财政收入。这个手笔之大令人叹服。杨再新太深了，为了达到目的，他牢牢地控制着龙翔公司，让龙翔成为马前卒。杨副市长说，政府对开发森林公园保证一路绿灯，无论有什么困难都可以找他。听到这儿，柏建新和黄丽鹃对视一眼，心头都是一阵急跳。如果没有听错的话，这里面有文章可做。表态后，杨副市长就朝柏建新笑，柏建新一时没搞明白他笑什么。杨再新说，请黄老板带大家先去转转吧，我和柏总还有些事情要商量。说完招了招手，朝一位眉清目秀的女人说，你也一起来。女人双手合十，朝柏建新微微躬身，念了句“阿弥陀佛”。

柏建新带着他们来到办公室。沈传金跟在后面，柏建新瞪了一眼，沈传金讪讪退下了。柏建新看着女人，女人一直看着杨再新。杨再新说，看柏总，他长得好看。说完就笑。柏建新想和她握手，觉得不合适，想双手合十，又觉得别扭。女人眼皮垂下，盯着自己的鼻子。杨再新说，柏总，你也别看我，看美女！美女叫……叫张……张姑……他连张了几下嘴，没叫上名字。柏建新随口说，张姑子？女人说，谢谢柏总，以后就叫张姑子了。张姑子是来化缘的，想建一座庙宇。她慢慢介绍着规划，由远到近，说得头头是道。柏建新被她平静、优美的声音吸引了，如同被催眠了一般，盯着她，频频点头。

柏总，你大有佛缘，必有好报。张姑子说。

柏总，你倒是表个态。杨再新说，张姑子说我也有佛缘，既然咱们都有佛缘，我看，也得为佛做点儿事，是不是？也是为三江造福嘛，咱们三江就缺传统文化。该表的态我都表了，都别来虚的，佛门弟子到你这儿来，那就是化缘，和黄总商量商量吧？

我可以做主的。柏建新又问张姑子，听说老师父还是你的母亲？

我们一家在圣湖修行了十年，我父亲弘毅师父是去年圆寂的。

柏建新若有所思，看着杨再新。杨再新呷了一口茶，别看我，我和你想的不是一码事。她不是我家亲戚，更不是小三、二奶，捐不捐凭你自愿。话音刚落，大家全都笑了。杨再新抽出一支香烟，放在鼻下嗅，这是提升三江旅游档次的契机，旅游是无烟的工厂，大好事呀。政府这回要动真格的了，你看着吧，真抓实干了。这两天，省里的媒体都报道了，国家级的媒体也要过来。过不了多久，华乐山就能成为全省乃至全国的旅游热点地区，对拉动经济很有好处。建个庙宇才多少钱？建成后就是金饭碗了，看看能不能设计设计，结合三江的历史，咱们也去联合国申遗，一举两得，一举多得。市里的态度是积极的，地皮下个月就能批下来。这一点你不要有顾虑。建庙也符合各项政策，在法律上也是通得过的。建庙造桥也是文化遗产嘛。不过，捐不捐款是你个人的事，我只是让你们认识，其他的我不管，也不干涉。

张姑子端庄的面容、平静的神态让柏建新充满了好感。他当即拍板，龙翔公司捐建一座庙。张姑子像有预感似的，朝柏建新和杨再新双手合十，微微鞠躬。

由于有了杨副市长的关照，庙很快就建起来了。这期间，柏建新从黄丽鹃那儿了解到，张姑子还是大有来历的。黄丽鹃说，她们娘儿俩上面有人，和高层人物保持着很紧密的联系。

会不会是亲戚关系？柏建新问。

杨再新也是这么问的。黄丽鹃说。

可以肯定，张姑子是个大有背景的人物。杨再新不放过任何一个可以升官的机会，他不方便过多接触张姑子，就让柏建新代劳。柏建新多方打听张姑子的背景，有的说她和省委书记是两姨姊妹，有的说老尼姑是省委书记的恩师。总之，张姑子的身份扑朔迷离。

柏建新如愿以偿地拿到了耐火材料厂的地皮，唯一让他不满意的是没拿到净地，有一百多户人家需要搬迁。拿地前，黄丽鹃犹豫了，莫名其妙地阻挠这个项目，又提不出反对的理由来。柏建新很是生气，后来，我行我素，也不和黄丽鹃商量了。真正拿了地，黄丽鹃也不闹腾了，又积极参与了。按照要求，应该是政府净地后出让土地，然而，因为拿地心切，加上杨再新急着打造华乐山旅游概念，这块地的动迁工作就转到了龙翔公司的头上。

随着华乐山上建起了庙宇，又修了台阶，森林公园就初具规模了。一开始，市民都踊跃到庙里烧香拜佛。自从出售门票，就很少有人进庙了。举行开光仪式那天，老师父吃坏了肚子，没几天竟然死了。柏建新也吃坏了肚子，打了两天点滴才康复。张姑子守在灵前，一边打点滴一边捻着念珠，不时叹息一声，掉下成串的眼泪。柏建新担心她会垮了，一天两趟去看望。师父下葬了，张姑子也恢复了七八成。本来和杨副市长都商量好了，到北京找人题字。遇到了这样的事，一时也没了心情。有人让柏建新给起个名字，张姑子说，别难为柏总了，就叫张姑庙吧。众人觉得太随意了，但考虑到她突遭大变，心绪烦乱，也就默认了。建庙初期，许多事情都要柏建新操心，缺钱了，他得垫上，缺水了，他得找人架管线，就是缺电这一项不好办。电业局的朋友出了力，却没有帮上忙。张姑子反过来劝他，点蜡烛也是一样的。一来二往，柏建新和张姑子熟悉了，成了知己。张姑庙成了他疲惫时信马由缰的好去处。柏建新曾经动情地说过，只要“云鼎人家”顺利完工，他将出一笔钱扩建张姑庙。他甚至有了在这儿养老的念头。张姑子劝他向善，向善，再向善。向善的根本目的是什么？张姑子辩论不过柏建新，她的道行还不够。柏建新的理解是，只要不违背“善良”的高尚原则，即便睡在一起，也未必就是一个不可饶恕的错误。只不过，他几次握着她的手，几次都感觉手里什么都没有，仿佛抓了一把空气。

像往常一样，柏建新把车子停在工地，步行了一个多钟头，赶到了张姑庙。张姑子好像提前得了信儿，在山门前转来转去，见到柏建新，慌忙擦着眼中的泪水。柏建新也觉得心里酸酸的，刀架脖子的时候想过她，感觉恍如隔世。

你在等谁？

我在等你。张姑子看着柏建新，满脸的挂念。柏建新扯过她的手，摸了又摸。张姑子挣了一把，没有挣脱。

你怎么知道我要来？

我会掐算。张姑子指着胸膛，用心算的。柏建新面色庄严，不自觉地松开了手。两个人来到禅房，小徒弟送来一碟大枣，又沏了一壶茶。柏建新脱鞋上炕，歪在枕头上。张姑子盘腿坐在对面。

差一点儿就见不到你了。柏建新感慨地说，动迁的事总算摆平了，只可惜死了八个人。咳，我也该转运了吧？张姑子把茶碗放到柏建新的枕边，柔声说，运气也是业，那是一定的。该得的得，不该得的不得，得了的，也未必真得了。没得的，也未必少了你的。你不要总去想着看得见的东西，拿在手里算是得了？其实那是小的，看不见的才是大的，大的其实也有个形，往小里说就是善……聆听着她清凉的声音，看着她湿漉漉的嘴唇，柏建新迷离了，全身舒坦松弛。睡了一觉，睁开眼，耳边还是轻音柔语。柏建新不忍打断，合上眼，又睡了。再醒来，窗外黑漆漆的，屋里也是黑漆漆的。外边一阵涛声，像海上的浪涛。风从林子上空窜过去，发出沉闷的声响，仿佛一只凶恶的老虎追过来，仿佛一群胆小的动物飞奔而去。柏建新走出禅房，天上满是鲜亮的星星，有的大，有的小，大的像金豆子，小的像针尖。他孩子似的寻着北斗七星，居然找到了，点着数，是七颗星。只是勺柄那颗不明显，数着数着就花了眼。山脚下露出城市的一角，灯红酒绿的，城市的一天似乎刚刚开始。柏建新顺着石阶朝厕所走，冷不丁，一条狗蹿出来，朝他狂叫。柏建新吓了一跳，退回台上，索性站在台上尿开了。迎面的狗，一阵狂吠，庙后头的几条狗也跟着吠，听起来更像是撒欢。

张姑子出来，喝退了狗，柏总，进来喝粥吧。柏建新跟着走进禅房，回头看，大狗朝这边望，月光下，一半身子藏在黑影地里，盯着他的一举一动。柏建新摸了一把张姑子的腰，张姑子靠过来，身子软绵绵的。柏建新摸了几把，突然懊恼地想，经过了这次烂醉，此时，也没有做那事的力气了，和张姑子睡一觉的愿望看起来又要拖到以后再说了。

喝了半碗粥，柏建新接到妻子的电话。黄丽鹃说，才和杨副市长吃了饭，谈了你的问题。柏建新看了一眼张姑子，走出禅房，蹲在房东头，小声问都说了些什么。黄丽鹃说杨副市长变了调子，对龙翔公司很不满意，说上了你的当了，让他背了政治包袱。黄丽鹃说，有人指责柏建新挑起动迁户内斗，公安局已经开始调查了。手机信号不太好，时续时断，黄丽鹃说，你闹大了！柏建新没有说话，也懒得说。他想不明白，怎么会变成这样了？黄丽鹃让他回去，又让张姑子接电话。柏建新说，她睡了。黄丽鹃啐了一声，你告诉她，少了一根鸡巴毛，我把她的鬼窝点了。柏建新慌忙挂了电话，掉了魂似的往回走，被门槛绊了一下，黑暗中，张姑子扶住了他。禅房里点着蜡烛，烛花不时爆响，烛光摇曳。张姑子递来一杯茶，喝完茶，柏建新顾不得夜深，执意要下山。张姑子也没拦，让他牵着狼狗做伴。柏建新连说，不必了，不必了。

柏建新在三江已经成了过街老鼠，被警方传讯了几次，紧张得都要窒息了。当他发觉杨副市长越来越冷淡时，才感到不妙了。他整天整夜心神不定。这时，还没想到更大的危机已经铺天盖地涌过来，还在踌躇满志，还在想尽办法让龙翔公司正常运转。他如此不识时务，让很多人不舒服，其中就有杨再新。于是，众人齐心协力，导演了一幕让他离开三江的大剧。柏建新如同一盆脏水，被泼了出去。等到他弄明白了，龙翔公司已经改制成功，他和新公司再也没有瓜葛了。后来，他被警方带回三江，被迫在一些文件上签字。本来想拒绝签字的，有人暗示，如果不签字，那么，他就得为龙翔公司的违法犯罪行为负责。签了字，以前的罪行都一笔勾销。好在张姑子得了信儿，找到上面，带回领导的指示。经过地区政法委的协调，柏建新被解除了控制。

柏建新在三江失去了立足之地，决定尽快回到滨城。临走时，想起了张姑子。柏建新去了，把在滨城期间发生的变故说给她听，说到后来，泪流满面。张姑子也是泣不成声，一边哭一边念着，阿弥陀佛。柏建新拿出一万块钱给张姑子。张姑子说，谁稀罕你的钱。又说，你整天想着转运，运气真的转走了，你……你将来可怎么办？张姑子盯着柏建新的眼睛，让我帮你吧，我能帮你的。看柏建新心不在焉，她突然说，我就是个假的！柏建新吓了一跳。张姑子懊恼地拽断念珠，珠子滚得满地都是。她仰着脸，语声变得平柔婉转，柏总，我真的算不上一个出家人……

那天，张姑子送到庙门，看着他朝山下走。张姑子的头皮上落了一层白霜，额头也有了皱纹。她老了，突然老了。柏建新答应过要捐一笔钱的，结果，食言了。他破产了。虽然理论上仍然很富有——理论上，三江百货大厦下面有一口缸或者一个箱子，里面藏有十万块钱。二十多年前，这笔钱可是天文数字。二十多年后，柏建新发现了一个新的秘密——这批第三版（推算出来的）人民币在收藏市场上的价值恐怕至少也有几千万。他笑了，笑过了又想哭。他不知道这辈子还有没有能力把这笔财富搞到手，不知道用什么办法能让这座大厦倒塌，好让他乘机掘金。他后悔，掌管龙翔公司大权的时候怎么就没想到这笔财富？那时，他完全可以买下来或者拆掉或者秘密挖掘，唉，只能说，那时候，他根本没有看上这笔钱。

柏建新在百货大厦附近转了小半天，想过炸掉大厦，想过突然来一阵强烈地震……想了好多，每一个想法都那么可笑、幼稚。柏建新离开了三江，像经历了一个轮回。二十多年前，两手空空地来了，二十多年后，两手空空地去了。仿佛做了一个梦，梦里还套着另外一个梦。感觉睡醒了，谁知道是不是在一个更大更深的梦里挣扎呢？

一年前的一天晚上，太阳的余晖一点点地消失掉。在接到了一条恐怖的短信以后，柏建新突然失控了。“云顶人家有变”，短信内容让他措手不及。

他反复地捋着线索，发觉隐患还是出在贷款方面。如果说真有巨变，一定是二宝行长出事了。一旦败露，那么龙翔公司就会立即垮掉，他也将锒铛入狱。柏建新双眼紧闭，暗暗祷告，恳请无所不能的菩萨保佑，一旦渡过难关，他发誓要兑现誓言，扩建张姑庙，让张姑子在一个更加祥和的环境中修行。

始终和二宝联系不上，柏建新坐立不安，不能不往最坏的地方去想。黄丽鹃也联系不上，难道她也出事了？“云顶人家有变”，能不能和她有关系呢？柏建新想了想，拨了电话。一位女士接的电话。柏建新问她是谁，对方说，你打错了。柏建新说，不久前接到一个短信，用的就是这个电话。对方说，你打错了！然后又改用方言，呜里哇啦，柏建新一句也没听懂。

请说普通话好吗？柏建新急着说。对方挂了电话。柏建新明白了，一定是出事了，很可能二宝和黄丽鹃同时出事了。联想到杨再新突然要到滨城，柏建新有理由相信出了大事，他盘算着该如何是好，想着出逃，到国外避避风头，这个念头刚一冒出来就被否决了。他不能走，不能扔下妻子独自逃生。这个时候，他必须要承担责任。柏建新绕着屋子转，琢磨着如何面对失控的局面。他转了无数个圈，双腿都麻了，忽然，黄丽鹃打来电话。柏建新轻声问，你还好吗？黄丽鹃问，住处安排得怎么样了？柏建新又急着问，你还好吗？黄丽鹃说，废话，杨副市长的住处……柏建新一阵发急，告诉我，你还好吗？黄丽鹃也许是吓着了，连忙说，很好，很好。柏建新松了一口气，放心，都安排妥当了。黄丽鹃问他在做什么，和谁在一起。柏建新又紧张起来，小心地问，你真的没出事吗？

我能出什么事？黄丽鹃又说，柏建新，你知道我在做什么吗？你知道我在哪儿吗？你知道我和谁在一起吗？柏建新警觉地问，你……还好吧？黄丽鹃说，猜猜嘛！柏建新克制着恐惧，你真的没事？黄丽鹃说，你猜！柏建新说，我接到一个短信。刚要说出来，忽然想到，还是不说的好，担心黄丽鹃被监控了。即便没被监控，也不想说了。她本来就有抵触情绪，这个消息很可能火上浇油。柏建新把“云顶人家有变”咽进了肚子里。

你说吧，什么短信？

银行催款的短信。柏建新随口说道。

银行真是的，还给你发什么短信？黄丽鹃语气有些生硬，你已经不是法人了。

我不是法人了？柏建新怔住了，连个手续都不履行？知道吗？你们这是在违法，是无效的。

你又多心了，你是我的丈夫，是不是法人代表有什么关系？我能绕得开你吗？这一切都是为公司好，也是为你好，你想啊，法人代表要负法律责任的。柏建新，你不害怕吗？你身上背的债还少吗？八条人命啊，想想我都怕了。

好了，别说了，我算服你了。

鬼才信呢。对了，五姐夫昨天又去二宝那儿了，还是没见到他。

到底发生了什么事？柏建新嘴上这么问，心里蒙上了一层阴影。二宝躺在床上，从头到脚蒙着白布。这个影像在他的眼前快速地旋转，白布突然扬起一角，冒出一道黑色的旋风。

我知道你在想什么，信不信？黄丽鹃说。

你还有这样的本事？柏建新敷衍着，满脑子都是黑色的旋风。

你正在琢磨二宝，对不对？

人家帮过咱们的。柏建新心里一阵忐忑。

我就担心你们之间有瓜葛。黄丽鹃说，我即便死了都不会忘记你们几个摸到乡下大嫂炕上的丑事，但愿你也别忘了，这是咱们之间的一个结，无论打开了还是越缠越紧，主动权都在你手里，知道吗？主动权在你手里。

都什么时候了，还这么无聊？柏建新清楚，此时和黄丽鹃已经说不明白了。他一直怀疑妻子有病。从结婚那天起，甚至说从认识那天起，这个女人就偏执，就会盯梢。每一年都要闹几回。有一次，还把一个拾荒的女人挠破了相，人家不答应，赔了上万元钱不说，派出所还把柏建新抓进去了，又是审又是诱，直到没有什么好问的才放了，还罚了两万块钱。柏建新想以捐款的方式替代罚款，派出所不买账。柏建新脸都丢尽了，堂堂一个总经理竟然成了嫖客，而且和拾荒女人苟合。许多人就是因此才对他不屑一顾的，有的竟然不和他来往了。

想什么呢？黄丽鹃真有耐心，居然没有挂断电话。柏建新突然提高了嗓门，我给你扛事哪，扛大事哪！你不能这样刻薄吧？有人敲门。柏建新以为江晓东回来了，恼火地喊，滚进来！

和谁呢？黄丽鹃高声质问。

敲门声更响了，很是不客气。柏建新恨恨地骂，王八蛋！外面的人似乎听见了，突然踹了门。柏建新猛地拽开门，愣住了，竟然是黄丽鹃。黄丽鹃扬了扬手机，虽然笑着，眼里却冒着寒光。柏建新看不见自己的脸，但是想得出此时变成了什么颜色，一定是青了又紫，紫了又红，红了又白，白了又灰的鬼样子。好半天，他才张开双臂，将黄丽鹃揽在怀里。柏建新顺势朝走廊扫了一眼，吓了一跳，展萍站在一边，看着他们。柏建新心都要跳出来了，盯着展萍，一语双关地问，你怎么来了？黄丽鹃不高兴地说，什么意思？展萍竟然不顾暗示，愣愣地走过来。柏建新连忙拥着黄丽鹃进屋，随手要关门，不料，黄丽鹃扭过屁股，挡住了门。

进来吧，惠妹妹！黄丽鹃把展萍拉进屋，介绍说，这是我的老公——柏建新。展萍吃惊地问，他的……你的老公？黄丽鹃得意地问，不般配吗？展萍的表情凝固了，脸色蜡黄。黄丽鹃挽着她，让她坐下。柏建新心里闪腾着三个字：完蛋了！黄丽鹃朝柏建新嚷，还不去沏茶？柏建新答应着，身子却像棉花一样轻浮。沏了茶，慌得都没力气说话了。黄丽鹃呷了一口，扭头把一片茶叶吐到地毯上，建新，她叫青木惠子，日本人。又跟上一句，我们算是一见如故。展萍的肩膀微微内敛，朝柏建新鞠躬，请多多关照。此时，又变成了日本人，硬着舌根说话。

我和惠妹妹刚刚签了一项协议。

协议？

我是没招了。“云鼎人家”像吸血鬼一样，上马也好，下马也好，那是后话，你总得把眼前的资金解决了吧？惠妹妹就是咱们的财神奶奶，送钱来了。黄丽鹃问，是不是呀惠妹妹？

哈伊！展萍说。

柏建新不敢相信眼前的一幕。原来，展萍所说的大生意就是给“云鼎人家”做融资。按理说，如果警觉点儿，柏建新完全可以想到的，可是，偏偏就没有想到。花钱买自己的策划方案，恐怕全天下也找不出第二例。展萍不费吹灰之力做成了这笔生意，把柏建新玩弄于掌股之中。柏建新不禁又羞又恼，忍不住就要挑明了。展萍的眼睫毛忽闪了几下，没敢看他，做贼似的躲开了。柏建新说，我已经想好了方案，不必麻烦这位女士了。黄丽鹃不高兴了，沉着脸问，柏建新，你不给我面子吗？你想让我下不了台吗？柏建新摇了摇头，他知道这件事有多麻烦，阻止这宗合作就要得罪展萍，不阻止就对不起黄丽鹃，对不起这个家。他不能帮着外人掏自家的腰包，那不成了吃里爬外了吗？那不成了内奸了吗？得罪就得罪吧，他得为家庭利益考虑，他得为黄丽鹃负责。

柏建新说，这位女士既然有意和我们合作。中日合资嘛，我是这样理解的，利用你们的资金、技术和先进的管理经验，加上我们的项目，咱们共同注资完成“云鼎人家”，将来按投资比例分红。

说拧了，说拧了。黄丽鹃打断了柏建新的话，目前是让惠妹妹帮忙抽回“云鼎人家”的占款，合资的事再说吧。柏建新急着说，“云鼎人家”的融资方案我已经思考成熟了，不必指望别人。展萍的脸色变了，眉毛一挑，目光像条鞭子抽在柏建新的脸上。

这事已经定了，你少啰嗦。黄丽鹃说，惠妹妹，咱们这叫双赢。展萍露出了浅浅的微笑，故意问，老板先生好像不高兴？黄丽鹃说，他就是这样一个人，阴阳怪气的，你越是高兴，他就越是找茬让你不高兴。黄丽鹃说，柏建新，杨副市长也该到了，我要带惠妹妹一起去见他。话已至此，柏建新只能闭上嘴。他不敢逼得太紧，担心展萍一旦失去理智，说出一些不好听的话来。

看起来，你和惠妹妹没有缘分，实在可惜了，好好的一对，怎么就没有缘分呢？黄丽鹃说，柏建新，你看我对你有多好？还给你介绍女人呢，可惜你们没有缘分。

你们俩让人仰慕。展萍忽然插了一句，我很喜欢你的直接。

仰慕？是羡慕吧？黄丽鹃笑着问。

哈伊，是羡慕。你们事业成了，中国人喜欢事业，日本老一代的人也喜欢事业，现在的年轻人不喜欢事业。你们感情好好的，说笑的，平等的。展萍费力地说，我喜欢平等的。

你错了，其实，我们并不平等。柏建新打断了她的话，赌着气说，我就是一个摆设。

柏建新，你要注意分寸，别以为她听不懂！黄丽鹃嚷了一嗓子，又说，给小江打个电话吧，让他过来。

他知道你来了吗？柏建新问。黄丽鹃说，他知道的。柏建新恨恨地说，这家伙，瞒得我好紧。你人都到了，他还装着什么都不知道，是你派来的特务吧？

你就别挑理了，是我不让说的。我想给你一个惊喜。黄丽鹃一边说一边使眼色，示意柏建新不要失态。柏建新打了电话，没过几分钟，江晓东推门进来。他装出不知所措的样子和黄丽鹃打了声招呼。柏建新问，你不知道董事长来了？

不知道呀……什么时候到的？

柏建新猛地笑了，看着黄丽鹃笑。黄丽鹃冷着脸子，柏建新，你觉得很好玩吗？柏建新止住了笑，瞪了江晓东一眼。手机响了，赵世龙打来电话，说杨再新副市长已经到了。

第十五章　戴着面具的官僚

也许是疲劳的缘故吧，杨再新副市长的兴致不是很高，与此同时，柏建新的矜持更让洗尘宴找不到一个合适的基调。后来，赵世龙说了段“找鹿”的笑话，终于唤醒了杨再新的兴致。他让服务员斟满了酒，然后，和柏建新碰了杯。他清了清嗓子，诸位，喝了这杯，我讲一个笑话。杨副市长的声带出了问题，说话就像鸭子叫，让人很不舒服。

我说的可是有据可查的笑话。杨副市长说，咱先说好了，笑话就是笑话，谁都不准对号入座。又说，黄总，你不想听吗？黄丽鹃说，听是听，笑不笑还另说呢。

想听就得把酒喝了。杨再新说。

黄丽鹃有些不高兴，你愿意讲就讲，不愿意讲就不讲。杨再新说，算了，你就特殊一回吧。说有一个老板，也是干地产的，这家伙三天两头闹绯闻。杨副市长朝展萍看了一眼，哦，这里还有外国人呢，我就不细说了，反正就是生活作风不检点。这个老板还有一个特点，就是怕老婆。为什么怕呢？有人说，他老婆当家；还有人说，他到处拈花惹草，觉得对不起老婆，因此，就怕了。要我说，都对，可都不全面。柏建新脸颊上的肌肉跳了几下，虽然笑着，眼里早已飞出几把杀人的刀子了。

惠子女士，你能听懂吗？杨副市长问。他还是第一次招呼展萍，又说，看，你都笑了，估计能听得懂的。书归正传，前几天，女的和一个男人好上了。老公捉奸在床，不干了，就闹。女的来找我，一把鼻涕一把泪地求我说情。这情我是一定要说的，都是有头有脸的人，丢人哪。但是，我也有原则，得从根本上解决问题，否则，今天好了明天闹的，烦人。我调查过，他们的矛盾很简单，就是东风压倒西风还是西风压倒东风的问题。我说从今以后，你不能再像以前那样搅和公司的业务了，得老老实实退居二线。女的不答应，说我偏向。我说你们即便离婚，法律上规定家产还一人一半呢。她说家业是她挣的，一人一半她不甘心。我说你甘心也好不甘心也罢，想开点儿吧，最坏的打算，就当现在离婚了，家产让人家分走一半了。她说，未必！

杨再新顿住了，擦了擦嘴角，扫了每个人一眼，继续说，当天，我找了个时间去他们公司，男的拿出照片让我看，说捉到床上了。我说得了吧，这个局还不是你布下的？他当即软了，抱着我的肩膀，说我不是人。他敢说我不是人？我刚要啐他，他又说我是神。杨再新笑了笑，柏建新跟着笑了笑。

要我说，那女的也就是贱。黄丽鹃恨恨地说，换成我，早就干净利落地解决了。

包房里突然静下来了，黄丽鹃的话显得那么突兀，她被吓着了似的，面带歉意地看着每个人。柏建新想，杨再新的这番夹枪带棒的"笑话"是什么意思呢？当然了，乍听起来和他柏建新毫无关联，然而，又有些来者不善。小小的三江城还有谁比柏建新夫妇更疑似的呢？杨再新口口声声说这个笑话是真的，还故意提示不让对号入座。柏建新越发相信这是一个伎俩，杨再新真实的想法藏起来了，你一不小心就会陷进去。陷进去时，你会想到，杨再新曾多次暗示过你，要你小心，你不听。怨谁？怨你固执，怨你悟性太差，怨不得别人。以前没有陷进去，并不说明你有多么精明，只能说你运气好而已，只能说你没遇见他而已。也许，说话间，就布好了一个陷阱呢。

你完蛋了吗？展萍突然问了一句，又改口说，你讲完蛋了吗？众人都是一愣，柏建新捂着嘴，笑了。展萍装傻装得正是时候，真解恨。果然，杨再新面有不悦，冷着脸子说，还好，我还没完蛋呢！他居然扮了个鬼脸，除了黄丽鹃低头摆弄手机外，其他人都吓了一跳。

我再讲一段轻松点儿的，如果再不笑，责任在我。总不至于在座的理解力都出了问题吧？杨再新环视了一眼，教育局有个同志，做什么事都机械，每次吃完饭，左边嘴角处都能粘上一个米粒。他每次都是伸出右手把米粒拿下，习惯了，也觉得动作潇洒，每次都这么习惯性地一拿。杨再新一边说一边比画着，众人被他的动作搞笑了。有一天，米粒不巧粘在了右嘴角上，他还是习惯性地一伸手，却抓了个空。他恼了，伸右手绕过脖子把这粒米拿下来……哈哈……

柏建新笑了。展萍愣愣地看着每个人，不明白有什么好笑的。黄丽鹃忙着发微信，根本就没有听。杨副市长说，这个笑话我在不同场合都说过，什么意思呢？好像是抨击有些人机械，其实，我不这么看，如今，很多人不懂得珍惜，到了什么程度呢？习惯性地失去。按照我的理解，就是不负责任地放弃，首先对自己不负责任，然后对别人不负责任，对社会不负责任。无论是被动的还是主动的，如果一个人总要习惯性地失去，那真是挺可怜的。

杨副市长，你说宏观调控还能坚持多久？柏建新靠向杨再新，都快把开发商当成阶级敌人了。杨再新没有回答，玩着打火机，打着了又吹灭。黄丽鹃抬头说了句话，杨再新接过话茬，黄总，你说人怎么能不老？他低下脑袋，指着头顶心，看，都露脑瓜皮了，还得靠“地方”支援“中央”。又问柏建新，听说你种植了头发，效果怎么样？

杨副市长的消息真灵。柏建新瞪了一眼黄丽鹃，暗暗生气，夫妻之间就没有秘密了？他拢了一把头发，嘿，效果不算好，长了一些，毛茸茸的，看着也不像是头发，没办法，又扣了一撮假发，遮住了。柏建新故意说，二宝行长说我这头上啊，净长胎毛。

谁？杨副市长愣了一下，你说谁？

我说二宝行长呀？柏建新笑着，心里却突突直跳。

哦，他怎么说？

他的原话是，“你的脑袋上净长些鸡巴胎毛！”柏建新靠在他的耳边，轻声说，两个人突然笑起来。柏建新感觉杨副市长的笑还算正常，看起来，二宝应该是安全的。杨副市长说，那么，你这头发就是典型的“习惯性地失去”了？柏建新说，是是。杨副市长说，你刚才问我，宏观调控能坚持多久？我想了又想，无法给你一个准确的答复，仁者见仁、智者见智。我个人的观点是，地产业的乱象已经上升到政治层面上去了，关乎稳定大局。因此，除非再发生一次经济危机，导致 GDP 急剧下滑，才能考虑靠地产力挽狂澜，否则，短期内看不到调控结束的迹象。杨副市长放下打火机，抽出一支烟，放到鼻下嗅。柏建新给他点火，他躲过了，把香烟重又装回烟盒里，柏总，地方政府的压力很大，咱们三江这些年借了不少债，财政上有窟窿啊。保障房压在政府肩膀上，都喘不过气来，让政府上哪儿去找钱建设保障房？三江不能和滨城比，三江是个没有支柱产业的三线城市。滨城是二线靠前的城市，实力在那儿摆着的，化工、机械、船舶工业在全国都占有举足轻重的地位。这些年，卖地也赚了不少，抗风险的能力比我们强得多。人家上保障房有条件，有家底，融资平台又多。我们没有支柱性企业，就得靠天吃饭，这个天就是城建，就是地产开发。我们这些年就靠着城建过日子，上面让我们建设保障房，我是很头疼的。可是，这是死命令，必须得干好，干不好，就得下台。我想过了，办法总会有的，还得靠企业家。以前，你们总躺在政府的怀里吃奶，都养这么大了，都养这么肥了，也该反哺了，也该出点儿血了。

赵世龙忽然插了一句，我敬大家一杯。说完，喝光了杯中酒。众人都觉得有些不对劲，作为一个秘书，突然打断上级领导的话，总有些说不过去，有些反常。杨副市长也不恼，低着头，剥虾。赵世龙说，柏总，要是不搞地产，还有什么好项目吗？柏建新摇了摇头，难啊，加工业已经没有利润了；服务业也不好干，人工费太高了；IT业是个空心大萝卜，靠政府扶持，靠炒作概念，最后建了一堆科技城、软件园，说来说去还是变相的房地产。干什么呢？挖煤行，可是，谁有煤矿让我去挖呀？

展萍说了句话，声音很小，这边都没听清楚，只有赵秘书转过脸，和她回应。展萍一边说一边笑，赵世龙也是一边笑一边说。杨再新吃了一只虾，擦了擦嘴巴，黄总、柏总，如果有更合适的项目，我看，也该转型了，即便不挖煤，干点儿别的也不至于挨饿了。

我们好不容易转到了地产业，难道又要转回去吗？柏建新说，当前人工费涨价、原材料涨价、能源涨价、人民币升值，有脑子的人谁还敢碰实体经济？你们谁有本事谁去干，我只想干好地产这一行，我不信国家不需要地产了。我更不相信，老百姓不需要住房了。有个姓朱的同行说得很实在，他说不管调控不调控，他只知道老百姓要住房，他就一直干下去，子子孙孙干下去，人家那股子冲劲让人羡慕，不像我们，前怕狼后怕虎，机会都错过了。柏建新盯着黄丽鹃，这些话都是说给她听的，可惜，黄丽鹃的注意力全都在手机上。杨再新抽出一支烟，叼在嘴上，脑袋偏过来，柏建新给他点了烟。杨再新吸了一口，小声说，注意了，丁书记要拿你开刀。

丁书记？柏建新冒出了冷汗，苦笑着问，为什么要拿我开刀呢？

你和二宝的那些见不得人的破事，上面都掌握着哪。你闹出了八条人命，全国震动，丁书记能放过你吗？

动迁户内讧跟我有什么关系？柏建新猛地坐直了，我不信没地方说理去。杨再新吐了一个烟圈，冷冷地说，送你八个字，聪明一时糊涂一世。你骗贷这么大的事也不和我通个气？光知道防着我了，你防呀，你继续防呀？你还指望着我帮你？

在座的全都看过来，不明白发生了什么。杨再新不说了，面无表情地盯着打火机。柏建新的脑袋嗡嗡地响，最不愿意听的，听到了。好比正在冲锋时，突然挨了一炮，整个人飞起来，又重重摔在地上。虽然没被炸死，但已经奄奄一息了。柏建新这才明白，让他到滨城开会是一个阴谋——杨再新设置的陷阱。柏建新想不通，妻子卖力地配合他，有什么利益？“云鼎人家”栽了对龙翔公司来说就是灭顶之灾，难道她不心疼吗？毁了龙翔有什么好处呢？柏建新无论如何也想不到其中的奥妙，杨再新的真正目的是为了对付丁书记，让丁书记栽个大跟头，然后由他出面收拾残局。目的就是干扰丁书记的思路，掩盖他自己的违纪行为。丁书记如果从此倚仗他，那样，他就会因祸得福，就会升官晋爵的。否则，经济指标下滑，他丁书记也干不长，迟早得走人。后来，他的目的几乎全都达到了，丁书记真的就依赖他，仰仗他抓经济，他成了三江的红人。龙翔房屋开发股份有限公司因严重违规、偷税漏税、资不抵债等多项指控被法院强制破产，已经封顶的“云鼎人家”被政府有偿收回，资产重组后，这个项目变成了保障房，政府制订的保障房计划，不费吹灰之力便完成了。

菜上得差不多了，厨师随着餐厅经理走了进来，站在杨副市长的侧面，说着奉承的话。服务员往碟子里夹鲍鱼，又挨个浇汁。厨师说，各位领导，还可口吧？杨副市长夹起鲍鱼，咬了一口，挺滑，挺有嚼头的。黄丽鹃擦了擦嘴巴，懒洋洋地说，吃也吃了，笑也笑了，再挺下去就没意思了。大家都看着她，不清楚她要做什么。黄丽鹃扫了一眼，散了吧，散了吧。杨再新摘下眼镜，揉了揉眼眶，嗯，我还想多坐一会儿呢。餐厅经理打了声招呼，识趣地出去了。杨副市长说，倒酒来，我要跟柏总喝两杯，还有青木惠子女士，也得喝。有机会请到三江做客，冬天的大雪啊，真叫个美，和你们北海道有些相似。雪国，雪的国，白茫茫的一片呀！

第十六章　真实的谎言

夏季的傍晚，尤其是雨后，天空犹如童话里的水晶世界。吃完晚饭，柏建新便把照相机拿出来，架在窗前，校准角度，镜头对准老槐树。那儿曾经出现过神奇的UFO，柏建新还神奇地当了一回访客，这不是说梦话，是真实存在的。可惜，没有人相信他，除非拿出证据，除非拿到UFO的照片。

每当傍晚，只要光线适宜，他都要架好照相机。调好光圈和速度，耐心等待着UFO的光临，他相信，只要功夫深，铁杵定能磨成针。等待的过程是痛苦的，好在柏建新在这之前已经体验到了比这种痛苦还严酷万分的爱情的折磨，体内产生了超强的抗体。他不止一次地问，等待UFO难道比等待展萍回心转意还要难吗？

这期间，孙嘉国上班了，当上了修表匠。当他装模作样地打开一块手表时，香水湾一带炸了营。臭小子们像苍蝇一样聚到亨利修表店，等着看他的洋相。孙嘉国汗水顺着脑门往下淌，单筒放大镜乓的一声掉下来，摔在地上。臭小子们笑得直不起腰来。柏建新带头喊，孙嘉国，你算是瞎了！为了区别他们爷孙，都称他为小瞎子师傅。从此，孙嘉国戴上了笼头，老实多了。不过，下班后照样胡闹，和柏建新一样，是远近闻名的劣迹青年。

有那么一段时间，柏建新家里聚集了许多人，经常传出鬼哭狼嚎的声音。居委会派人来，其实是来监视。尤其是孙嘉国的奶奶，一天能来两趟。每次不等她推开院门，孙嘉国都会迅速钻进板箱里藏起来。有一次，孙奶奶比往常灵敏，孙嘉国刚刚钻进去，她就闯进来了。有人说，别看了，小瞎子师傅没在这儿。孙奶奶瞪了一眼，一屁股坐在板箱上，阴沉着脸，就是不说话。有人受不了，摔门走了。没走的继续抽烟，只是想不出一个活跃气氛的话题。

即便有了，没说上几句，老太太就会恶狠狠地插句话，把大家搞得要多扫兴有多扫兴。这时，只有柏建新是逍遥的，倚着窗台看《飞碟探索》。自从披露了访问UFO的情节，柏建新遭到了所有人的嘲笑。从那以后，他很少讲UFO，别人更不愿听，他宁愿一个人看杂志，一个人思考。

年轻人终于想起了UFO这个话题。在他们的恳求下，柏建新讲了一段“美国空军捕捉到一艘出了故障的UFO，并且解剖了外星人尸骸”的奇闻。孙奶奶不信，非但不信，还要给柏建新扣上几顶大帽子，指责他搞歪门邪道，还不依不饶地让他拿出证据，否则就是“打着科学的幌子的大骗子”。老太太的口才非常好，时髦的词语层出不穷，声调、神态和她的孙子孙嘉国一模一样。柏建新没有料到自己又成了靶子，遭到了孙奶奶的羞辱不算，伙伴们也朝他开火。他们齐声附和着孙奶奶，一个劲地起哄，一个劲地模仿孙奶奶的腔调，齐声喊，拿照片来，拿照片来才算是真的。

柏建新把《飞碟探索》上的图片指给他们看，以证明UFO是存在着的。结果，伙伴们都被激怒了，说自己不是瞎子，更不是无知的小孩，杂志上的图片一看就知道是画出来的，根本就不是照片。柏建新伸出胳膊，指着手腕上的一箍疤痕，瞧呀，外星人捏的。虽然这样的伤疤“制造”起来很费事，但不等于就是外星人干的。柏建新长叹了一口气，不再辩论了。他看着窗外，通过大槐树到达天边的那条笔直的路哟，怎么就没有UFO呢？他甚至怀疑当初见到UFO的时候是不是在做梦？外星人抓着他的手腕子一起飞的情景是不是在做梦？UFO里面全都是水银哟，走来走去的外星人就像是流动着的水银，如果你不小心，随时都会触碰到。柏建新清楚地记着，抓着他手腕子的外星人的眼睛也是水银样的，只是比水银更明亮一些。

柏建新等待着UFO的再次光临，想证明自己是对的，想证明自己没有撒谎。他拼命汲取知识的养分，就像少年时期研究宇宙一样。他利用大量的时间来阅读、查找支持自己的证据。当知识无法缓解痛苦时，占卜又成了他的最爱。他学会了占卜，运用扑克牌的排列组合，推演着未知的世界。他学会了与心灵对话，时机成熟后，便尝试着与茫茫的宇宙对话。他相信，外星人一定能听到他的心声，一定能再次相会的。无数次的占卜都是这么暗示的，让人不得不信。柏建新的占卜技艺十分娴熟，是他偏得的，是一次偶然的机会，一个黑脸大汉教给他的。

那一天，如果柏建新一直不出声，等黑脸大汉走到身边再开口，没准儿黑脸大汉会吓破胆的。如果真是这样，那么后来的故事以至于后来的后来发生的所有的故事都要改写了。那一天，柏建新双腿垂在窗外，捧着脑袋一动不动地看着天空。一抹阳光给天空涂了一层耀眼的金色，直到这层金色也越来越模糊了，成了一条金色的光带，柏建新依然一动不动。他像往常一样，随时做好突然发现 UFO 的准备，一旦发现 UFO，他会用百分之一秒的速度将望远镜对准照相机的镜头，然后再用百分之一秒的时间按动快门。他演练过无数次，一次比一次精准。

这时，黑脸大汉像个贼似的朝院子里扫了一眼，唯独没有看见柏建新。他推开院门，蹑手蹑脚地走过来。柏建新挺起胸膛，壮着胆子问，你找谁？黑脸大汉吓了一跳，慌忙说，同志，那什么……我只想讨碗水喝。柏建新笑了，见过讨饭的，见过要钱的，头一次听说还有讨水的。黑脸大汉的脸色像抹了层炭灰似的，让人心里没底。柏建新跑进屋，舀了一瓢水端出来。此时，黑脸大汉正猫着腰，端详着照相机。柏建新赶忙喊，别乱动！黑脸大汉直起腰，笑了，洁白的牙齿被黑脸膛映衬得越发白亮。他接过水瓢，一口气喝干了，抹了一把下巴上的水珠，好奇地问，同志，你这是要照什么？

你管不着。柏建新说。如果，对话到此为止，可以肯定，柏建新的 UFO 探索还将无休止地进行下去，或许在未来的某个瞬间，还真能与 UFO 相逢；或许一生也无法实现这个梦想。可是，上天竟然派了这样一个人来，伸手拨了一下，轻易地改变了他的命运。

同志，我猜你是要拍天上的云彩。黑脸大汉把水瓢递给柏建新，嗯，对不对？柏建新哼了一声，没说话。黑脸大汉又好奇地望着天，忽然说，同志，我猜错了。他盯着柏建新的眼睛，犹豫着，我猜你是要拍天上的一样什么东西，你就让我猜猜。柏建新心动了。黑脸大汉居然能猜出他要拍天上的一样东西，凭这一点，柏建新对他产生了好感，甚至把他视为知音了。

你要是能猜得出来，我柏建新就服了你。

柏建新？柏老弟！黑脸大汉笑了，老熟人一样坐到窗台上，一会儿看看相机的取景窗，一会儿又朝天上望，还拿起望远镜瞭望天空。柏建新看着他的一举一动，恨不能开口说出答案。黑脸大汉忽然露出惊喜的神色，柏老弟呀，你不是想拍飞碟吧？

柏建新当即傻了，仿佛遇见了神明。黑脸大汉跳下来，拍着他的肩膀，小心地说，柏老弟，我没猜错吧？柏建新惊得说不出话来，直到黑脸大汉碰了碰他的胳膊，才缓过神来。像第一次目睹并游览 UFO 时的感受一样，他全然搞不清是在梦里还是醒着。柏建新相信，黑脸大汉就是上天派来的为他指点迷津的使者，也许就是无所不知、无所不能的外星人。

黑脸大汉羞涩地挠着头皮，伸手讨吃的。柏建新愉快地说，这不算个问题。说话间，猴子一样翻进屋里，拿出一筒饼干给他。黑脸大汉吃得急三火四，噎得脖子上都露出了青筋。吃完了一筒饼干，黑脸大汉自言自语地说，我该拿什么报答你呢？他伸手抓过一副扑克牌，手指像运转起来的齿轮，扑克牌哗哗地翻动着。黑脸大汉说，老弟，给你算一卦吧。黑脸大汉让他闭上眼睛，想着一件心事。柏建新赶忙闭上眼睛，脑子里出现了展萍的面孔；展萍的脸又化成了一片汪洋，化成了一片无边无际的天空；终于，天空中出现了草帽样的 UFO；UFO 定格了，变成一张照片；孙嘉国蹿出来，朝他喊，照片呢……柏建新睁开眼睛，心里说，我就想拍一张 UFO 的照片。

黑脸大汉说，你不用说出来，我来算，你看准不准。他让柏建新选一张牌。柏建新选了一张红桃 A。黑脸大汉洗了牌，摆出了一个塔形牌阵，从中抽出一张，是红桃 A 吧？沉默了五分钟以后，他抬起头，表情严肃地说，柏老弟，你想的事很难实现，难到什么程度呢？他低下头，自言自语地说，打个比方吧，比登天还难！他抬起头，拍了拍柏建新的肩膀，你也别灰心，从牌道上看，你有贵人相助，说不定还真能成功！

谁是我的贵人？柏建新一把抓住了他的手，急着问，是你吧？黑脸大汉愣怔着，那什么，我不知道。黑脸大汉又低头看牌，自言自语地说，从牌道上看，心想事成之后你还有麻烦，柏老弟，你要有栽跟头的思想准备。见柏建新情绪低落，又笑着说，本来嘛，比登天还难的事，能不栽个跟头？

第二天一早，柏建新出门，托人给于师傅捎信，以拉肚子为由继续请假。为了这段时间难得的好天气，为了能见到UFO，他已经三天没有上班了。回来时，一帮闲人被堵在屋里。黑脸大汉有些不好意思，还是坚持着表演小把戏，演完了就开始押宝。他不停地倒腾着桌上的三只碗，其中一只碗里放着钱。他吆喝着，快来押呀，快来押呀。柏建新押上了一块钱，结果开局就输了。输得最多的是一个戴眼镜的男人，柏建新算了算，他至少输了十块钱。“眼镜”一个劲地喊，这个杯子里有钱！这个杯子里有钱！黑脸大汉也不制止，吆喝着，哎，看准了就押呀！

兄弟，能不能借一块钱？“眼镜”扯了扯柏建新的袖子，央求道，都是老邻居了，借一块吧。柏建新惊奇地说，叔呀，你不是展萍的爸爸吗？

你认识展萍？展萍爸爸的注意力还在黑脸大汉的手上，根本没有注意到柏建新的表情。柏建新摸出五块钱，塞到他的手里。展萍爸爸惊喜地说，兄弟，我保证还给你，我要是不还你……你就找展萍要。又连忙说，你千万别说我要钱。柏建新大声说，不用还的，不用还的。连说了两声，都没有引起他的注意。忽然，里头炸了营，瞬间，这帮人扭在了一起。展萍爸爸奋力钻出来，夺路而逃，其他人追了出去。有人边追边骂，操你妈的小日本！柏建新想不明白，展萍爸爸怎么会耍无赖呢？黑脸大汉用拇指和食指搓了一声响，喊了声，柏老弟呀柏老弟。黑脸大汉说他还想住两天。柏建新没有异议。

柏建新家里聚众赌博的事还是让孙奶奶知道了，不久，整个香水湾街道就都知道了。天黑前，老太太推开了院门，孙嘉国顾不得拿回桌上的钱，掀开板箱子就钻了进去。其他人忙着抢钱，忙着收摊。老太太风风火火闯进屋，屋里立即就静了下来。孙奶奶转来转去，冷冷地打量着黑脸大汉，冷冷地打量着满屋子的闲人。她坐在板箱子上，把慌不择路的孙子压在了里面。柏建新倚着窗台看天。黑脸大汉倚着门框抽烟。其他人或站着，或蹲在地上。老太太一条腿放到另一条腿上，严肃地问，伙计，干什么的？

过路的。黑脸大汉说，出差到此。

出差？孙奶奶半信半疑，伙计，有介绍信吗？

包里放着呢。黑脸大汉说。

拿给我看看。孙奶奶说。黑脸大汉抽出一支烟递过去，孙奶奶不客气地推开了。柏建新发现黑脸大汉的脸红得发紫，腮帮子上的肌肉疙瘩跳动了几下。又发现他的手握成了拳头，朝孙奶奶暗暗运气。柏建新刚要阻止，这时，板箱子里传出一声响动。孙奶奶的屁股像安了弹簧一样，猛地蹿了起来，高喊，什么鬼东西？黑脸大汉的拳头松开了，柏建新也松了口气。板箱子里又传出一声响动，柏建新忍不住要笑，奶奶，闹耗子吧？

不像闹耗子！

不像耗子像什么？柏建新故意逗着孙奶奶。

像他奶奶的放屁！孙奶奶的话音未落，板箱子里又传出一声，这回可听清楚了，是屁声。孙嘉国掀开箱子盖，挣扎着站起来。孙奶奶一看是他，当即傻了眼。孙嘉国说，都是吃了凉地瓜闹的。说着又放了一串响屁。孙奶奶恼羞成怒，先是揪，后是掐，扯着孙嘉国的胳膊，拖回家了。祖孙俩前脚刚走，黑脸大汉便神色紧张地说，就到这儿吧。人们有些恋恋不舍，还是散了。

柏老弟，哥哥要走了，省得让这老刁婆子惦记着。黑脸大汉说。柏建新想留他，又没有留的道理。黑脸大汉摸出五块钱递过来，柏建新坚决塞还给他。柏建新说，你已经教会我算卦了，就算顶上了。

那是小把戏，不算什么的。黑脸大汉把钞票塞进衣服上的补丁里，又脱了鞋子，把两张钞票垫在鞋垫下面，嗯，有机会我还会来的。离开屋子后，黑脸大汉又转到窗前，仔细地看着照相机，对着大槐树瞄了瞄，柏老弟，你说句老实话，是不是铁了心要拍飞碟？柏建新说，是铁了心！

死心眼，你还能耗上一辈子？黑脸大汉嗔道。柏建新挠了挠头皮，想了想，真不知道该怎么说才好，才能让他明白。

我猜是孙嘉国使的激将法！黑脸大汉说，怎么会有飞碟呢？你就是说破大天来，也不会有飞碟。

肯定有飞碟！柏建新伸出胳膊，指着手腕处一箍整齐的疤痕，外星人轻轻一抓，我的手就像被烫着了一样，后来不疼了，就跟着进 UFO 里去了。那里面啊，全都是银色的，像掉进了水银池子里一样，就我一个人不是银色的，其他的都是……柏建新不停地描绘着。这是他说得最多最畅快的一次，没有人打扰他，没有人质疑他，他想怎么说就怎么说。说起水银一样的外星人，柏建新的脸上洋溢着笑容。他停不下来了，刹不住车了。他说了个痛快，把每一个细节都说到了。

真有外星人？黑脸大汉将信将疑，又问，外星人的手很烫吗？

柏建新点了点头，又摇了摇头。外星人抓住他的一刹那，他疼得叫了一声，烫着了似的，不过，一眨眼就不疼了。接着，就感觉不到对方手上的温度了。是的，从这以后直到离开，都没有不适的感觉。不对呀，即便是水银，也应该有温度的，为什么没有温度呢？柏建新转眼看着黑脸大汉，求助样地看着他。柏建新快要崩溃了，怎么都不对，真的不对，假的也不对。对他来说，去过 UFO 不对，没去过也不对。他失去了坐标，失去了判断，甚至怀疑这一切从头到尾都是一场梦。没有人相信过他，除了黑脸大汉听他的倾诉，其他人都把他当成了精神病。后来，黑脸大汉把柏建新揽在怀里，拍着他的后背。那一刻，柏建新真想放声大哭。黑脸大汉回到屋里，拿出一顶草帽，连柏建新都记不得家里还有这样一顶草帽。

你说飞碟像草帽？黑脸大汉问。柏建新摇了摇头，草帽和像草帽一样的飞碟有什么关系？完全是两个概念嘛。黑脸大汉想了想，把帽檐撕下一圈，由于用力不均，狗啃似的，参差不齐。他把草帽举过头顶，柏老弟，这回像不像？柏建新仍然摇头。黑脸大汉又撕了一圈，举过头顶。柏建新说，有些像了。黑脸大汉转了几圈，没有找出合手的材料。他拔下一根头发，比画了一下，又拔了几根头发，纤细的手指灵活地勾动着，不一会儿，几根头发连成一条细线，拴住了草帽。黑脸大汉走到大槐树下，把草帽戴在头上，抱着树干往上爬，爬了没有半人高，吃不住力，滑了下来。他不好意思地说，有些年不爬树，胳膊腿还不听使唤了。然后又重新爬，摔下来三回才爬上去。他骑在树杈上，瞄着照相机镜头，用头发丝把草帽吊在细枝上。就这样，在黑脸大汉的指导下，柏建新拍了整整一卷“UFO”照片。

一切都忙完了，黑脸大汉说，柏兄弟，来点儿水喝。这一走，不知什么时候才能喝上干净的水。柏建新十分伤感，为什么老天把这个人送来，教会了他前所未闻的经验后，又给支走了呢？为什么不能长久地在一起呢？黑脸大汉像个航标灯，引导着柏建新度过人生中最黑暗的时刻，不至于让他触了礁。柏建新痴痴地看着他，眼泪在眼圈里打转。

算了，不喝了。黑脸大汉拎起皮包，半道渴了，再讨水喝吧。

等一等！柏建新跑到屋里，倒了一杯开水，从罐子里掏出两块冰糖放进杯子里。他捧着杯子出来，泪水蒙住了视线，他能感觉到黑脸大汉身上有着极强的磁力，柏建新不能自拔，恨不能跟他一走了之。

我们还能见面吗？

肯定能的。黑脸大汉的声音散落在黄昏里，散落在角落里。他走了，空气中蒙上了一层湿气，随手抓一把，手心里都是湿漉漉的泪水。

UFO 的照片炮制出来了。为了保证效果，柏建新藏在密不透光的地窖里冲洗。因为担心意外曝光，他用绳子把地窖门绑上了。经过显影、定影和水洗，底片有了影像。柏建新将胶片挂起来，打开地窖门出去撒了泡尿，回来后，又抓紧时间放大、显影、定影、冲洗。最终筛选出五张照片挂在绳上晾干。在等待大功告成的时间里，柏建新躺在草垫子上，一次次想象着展萍看到照片后的表情。他从不奢望展萍会因此转变态度，只盼着她能够公正地说句“错怪你了”的话，只这一句就能让他心满意足。

柏建新审视着照片，一遍遍地告诉自己，是的，就是 UFO，和见到过的一模一样，和访问过的一模一样。这也许是外星人的一次超乎寻常的显灵，在他生命中最重要的时刻，外星人驾着 UFO，像只乖觉的精灵，飞进了他的镜头里。

红灯忽然灭了，地窖里重新被黑暗吞噬。不一会儿，地窖门被拽开，一团刺眼的光亮涌进来。孙嘉国喊，老柏，你在下面吗？柏建新随手把照片摘下，应了一声，顺着光亮爬了出去。

我让电线绊了一跤，估计你在地窖里。孙嘉国揉着眼睛，这破眼珠子犯邪病了。

修表累的吧？

可能是吧？

柏建新朝他晃了晃照片，得意地问，心服口服？孙嘉国瞪着红眼珠子，你说什么？

我拍到了……柏建新还是没有底气，不敢轻易说出“UFO”这个词。孙嘉国劈手夺过照片，仔仔细细地看。再抬起头时，表情古怪。他突然挥拳砸过来，柏建新吓了一跳，差一点儿就要转身逃了。

老柏，我是心也服啊口也服，果真是飞碟！果真是飞碟！孙嘉国揉着眼珠子说。柏建新抽冷子夺回照片，捂在怀里，以后，你就别装大尾巴狼了，不懂就不要装懂，明白吗？要相信科学，科学是不能掺一点儿假的，否则就要遭到惩罚的，明白吗？柏建新说一句，孙嘉国就点下头。柏建新说完了，他还在鸡啄米似的点头。看着他的傻样，柏建新心里的坚冰融化了，很久以来噎着的一口浊气吐出来了。看起来，今天是个了不起的日子。孙嘉国虽然红着眼，虽然不停地搓着眼球，但是，柏建新能看出他眼里飘动着的惊喜的光芒。

孙嘉国的眼睛越来越不好受了，开始用手掌搓，后来改用拳头砸。他一拳一拳地砸向眼眶，焦躁地吼着，骂着。柏建新催他去医院看看，孙嘉国乖乖地走了。看他走远了，柏建新忍不住，一口气跑到展萍家楼下，期待着展萍会突然下楼或者突然从别的地方露头。有人看他可疑，警觉地问，你找谁？柏建新猜到，人家把他当贼了，索性放开胆子，上楼去找展萍。自从展萍家搬到这里，他就没有来过。柏建新敲了半天的门，开门的是一个陌生的女孩子。柏建新吓了一跳，第一个反应就是走错了门。

你找谁？女孩子惊讶地问。又调皮地说，警告你，别说敲错了门。

是敲错了！柏建新转身就走。

你是老柏吧？女孩子追上来，惊喜地喊，你肯定是老柏！你就是老柏！你肯定就是老柏！柏建新转过身，猜想女孩子可能是展萍的姊妹。女孩子急着问，你是找展萍的吧？柏建新想都没想，摇头否定。女孩子疑惑地问，这就怪了，你不找她，还能找我？柏建新又赶紧摇头。女孩子咯咯地笑，笑声很是清脆。她又皱着眉头说，不三不四的小小子都来找她，又都不敢承认找她。不找她还能找我吗？可惜我又没有她漂亮。柏建新看了看，女孩子长得也挺标致的，如果不说“可惜我又没有她漂亮”，柏建新还真的看不出谁更漂亮些。

我……我来找展萍的爸爸。柏建新顺口说了句连自己也没有料到的理由，又小心地问，他在家吗？

你找我爸干什么？

我找他还钱。柏建新随口而说，也不打算斟酌了，只想着应付几句后赶紧走开。

我爸到庄河采风去了。女孩子说，你把钱给我好了。

柏建新摸出了一张两元的钞票，觉得数目有些小，不够真实。又摸出一张，恰好是十元的。他有些不舍得，又摸。干脆把所有东西都掏出来了，其中就有一叠 UFO 照片。女孩子尖叫一声，一把抢去。看了半天，嘿，还以为是你的照片哪。她失望地扫了一眼，这都是些什么乱七八糟的？

瞎照着玩呗。

你会照相？

瞎照着玩呗！柏建新拿过照片。女孩子抽出那张十元钱钞票，调皮地说，代表我爸宣布，零头不要了。柏建新双手滞在半空，忍着没有去抓夺。女孩子问，你不想说点儿什么吗？

没什么好说的。柏建新转身朝楼下走，一边走一边说，真的没什么好说的。

那你不是白来一趟了？女孩子喊。

那你就说，姓柏的拍到 UFO 了。

“肉爱佛”是什么东西？

柏建新没有回答，噔噔噔地跑下楼。UFO 是什么东西他很清楚，按照科学的说法就是“天空中的不明确性质的飞行物体”。“肉爱佛”又是什么，柏建新却不清楚了。如果知道就是这个女孩子一手导演了他悲凉的“情书之旅”，柏建新肯定不会如此离去的。展萍的妹妹没有给他留下什么印象，如果不是二十多年后揭开了谜底，柏建新根本不会如此震撼。这位姑娘就像一颗流星，划破了柏建新人生的一片黑暗的天空。

孙嘉国的奶奶向街道领导做了汇报，街道派人找到柏建新，看了那叠照片。他们要拿走，被柏建新拒绝了。来人严肃地说，这些照片属于国家，属于无价之宝，一定要保管好。当天下午，市里来人把柏建新带走了。坐在铁笼子一样憋屈的汽车里，柏建新才意识到事情搞大了。他想起了黑脸大汉，黑脸大汉微笑着的面孔让他的紧张情绪舒缓了许多。柏建新被带到一个很大很大的会议室里，有人让他坐在中间的椅子上。对面坐了一排人，其中有两位穿着军装，有三位穿着警服，还有六位穿着便衣，表情都挺严肃的。柏建新像得了软骨症似的，瘫在椅子里。半个钟头后，有人进来调试幻灯机。照片被做成幻灯片，打在银幕上。等一切都准备好了，穿着灰色中山装的中年人咳嗽了一声，柏建新同志，还有谁知道这件事？柏建新随口说，亨利修表店的孙嘉国知道。还想说展萍的姊妹也知道，可是，猜不准是姐姐还是妹妹，一愣神的工夫，又让别的问题打断了。有人反复盘问柏建新，语气还不算太坏，总还“同志”长“同志”短地称呼，柏建新则有问必答。一个小时以后，一位长者提高了嗓门，柏建新同学，你还记得我吗？长者笑着说，没想到，几年不见，你又出彩了？他对其他人说，这小子念小学的时候就爱搞科学研究，尤其喜欢天文。我在北京开会的时候买了一架望远镜，回来就给了他。长者加重了语气，嗯，没想到你又出彩了。

通过“望远镜”，柏建新猜想长者也许是当年的教育局局长，姓牛还是姓马，一时想不起来了。还没等他找机会问清楚，中年人宣布会议结束。两位军人夹着柏建新朝外走，一直把他夹上车。一路上，柏建新惊恐万状，因惊恐而不停地流泪，眼珠子朝外努着，痒得难受，恨不能砸几拳。他问，你们要把我送到什么地方？军人都闭着嘴不说话。他又问，这是什么山？一个军人说，扇子山。另一个说，别告诉他……前一个军人尴尬地说，真热呀，扇子呢？

下车后，军人把他带到一个房间。从此，柏建新失去了自由。饿了，有人送饭，困了，倒在床上睡觉。扇子山植被很茂盛，从窗户上望去，到处都是绿色。除了战士们的喊操会突然破坏这份宁静，其他时间里，柏建新只能听见鸟鸣。鸟儿或者低鸣，或者高歌，仿佛只为他一个人表演。开始几天，柏建新没有心情欣赏鸟儿们的歌舞，他不停地流泪，难过得一句话也不想说，也没有人和他说话。后来，他想说话了，尝试着和鸟儿说话，只有鸟儿向他报告时间是流动的而不是静止的，只有鸟儿向他报告时间是活的而不是死的。有一天，几个穿着白大褂的军人闯进来，随后有战士搬进几把椅子，还抬来几口箱子。穿白大褂的军人命令他坐在椅子上，柏建新刚刚坐下，手腕和脚腕就被夹子夹上了。夹子上带着红色或黑色的电线。柏建新还没来得及惊叫，有人便杀气腾腾地说，老实点儿。柏建新惊恐地看着他们，抖成一团。军人们打开箱子，架设各种仪器。柏建新忍着，不让自己抖动，他担心会触电而亡，又担心会突然被勒死。有人在柏建新的胳膊上绑着线缆，另一个人在他的前胸粘着电线。直到这时，柏建新才相信，麻烦大了。当大腿上也被粘上电线时，柏建新忍不住，尿了裤子。战士把他的裤子扒下来，扔到外面。女军人又检查了柏建新大腿上的电线，不动声色地擦干了尿渍。有人拨了一下柏建新的脑袋，喂，红眼病吗？柏建新眨着眼睛，也不敢说话。女军人翻看他的眼皮，然后，打开一口箱子，找了药，给点了药水。眼睛顿时清凉了，比用拳头砸舒服。设备绑扎完毕，有人问他一些问题——很简单的问题。好一会儿，柏建新才发觉有些问题重复了。

你爸和你妈在一起睡觉吗？

我没有爸妈。柏建新一边回答，一边流泪。这个问题已经回答五遍了，实在有些心烦。有人给他擦去眼泪，又给他滴了药水。

等到红眼病痊愈了，柏建新就被警察接出来，送到了看守所。经过公安部特派测谎专家和解放军某部测谎专家的一致判断，所谓的UFO照片是一起“蓄谋已久”的恶性事件。在强大的压力下，柏建新承认造假的动机只是为了让别人知道他不是一个吹牛说谎的人。他指着手腕上整齐的疤痕，诉说着自己的清白。他发誓曾经和外星人接触过，并且是不同寻常的接触。人们冷冷地看着，冷冷地听着，专家们似乎对他的“爱情”还感兴趣，问过几句后，他的“爱情”也没有人关注了。没有人能够想到，这个悲剧从头到尾充斥着荒唐。一个被爱情逼得走投无路的年轻人被迫用谎言来捍卫信誉，因此，按照逻辑，他的诚实注定是假的。柏建新的UFO照片仿佛是一束火把，让他在黑暗里照亮了身前身后，发现身边还有着和他一样的同类——一群警觉的麋鹿。黑脸大汉就是离他最近的一个。

后来，历经磨难的柏建新喜欢把人生和爬泰山相比，每当经历了一次险阻，都要回过头来想想攀爬的过程，总结着经验教训。与杨再新副市长的一次很不成功的交流后，柏建新又一次感叹未来充满了变数。

你去过泰山吗？柏建新问江晓东。没等江晓东回答，又接着说，我每年都要爬一次泰山，每次都有不同的感受。江晓东静静地听，琢磨着他话里头的意思。柏建新说，人生不就是爬山吗？有的人一口气到了中天门，累了，想休息一下。结果呢？再也没有勇气爬到南天门了；还有的人坐上缆车，不费吹灰之力就到了山顶上。这也是个活法。坐缆车上山的人是投机的人，也是最有可能成功的人。你说他们就一定完美吗？他们是见到了风景，不过，也因此失去了过程。过程对人来说，有时比结果还重要，年轻人总对未知的明天感兴趣，殊不知脚踏实地有多重要。万事万物都有个规律，只要你按照这个规律办事，那么，结果不外乎成功、失败、没成功也没失败这三种。

你知道人生最可怕的是什么吗？柏建新问。

江晓东愣了一下，想了想，忽然，显出狰狞之色，猛地站起来，掰着指头说，第一，好好的生意破产了；第二，好好的爱情失败了；第三，好好的自由丧失了！仿佛早就知道柏建新会问这个问题似的，江晓东的答案相当精炼。柏建新感到一阵恐惧，不知道这样的感觉来自何方，难道江晓东只是一个不满足的愤青吗？忍了半天，柏建新说，人最可怕的是不知道自己是谁，在做什么，是活着还是死了。什么都不知道。不知道什么时候有钱，也不知道什么时候没有钱，不知道什么时候得到赞誉，也不知道什么时候一脚踏空。柏建新犹如说梦话一般，冷冰冰地说着，犹如身边无人，犹如身边是漫无边际的黑暗。他幽幽地说，一道闪电，你突然看到了无数张沉默的脸，潜伏在黑暗中。这时，恐惧充斥着每一个汗毛孔，恐惧无处不在。

第十七章　阳谋与阴谋

哦，表妹，你那个表妹……柏建新打着手势，尽可能做到不露声色，长得挺漂亮的那个。江晓东疑惑地问，您是在说佳玉吗？

佳玉？柏建新重复了一遍，哦，我好像见过她。江晓东的眼珠子转了半圈，定住了，柏总，您去过春晓旅店？柏建新猛地想起了那张名片，下意识地站起来，走到衣橱边，摸着衬衣口袋，又摸裤袋。

柏总，您找什么？

找一张名片。柏建新有些急躁，又有些沮丧，怎么就丢了呢？江晓东说，我刚来那天，看到了一张名片，就放在沙发扶手上。柏建新被点了穴道似的，一动不动地盯着江晓东。宁愿相信这是真话，否则，这家伙也太厚颜无耻了。柏建新喘了一口气，僵硬的身体又能活动了。江晓东从电视柜的隔板上摸出一张名片，柏总，您找的是这张吧？柏建新接过名片，扫了一眼，不是它是谁？他把名片扔在茶几上，点了烟，狠狠地抽，一边抽一边看着江晓东。江晓东若无其事地和他对视着，渐渐地，有些慌乱，最后，低下了头。柏建新紧盯着他，目光都能杀死他。江晓东站起来，又坐了下来。坐了一会儿，站起来，摇摇晃晃地走了。

柏建新琢磨着那个名叫佳玉的女孩子，不由得想入非非。佳玉似乎就在眼前，只要伸手，便可以揽入怀里。会有什么结果呢？柏建新有些自嘲，自己并不好色，为什么会因为佳玉而心情忐忑呢？其实，像他这样的身份，身边围着几个女孩子并不过分。然而，柏建新身边恰恰就没有漂亮女人。如果把佳玉搞到手，第一，他身心愉悦，第二，江晓东会立即报告黄丽鹃（他一定会这么做的），说他柏建新有了绯闻，这样的话，黄丽鹃就能把他招回三江。既要达到效果，又不能让黄丽鹃绝望，需要火候。火候过了，弄假成真了，就无法收场了。只不过，这个计划对不起佳玉，素昧平生，就因为长得漂亮，被无缘无故地卷入进来。无论如何，她都是受害者。

柏建新浮想联翩，似睡非睡，几次想坐起来，却一点儿力气也使不出。脑袋醒了，各个关节却还睡着。他担心中风了，急得喊起来，舌头也不好使。一股刺鼻的烟味袭来，柏建新叫着，着火了！着火了！他想起了新婚之夜，也是一把火，差一点儿酿成大祸。烟味越来越大，柏建新终于“醒”了，他慌忙端起茶壶，朝沙发下面泼去。烟雾散了，柏建新连说“侥幸”，假如睡过去了，不要说被烧死，单是这股浓烟，也要把他熏死了。他伸手往沙发下面摸，摸出了一本杂志，封面上印着裸体女人。又摸出一只避孕套，里面是发了霉的精斑。他恶心得直咧嘴，捏着避孕套走进卫生间，扔进马桶里。由于水压不足，避孕套仿佛一条游来游去的鱼，在马桶里急速盘旋，眼看着处理不掉，眼看着放到哪儿都不合适。柏建新捞出避孕套，又扔回沙发下面。同时，他摸到一块手掌般大小的烧灼面，坚信再也没有隐患了，才抽出手来。

柏建新洗了手，打开窗户，放掉烟气。看着时间不早了，本想上床睡觉，又想到黄丽鹃还没回来，怎么也得等她一会儿。柏建新躺在沙发上，翻着那本画报，各种情色画面刺激着他，热血朝头顶、四肢混乱无序地奔涌。美丽的小佳玉填充了想象空间，让他坐卧不安。是叫佳玉吗？佳玉呀，佳玉喔，佳玉哟……

午夜时分，门铃响了。柏建新慌忙把杂志藏回沙发下面，抹了抹散乱的头发，然后，开了门。黄丽鹃笑着问，睡了吗？

睡不着。柏建新说。虽然有一万个疑问需要黄丽鹃给出答案，但柏建新知道，最好是把想要的掩藏起来，把不想要的拿出来。这也算是“声东击西”吧，否则就陷入了越想要越不给、越不想要越要给的怪圈里。柏建新靠过去，吃惊地问，你喝酒了？他凑到黄丽鹃的唇边，嗅着。

你就别虚情假意的了。黄丽鹃把皮包扔在沙发上，双手搭在柏建新的肩上，哎，无论你是真情还是假意，我都喜欢。黄丽鹃摸了一把柏建新的脸，嗯，胡子刮得还挺及时的。说着，坐在沙发上，仰着脸说，柏大官人，倒杯水吧。

黄丽鹃对柏建新的胡子很敏感，每当柏建新刮胡子，她就会产生不好的联想，联想到女人，联想到约会。如果没有搞到证据，就会激动，几天都吃不好、睡不好，到处都弥漫着她的坏情绪。张姑子说她体内有股煞气，劝她细读《金刚经》。黄丽鹃哪有闲空读经书？又找医生诊治，医生怀疑她因妇科病引起精神狂躁、幻想，说她是幻想型狂躁病。想想确实有些道理。黄丽鹃又可怜起丈夫来，感叹柏建新这些年没少受委屈，不过，想起柏建新带头摸到乡下大嫂的炕上那一幕，又恨得牙根痒痒。

柏建新递过一杯水，黄丽鹃捧在手里，感慨地说，还是有老公好啊。

这话听着别扭。柏建新说。黄丽鹃白了他一眼，脱掉鞋，盘腿坐在沙发上。柏建新问，还有什么感慨？统统都说出来。黄丽鹃说，我的感慨，统统的都没有了的干活。她模仿着展萍的语调。柏建新心里一动，不露声色地看着她。黄丽鹃说，整晚都和那个日本娘儿们喝咖啡、吃饭、喝清酒，到商场转……说到商场，打住了话头，捅了一把柏建新，嗨，快去把衣服拎进来。柏建新连忙出门，把门口放着的纸袋子拿了进来。黄丽鹃说，都是给你买的。柏建新打开一个纸袋子，里面有一件衬衣，另一个纸袋子里装着 T 恤衫。

多少钱？

你猜猜看！

加在一起，有个三千块钱就了不得了？柏建新抖了抖 T 恤，穿在身上。

你以为这是三江啊？黄丽鹃冷笑着。从皮包里掏出药瓶，倒出几粒药扔进嘴里，就着水咽下了，告诉你柏建新，差一百就是六千块呢。

太贵了。柏建新虽然对钱不太在乎，然而，买了两件衬衣就花去六千块钱，还是有些震撼。黄丽鹃说，我乐意嘛。赚钱干什么，不就是一家子高高兴兴的吗？要是为了鸡争鹅斗的，还不如做穷百姓好呢。我要是说这两件衣服只花了两百元钱，你一定高兴了，捡了大便宜了，是不是？这个世界上哪有便宜可捡？你说，有便宜可捡吗？

这辈子啊，除了娶你，还真没捡到什么便宜货。柏建新打趣道。

你才是便宜货呢。黄丽鹃哧哧地笑起来。

黄丽鹃站起来，赤脚在柏建新身边转来转去，嘴里啧啧称赞，都说“男人五十浪尖上”，你可得仔细了。柏建新皱着眉头说，你累不累？黄丽鹃搂着柏建新，哎，我老了，就想过个清闲日子，老天怎么就不允许呢？柏建新没有说话，忽然想到了佳玉，不由得一阵激动。黄丽鹃的脸贴在柏建新的后背，啾，假如我们没钱了，你还会跟我过吗？

你的假设没有道理，除非我们犯了事，蹲了大狱。柏建新突然惊呆了，回过神，恼火地说，好好的，净说些扫兴的话。黄丽鹃紧紧贴着丈夫，你害怕了？柏建新一动不动。黄丽鹃问，你怎么不问出了什么事？她扳过柏建新的肩膀，看着他的脸，出事了，你是知道的，对不对？说完，把脸埋在丈夫的胸口上。柏建新拍着她的后背，脑子里飞快地转着。

这几年你都做了些什么呀？柏建新，公司崩盘了，对你有什么好处吗？

到底出了什么事呢？柏建新不动声色地想，首先从二宝行长那儿想，从动迁户八条人命那儿想，猛然意识到，所谓的“出事了”，可能是一个圈套，一个吓唬人的把戏。黄丽鹃和杨再新一前一后赶到滨城，绝对不是巧合，目的是什么呢？也许，就是来恐吓他的。

几个月以后，柏建新才知道了真相。原来，这一切都是黄丽鹃布下的一个局，针对展萍的局。她准备套住展萍，摧毁展萍，以解心中之恨。在高人的指点下，黄丽鹃强压怒火，一步步把展萍引出来，和展萍从认识到迅速签约，都是事先策划的。黄丽鹃拙劣的演技没多久就被展萍识破了，展萍将计就计，反过来，狠狠整了她一把。

展萍的出现让黄丽鹃下定了决心，对于柏建新的移情别恋她是痛心的，不过，她还是坚持认为自己有能力扭转局面，有能力挽救婚姻，即便挽救不了婚姻，也要挽救财产。她加大力度，按照杨再新副市长的授意，让龙翔公司尽快破产。她把公司的债权和债务都转移到新成立的公司去，这一切都是瞒着柏建新的，她不能由着柏建新折腾。她担心柏建新会把她和龙翔公司一起带向深渊，她怀疑柏建新和展萍不但是蝇营狗苟的关系，甚至还存了不可告人的目的，如果任由其发展下去，财产迟早会被他们掏空的。黄丽鹃擦干了眼泪，和时间赛跑，她要尽快打赢一场战争，彻底消灭胆敢侵犯她尊严的敌人。

在公司重组的过程中，杨再新和有关部门打了招呼，利用政策漏洞，成功地甩掉了柏建新。在新公司里，柏建新原有的财产占比被稀释殆尽，也就是说，他为龙翔打拼了二十多年积累的股权，瞬间成了云烟。黄丽鹃做得既合理又合法，表面上看，一点儿漏洞都没有。黄丽鹃曾经想过妥协，想过把丈夫调回三江，给他机会，让他带着公司重新打拼。黄丽鹃只图有一个完整的丈夫，有一个完整的家。可是，理智又告诉她，柏建新已经走火入魔了，如果让他回去，肯定要闹出更大的乱子来。黄丽鹃抓紧时间和丈夫赛跑，和丈夫的忍耐力和他突如其来的一场接着一场的混蛋爱情赛跑。她渴望着一切都有了结果的时候，老天能还给她一个完整的柏建新，即便不那么完整，黄丽鹃也会接纳的，因为，他是她的丈夫。

事实上，除了柏建新，没有人相信龙翔公司能够起死回生。让柏建新愤怒的是，这场危机有关他本人的失误之处并不多，是宏观调控造成的，只能怨运气不好，赶上了这个档口。怎么可以把责任都让他一个人扛呢?

尤其是杨再新，在这次宏观调控中，上蹿下跳左右摇摆，最终，突然杀了个回马枪，把毫无防备的或者说防备不足的柏建新挑于马下。杨再新把柏建新当成了靶子，肆无忌惮地攻击他，所有人都相信，能出手击倒柏建新，就足以证明杨副市长的清白。如果当初知道杨再新如此恶毒，柏建新一定不会坐以待毙的，一定会拿出他的超级核武器的，果真如此，杨再新是否能全身而退都是个问号了。杨再新高明，把自己藏在暗处，装出一副无可奈何的样子，让柏建新无从下手，也不能下手。杨再新的所作所为让柏建新一直存有幻想，幻想有朝一日能够东山再起。就这样，柏建新让他一步步扯着，走向深渊。杨再新就是要把龙翔公司打倒，堂而皇之地把柏建新搞掉，这招就叫“狠打老虎皮”，他要留下雷厉风行的铁腕形象，既符合丁书记的思路，又能神不知鬼不觉地把自己在龙翔招惹的污垢洗干净，政治上的好处实在太多了。

第十八章　摊牌

那天深夜，在柏建新的调理下，黄丽鹃的兴致越发高涨，临进洗澡间时，还扭过头，投来妩媚的一瞥。柏建新靠在沙发上，摸出那本画报，以便找找情色的感觉。他很想让妻子满足、满意。

浴室里突然传出一声尖叫，柏建新跳起来，慌忙跑进去。黄丽鹃红了脸说，没事了。两腮桃花般粉红……走出洗澡间，柏建新稳住了神，脚下还是有些发飘。黄丽鹃突然推开柏建新，三步两步过去，抓起画报翻了翻，扔在茶几上。柏建新抓起画报，塞到沙发下。黄丽鹃瞥了一眼，冷笑了两声。柏建新急着说，我是从沙发下面摸到的。

好好的，你摸沙发下面干什么？黄丽鹃俯下身，伸手摸，竟然摸出了那只避孕套。她一声尖叫，把避孕套甩过来。柏建新慌忙闪开。黄丽鹃惊愕地看着他，忽然，捂着脸去了卫生间。柏建新失去了耐心，索性躺在沙发上发呆，想着这次滨城之行的不愉快，想着要失去什么了，却没有能力挽回。杨再新所说的“习惯性地失去”，是这个意思吧，心累了，不想折腾了。回头想想，离开三江以前是什么状态？那是一种有轨迹的行走，那是一段笔直的可以看得见的生命历程。在三江，呼吸是透明的，睡眠是透明的，思维也是透明的。在这儿呢？活着的，是另外一个人，不是自己，不像自己。活着是别人的，吸着别人呼出来的污浊的空气，活着是别人的呀；心累了，柏建新感觉到一股从来没有过的寒意涌上心头，心累了，真累了，疲惫不堪。

黄丽鹃从卫生间里出来，看起来已经恢复了平静。她掏出化妆盒，往脸上抹着夜霜。她说，你不想听听青木惠子的故事吗？黄丽鹃的话像一枚炮弹，在柏建新的心里炸开了花。柏建新假装不解，哪个青木惠子？黄丽鹃揉着脸频，就是那个日本娘儿们。柏建新没有接话，权衡着，该说什么，不该说什么。黄丽鹃说，我也不了解她。也许，她的故事都是假的，骗我的。柏建新闭上了眼睛，不想吵，也不想解释。黄丽鹃说，我们签了合同，如果合作成功，我再给她五百万，总共一千万的合同。柏建新突然睁开眼睛，和黄丽鹃的目光碰在一起。黄丽鹃盯着他，古时候不是有招贤榜这一说吗？我也这么做，只要她有本事，拿走一千万我不心疼。柏建新垂下了眼皮，压低了嗓门，嘿，这么大的事，也不和我商量商量。黄丽鹃冷笑着，收拾了化妆盒，和你商量？商量什么？敢和你商量吗？你把我卖了我还得帮你数钱哪。黄丽鹃猛地站起来，柏建新，恐怕你要坐牢的，坐很多年的牢。柏建新浑身的血突然涌向脑顶，火山爆发般地冲起来，他甩手把烟蒂扔向黄丽鹃，妈的，我坐牢对你有什么好处？你说！我坐牢对你有什么好处？黄丽鹃瞪着柏建新，胸膛剧烈地起伏着。柏建新的愤怒压抑不住，不光是生黄丽鹃的气，也生展萍的气，更生自己的气。简直是开玩笑，展萍拿着他柏建新的策划方案，去黄丽鹃那儿揽走一千万元的生意。如果是个小数目也就算了，这可是一千万呀，她的胃口真大！柏建新眼里冒出了火，越想越恨，恨每个人。

明天一早就打给她两百万定金。黄丽鹃说，故意气他似的。她坐下来，拿起锉刀，修饰指甲。她不想生气了，她看到了柏建新的“表演”，她把柏建新的愤怒当成了“表演”。她相信柏建新和青木惠子早已串通好了，柏建新“表演”得越逼真，黄丽鹃的火气就越强烈。但是，她不想生气，生气容易上火，容易得病的。她不生气，她要让别人生气，别人得病上火。等着吧，有你们好看的。她诅咒着：柏建新，你就等着下油锅吧！

你不要冲动！柏建新稳住了神，摊开双手，老婆，听我的，我们不需要别人出主意。

别说了，这事定了。黄丽鹃摆手不让说，柏建新，你也不想想，杨再新为什么要来滨城？柏建新说，你当我不知道吗？我被你们一脚踢出局了，砰，就这么一脚！黄丽鹃放下锉刀，柏建新，如果你还珍惜这个家，你就得洗心革面。我听说，洗心革面是件很痛苦的事，比扒皮还难受。窑子里的小姐如果从良嫁人，就得过这一关，很多人过不去的。柏建新笑了笑，照你这么说，我还成了婊子了？黄丽鹃没有说话，怔怔地，掉下了眼泪。柏建新顿时没了气焰，恨不能说，避孕套不关我的事。可是，又没有耐心解释了。想说，你要我如何洗心革面？又觉得自己太软了，有些不甘心。黄丽鹃说，我困了。说着，走进卧室，重重地带上了门。柏建新想赌气在沙发上对付一宿，又担心闹僵了，夫妻从此生分了。便硬着头皮进了卧室，黄丽鹃关了台灯，突然间，柏建新陷入一片黑暗之中。

第二天一早，柏建新依然精神恍惚。黄丽鹃坐在沙发上等他起床，说了几句闲话，柏建新问了几次，黄丽鹃就是不说什么时候让他回去。柏建新索性死了这份心。黄丽鹃又说起合同的事。柏建新几乎哀求了，喂，你连我都不信任了？黄丽鹃仰着脸，如果让我信任你，你就离那些野女人远点儿。黄丽鹃的脸上蒙了一层杀气，说完，站起来就走。头也不回地说，过两天给你打生活费，以后你的所有费用都要有正规的发票，有本事你就出去划拉发票。你也别想不开，更别生气，你的账号都被封了，法院封的。黄丽鹃最后一句话没说出口，柏建新却“听见”了，他“听见”妻子心里头说，从今以后，你就是个“白吃饱”了。

柏建新叹了一口气，望着黄丽鹃的背影，甚至都懒得说声“再见”。妻子刚走，赵世龙来了电话，提醒柏建新应该和杨副市长谈谈。赵世龙说，杨副市长一直不高兴，似乎和你柏建新有关。挂了电话，柏建新拨通了杨再新的电话，寒暄了几句后，邀请他到森林大道走走。杨副市长说他正在治病，还说老中医给他敷了药，动弹不得。柏建新要去看望他。杨副市长有些不耐烦，嗯，我治个屁股也用得着你来凑热闹吗？柏建新怔住了，张口就说，你这是什么话？我给你惹麻烦了，是吧？你以前可不是这样对我的。我没有心计，也不会看火候，不过，只有一样是好的，我对朋友忠心耿耿，也不会坏朋友的好事。只要我好好的，我决不会坏朋友的好事。

杨再新说，柏建新，你这是人话吗？你还满肚子委屈哪。你惹了这么大的祸，还指望着我给你揩屁股？我告诉你柏建新，你完蛋了，彻底完蛋了。你有什么资格跟我叫板？你以为我会怕你吗？你嚣张什么？别忘了，你身上背了八条人命哪！

柏建新的大脑一片空白，耳朵里嗡嗡地响。他稳了稳神，干笑了几声，杨市长，别误会，我不是那个意思，我……我也不明白犯了什么错，老婆就把我发配到滨城，你也不让我回去，就这么不死不活的，等一辈子吗？说到这儿，拧了拧鼻子，又低声下气地问，杨副市长，你给透个信儿，看看有没有补救的机会？杨再新也降低了声调，既然黄总这么定了，自有她的道理。现在局面变化很快，很不幸，你撞上枪口了，不，是炮口上。我能说的就是这些，我以一个老朋友的身份劝你一句，潜下去，不要浮出水面，等形势明朗了再说吧。我不是吓唬你，你一露头，就会被抓进去。我真的不是吓唬你，记住了，主动权在你手里。在一切都没有明朗之前，你一露头就是个死。

柏建新喃喃地说，你们这就算把我流放了？

挂了电话后，柏建新又给赵世龙打电话，说和杨副市长谈得不是很愉快。赵秘书说，杨副市长身体不好，最近，情绪也不好，你得理解。赵秘书和柏建新交情不浅，他说话柏建新还是能听进去的。赵秘书说，你也知道，市里一连开了三次专题会议，这是从来没有过的，把杨副市长气得鼻子生疮，屁股也坏了。三江那鬼地方就是左，抓经济建设没人热心，整人的本事一个比一个厉害。听说这回上面的意思是抓人，层面很高呀。赵世龙压低声音说，你呀你，不就是动迁吗？非得杀人呀？柏建新急着辩解，我没杀人，是动迁户内讧。赵世龙说，都什么时候了，你和我也不说句真话？柏建新叹了口气，挂了电话。

十分钟后，柏建新来到富丽大酒店，车子还没停稳，猛然醒悟过来，真是急糊涂了，杨再新还在治屁股呢。想调头回去，又担心魂斗罗笑他失魂落魄。正在犹豫之际，门童拉开了车门。柏建新没有下车。魂斗罗见状，让门童把车门关上，车子驶到停车场，停住了，魂斗罗也不说话，静静地等着柏建新的指令。柏建新忽然看见了司机小张，想了想，掏出皮夹，抽出一沓钱，抓过一张报纸包起来。

柏总，我去给你买个信封吧。魂斗罗说着，下了车，跑进酒店。不一会儿，回到车里，递过来一个信封，柏总，信封装钱讲究。柏建新说，不许偷看乘客，作为出租车司机，你连这一点儿职业道德都没有吗？魂斗罗说，我就是热心肠，没有恶意。柏建新撇了撇嘴，下了车。他装作若无其事的样子，扭着身体。估计小张应该看见了，应该过来打招呼了。小张破天荒没有过来，不应该呀。柏建新断定自己垮台了，杨再新手下的人躲着他哪。他转过身，看见小张朝他笑。柏建新猛然绽开笑脸，才看见他似的，快步走过去。小张说，柏总好。柏建新围着轿车转了半圈，蹬了蹬轮胎，嘿，这车还行吗？小张说，还算不错的了。柏建新左右看了看，拿出钱，塞到小张手里。小张捏住了，翻着厚嘴唇说，谢了。柏建新伸手在小张的衬衫上捏起一根长发，笑着说，你那几个工资钱还不够养家的，再干点儿别的可就吃力了，是吧？小张挠了挠头皮，神情有些尴尬。

我想请杨副市长出去转转，方便吗？

杨副市长一早就和客人谈话，这会儿在吃早餐呢。

柏建新吃惊地问，你是说杨副市长一直没动地方？小张眼尖，你瞧，出来了。杨再新朝这边走，一边走一边捋着油光光的头发。柏建新猛地看见了展萍，她似乎也看见了柏建新，迅速从杨再新的身边离开，转眼就不见了。

柏总，什么时候到的？杨副市长问。

你……好一点儿了吗？柏建新问。

你是问我的屁股吗？杨副市长说，哦，这一早，忙得脚打后脑勺。

我给你送材料来了。柏建新反应挺快，快走几步，从车里拿出皮包，取出材料递给杨副市长，诚恳地说，这是我参加“滨城论坛”的报告，写得匆忙，有些想法还没有表达清楚。杨副市长翻了几页，柏总，你现在已经不合适抛头露面了，这报告就算了吧。又说，我最近心情很不好，你别介意啊。我只想告诉你，往远处看，不要走极端。现在这个时候，放手让黄总善后。我说的话你好好想想，有好处的。杨再新接过香烟，放在鼻子下面嗅，柏建新给他点燃了香烟。杨副市长抽了一口，柏建新，你和银行那边的事我不清楚，如果我事先知道了，绝对不会让你走这一步臭棋的，只是这一点，你就没把我当成朋友。

你听我解释。

解释有什么用呢？解释能解决什么问题呢？如果解释好使，我早就去找丁书记解释了。我这回来滨城，就想和你说这些话。你是个聪明人，不用我说透了，说透了就没有意思了。杨再新和柏建新握了握手。柏建新似乎看清了杨副市长的底牌，他虽然狡诈，不过，语气里还是有些忌惮，他有许多把柄在柏建新手里攥着呢，只要攥住把柄，杨再新就不能见死不救，否则就唇亡齿寒了。柏建新没有想到，杨再新正在暗中一步步搞掉龙翔公司，正在一步步有计划有预谋地切割与他的关系呢。

第十九章　醒着的梦和酣睡的现实

雷声轰隆隆滚过去，天庭上正在进行着一场炮战，交战双方打得不可开交。柏建新被惊醒了，醒来后还是想不明白，梦里头，谁和谁交战呢？他点燃了一支烟，抽了半截，忽然有了新的疑问，秋天里怎么会打雷呢？印象中，只有春夏季节才有雷鸣闪电。这时，手机响了，展萍打来了电话。

阿力哥倒早阿力妈森！展萍笑嘻嘻地说，懒虫啊懒虫，还没醒吗？柏建新伸了个懒腰，故意逗她，阿力哥是哪位壮士？

这是一句问候语。展萍说，这么大的雷声你还能睡得着吗？柏建新说，打雷了？我怎么没听见？展萍说，你老了，耳朵聋了。柏建新说，老了，不服不行。展萍说，老柏，有个重要的事要告诉你。柏建新翻了个身，让自己躺得更舒服一些，嗯，你的事一直都挺重要的。

哈伊。展萍说，你不愿意听吗？

我愿意，我愿意，我愿意听。

我知道你会这么说的。展萍压低了声音，老柏，我梦见你了。柏建新的心突然动了一下，如同被吹皱了的水面，荡漾着，泛着涟漪。哦？怎么会梦见了我？展萍说，我也不知道怎么搞的，我都吓醒了。老柏，我很担心你，你知道吗？

你那边说话方便吗？柏建新清了清嗓子，你是一个人吗？展萍说，不，我身边还躺着一个男人，比你还壮的壮士。说完，笑了。柏建新说，我想听听你的声音。展萍问，我这不是说着吗？柏建新说，我想……

展萍问，你想干什么？

我想亲亲你。柏建新不顾羞耻地说。说完，闭上眼睛，心里鼓点般地骤响，嗯，展萍，你的手发烫啊，不过，没关系的……展萍冷笑了一声，老柏，你在做什么鬼把戏？

我只想亲亲你，替我可怜的过去，亲亲你。

你……

展萍，你是展萍吧？我怎么觉得你不是呢？柏建新喃喃地说，想起了情书年代，想起了从春夏到秋冬，躲在仓库里写情书的伤感往事，突然流下了眼泪。当年的展萍是女神，纯洁得像一张白纸，是不可也不能侵犯的女神；如今的展萍让人看不懂，世俗，贪婪，工于心计。你是展萍的妹妹吧？你一定是的，你不是展萍，你告诉我，展萍哪儿去了？她在哪儿？她还好吗？她还活着吗？她没死吧？她不会死的，她活得一定很好的，你不要再欺骗我了。你欺骗了我好多年，你用展萍的名义欺骗我，你给我写情书，你给我下套，不是勒住了我的脖子就是捆住了我的手脚。你太阴险了，你有病，是吧？我可以原谅你的过去，我不原谅你继续欺骗我，你不要再欺骗下去了。你说，展萍现在很好，你说，展萍没有死，还活着，而且活得很好。你说呀，你说实话，你不是展萍，你是有病的、心计多端的展家妹妹，你偷看我的情书，你给我写信，你往我身上下套，你想勒死我吗？你到底想干什么呀？你缠着我，你捆住了我的手脚，像一条蛇一样缠着我，紧紧地缠着我。你把我的青春毁了，你把我的爱情毁了，我像一个傻瓜一样和一条蛇在谈恋爱，我被你这条蛇咬得遍体鳞伤，却不知道疼，却不知道是谁伤害了我。你把你姐姐的青春也毁了，你姐姐也是遍体鳞伤。你想干什么呀？你喜欢我吗？你爱上了我吗？如果喜欢我，你应该说清楚一些呀，你可以找我，说你喜欢我，说你是展家妹妹，说你不是展萍。你为什么要欺骗我呢？

你哄恩高阿力妈森……展萍忽然说了一句，柏建新听不懂，不过，猜出这是日本话。柏建新说，承认你不是展萍了，你承认了吗？告诉你，我的展萍是女神，不是你这样俗气。你不配是展萍，你配吗？你说你配吗？展萍像一张白纸，像大山里的溪水。你是吗？你配吗？你从小就俗不可耐，你的情书干巴巴，毫无趣味。你是一个有心计的女孩，你是坏女孩，一个让人厌倦的坏女孩。

青木惠子开始抽泣了。柏建新哆嗦起来，脑子里闪着展萍的模样，闪着展萍妹妹的模样。两个女孩时而合二为一，时而相对而立。青木惠子说，老柏，你不公平。她抽泣着，实在是不公平。接着，又说起日本话，说得很快，如泣如诉，荡气回肠。柏建新一句也听不懂，不过，能感受到她的冲动，她的无奈，以及忏悔。柏建新恨不能插一句，恨不能和她对峙，和她辩论。柏建新一句也听不懂，甚至忘记了用中文打断她的诉说。青木惠子的声音带着女性特有的磁性，比普通女性更多的磁性，抑扬顿挫，如履薄冰，如伸过来的一双手，时而充满了柔情，时而孔武有力。柏建新被举起来，举得高高的，又狠狠地抛下来，再举起来，再抛下来。柏建新急吼吼的，一声声惊叫，一声声呐喊，你不是展萍，你是展萍，你不是展萍，你到底是谁呀？

一声炸雷，柏建新突然松弛了，突然清醒了。他怀疑又是一场梦，或者是一次幻觉。他放下电话，点燃了一支烟，静了一会儿，去放了一盆洗澡水，然后，钻进热水里。身子热了，却又极其疲惫，昏昏沉沉的。他想起了一段经历——这段经历也和展萍有关，也和爱情有关，也和友情有关。这段经历太特殊了，他以为自己全都忘了，可是，恰恰没有忘，在这样一个风雨交加的雷鸣闪电的清晨突然就想起来了。那一次，他差一点儿就没了命。

等到蚂蚁岛上漫山遍野的桃树全都施了一遍肥的时候，女知青在一株桃树下生下了孩子。柏建新闻讯赶过去，看到展萍脱下棉大衣，把孩子裹得严严实实的。北风一个劲地吹，刀子割肉似的，别说是婴儿，就连柏建新都冷得受不了。柏建新凑过去，没等弄明白原委，棉大衣就被妇女们扒下了，垫在产妇的身下。在这之前，产妇躺在秸子上。柏建新趁乱把婴儿抱起来，揣在怀里，试图用体温去温暖她。婴儿嗅着柏建新的体味，突然，皱着眉头，哭了。展萍凶巴巴地说，看你做的好事吧。柏建新有些不明白，她为什么要发脾气呢？难道就因为有人私生了孩子？在另一株树下，站着一个男人，双手抄在袖管里，朝这边探望。

谁也别想抢走我的闺女。产妇猛地坐起来，朝柏建新抓去。棉大衣散开了，露出了白条条的身子。柏建新瞬间便眼花缭乱，怀里的婴儿也被夺了过去。妇女们一拥而上，再次裹住了母女俩。产妇搂着婴儿，一遍遍地吼着，我的孩子，谁也不给！直到没有力气吼了，还哼哼着，我的孩子啊，谁也不给……

柏建新转过身去，长长地叹了口气，终于理解了展萍的苦恼。长着老羊眼的男人走过来，踮着脚朝里看，王嫂王嫂，快把孩子给俺吧，俺不会亏待她的。柏建新一阵气恼，一把薅住了他的袄领子，猛地把他撂倒了。男人爬起来，还要往里钻。柏建新挥拳就打，让人拦住了。

傍晚，火爆大哥来了。火爆大哥的真实姓名很少有人知道，因他生性凶残火爆，才都这么叫他。天擦黑的时候，火爆大哥从大渔坨一路跑过来，闯进了山嘴青年点。他的脸色很不好看，识趣的都赶紧躲开了，只有展萍和柏建新站着没动。火爆大哥抱着婴儿仔细看，还伸舌头舔。产妇蒙着被子哭，柏建新从来没有听过这样揪心的哭声，仿佛一只落单的野兽在嗥叫。火爆大哥示意展萍离开。展萍没听他的，拍着产妇的肩膀，劝她别哭坏了。劝着劝着，也抹起了眼泪。火爆大哥有些不耐烦，连说带骂，还伸手推。展萍拽着柏建新走到外屋。她还是不放心，伸着耳朵听。柏建新也伸着耳朵听，却听不清他们说什么。展萍猛地推着他的肩膀，急着问，你怎么还不跑？

我为什么要跑？柏建新有些莫名其妙。

屋门被踹开了，火爆大哥走出来，抬腿将柏建新蹬了个仰八叉。阴森森地问，你就是老柏？柏建新揉着心口，没好气地说，可不是嘛，咱俩还是一个学校的同学。火爆大哥说，少他妈的套近乎。又恶狠狠地问，你把我的信送给谁了？

扔进粪坑里了呀！柏建新又说，我以为你是给展萍写的情书。火爆大哥瞪圆了眼睛，吃惊地问，就算给姓展写的，你也敢扔？柏建新点着头，是的，不管是谁，给展萍写信，都得扔进粪坑里。火爆大哥盯着柏建新，看一个怪物似的。忽然，扯开棉大衣。柏建新知道坏了，要逃，却失去了退路。火爆大哥摘下铁链子。一抖腕子，柏建新的棉衣就被抽开了花。展萍喊，别打呀！又喊，送信的也没有说清楚呀！火爆大哥根本不听她的，挥着铁链子抽，没几下，柏建新就被打得满地乱滚。展萍直了嗓子喊，打坏了，孙嘉国不会饶你的！火爆大哥这才住了手。柏建新缓过一口气，号啕大哭，惊得里屋的婴儿也跟着哭。火爆大哥的眼泪顺着脸颊往下淌，擦了一把又一把。展萍踢了柏建新一脚，柏建新不哭了，趁着火爆大哥跺脚叹气，他爬起来，蹿到外面，在大雪地里没命地狂奔。

火爆大哥追出来，朝他扔石头，有一块石头差一点儿砸中他。柏建新顺着崎岖的小路，没命地跑下去。展萍的话提醒了他，对呀，孙嘉国和他是歃血为盟的弟兄，此时，也只有孙嘉国能救命了。火爆大哥再能耐，也不敢和孙嘉国奓翅。柏建新来了勇气，朝大鱼坨方向奋力跑了下去。

海风扑过来，扬起老高的雪末子，灌得人睁不开眼。火爆大哥的叫骂声被狂风扯得漫天飞蹿。每一声吼叫都让柏建新心惊胆战。他不得不相信，火爆大哥丧失了人性——唯有丧失了人性的家伙才会在大雪地里疯狂地追杀他人。翻过一道山岭，柏建新上了国防路。国防路又窄又绕，跑了一程后，柏建新不禁连连叫苦。大雪把路都埋上了，路在哪儿呢？跑了一会儿，脚下的雪越来越松软。回头望，火爆大哥像条狼，跳跃着，紧紧咬着不松劲。柏建新定了定神，看准了大鱼坨那边的悬崖，拼命朝那边奔去。孙嘉国就在大鱼坨，找到他就算保住命了。

脚下什么时候变软了？一脚深，一脚浅的。回头看，满世界里，黑的是天，灰的是雪，火爆大哥连个影子都没了。柏建新拔腿想往回走，脚下却发出嘎嘎的怪声，不是撕布声，是冰面断裂声。柏建新傻了，仰头看见一轮月亮，像一张剪纸，歪歪扭扭地贴在天上。纸月亮的周边有一丝云彩，飘来荡去的，如游魂，如野鬼，旁边还有几颗星星。漆黑的是大海，大海冻僵了，静默无语。

柏建新走了几步，不敢走了。他被频频的嘎嘎声吓破了胆，那声音听起来像催命的鼓点，走得快，敲得急；走得慢，诡异多端；不走了，仿佛敲着心，仿佛心里涌来千军万马。柏建新不想欺骗自己，他知道自己陷入了绝境，踩上了浮冰。他偏离了国防路，走在了海面上。积雪覆盖着的海冰下面是激流奔涌的海水，无论怎么走，都是死路一条，都是没有希望的。柏建新索性蹲下来。蹲下来并没有缓解危机，脚下的嘎嘎声越来越响，合着心里的千军万马，翻翻滚滚。柏建新站起来，朝旁边迈了一步，随着咔嚓一声响，一只脚陷了下去。他一声惊叫，拔出脚来，另一只脚又陷了进去。他像只兔子，又蹦又跳，好不容易站稳了，棉鞋已经湿透了，刺骨的寒冷裹住了双脚。他坐下来，脱下鞋子，把双脚搂在怀里暖着。双脚被割掉了似的，柏建新疼得像疯子一样狂叫，也不知骂了多少脏话，疼痛才暂缓一些，骂得急，还让老北风呛了嗓子。他抹了一把鼻涕，开始唱了，唱了两句就开始吼，吼得不成调。其实，他不会唱歌，天生就不是唱歌的材料。此时，却不管这些，胡乱地唱，放声地唱。他想用欢快的歌声来驱逐月亮旁边的讨厌的游魂野鬼。

面前影影绰绰站着一个人，是火爆大哥吗？来吧，让你打死算了。火爆大哥飘起来，悬在半空。不是他，他可没有腾云驾雾的本事。是妈妈？妈妈来了！柏建新恼了，她来凑什么热闹？难道要带他去阴曹地府？柏建新生气了，让她走开。妈妈也生气了，飘过来，掐一把他的脸，捏一下他的鼻子，还突然蒙住他的双眼……

柏建新累了，不想玩了，没意思。他不再去看妈妈，任凭妈妈飘来荡去的。他盘起双腿，眼观鼻，鼻观心，和静静的天地、和沉默着的大海对峙，也不去想谁终究能战胜谁，也不去想生与死的问题。老北风吹累了，趴在雪地上，吐着舌头，偶尔还摇摇尾巴，偶尔还咳嗽一声。四周寂静无声。为什么不抽袋烟呢？尼古丁可以舒缓一下紧张的神经，尼古丁有这个本事，尼古丁是神仙。柏建新摸出烟袋，手指头不听使唤，乱七八糟的，总也卷不成一袋烟。柏建新张嘴咬了一下僵硬的手指，又狠狠捶了一下脑袋。他恨自己懦弱，为什么不拿菜刀拼命呢？未必就打不过火爆大哥。他卷好了一袋烟，狠狠地叹了口气，为什么不拼命呢？柏建新摸出火柴，费了老大的劲，点着了纸烟抽了一口，醉了似的，阵阵迷糊。

妈的孙嘉国。柏建新嘟囔了一声，忽然，听见了一声熟悉的回骂，吓了一跳，左右看看，没人，连妈妈的影子也没有了。妈的孙嘉国！他又嘟囔了一声，又听见了一声回骂。猛地，柏建新看见了山嘴村那边闪着几束手电光，他听到了一声呼唤，是的，是呼唤，又像是骂人。这是真的吗？手电光消失了。看来不是真的，是虚幻，是做梦呢。这时，大鱼坨村的悬崖上出现了一团火光，变戏法一样，变成了火球。是真的，千真万确的，大火烧起来了！柏建新伸着胳膊，喊着，我在这儿！我在这儿呀！

山嘴村那边也燃起了篝火，和大鱼坨村的篝火遥相呼应。柏建新哆嗦着，骂出了一连串的脏话。此时，篝火越烧越旺，蹿起来的火苗要把老天烧个大窟窿，老天也兴奋起来，鼓动着火苗。柏建新不怕了，在这场和大海的生死较量中，他占了上风。他相信一定能够获救，一定能赢。柏建新微笑着，扭着脖子来回看，想着获救后应该喝一杯，喝两杯也行，不，一定要喝个痛快。这么些年来，他就没有痛快过。他要痛快，哪怕一醉方休，那心情应该是很美妙的。

终于，看见人影了。两边都有人寻过来，有拿手电筒的，有举火把的，最近的，离这儿能有一里多地。柏建新双手握成喇叭，喊着，我在这儿！我在这儿呀！因为迎着风，喊声被刮进大海里。柏建新急了，将棉袄脱下来，朝人们摇。寒冷拥上来，他感觉一下子就被冻僵了。人们还是看不见他，他像一个隐身在黑暗里的鬼，和黑暗一样黑暗。柏建新放下棉袄，小心地划着火柴，连划了几根，都没有点着，最后一根哧地亮了，棉袄被点着了。柏建新抓起棉袄扬着，手指被烧伤了，他都没有感到疼。

狂风鼓噪起来，嚎叫着冲过来，卷起这团火。柏建新高声叫骂，恨不能把风给骂扁了，骂残了，骂回老家去。大海里传来一阵又一阵的喘息声，听着像活不起了，要死了。柏建新忽然醒悟过来，不是喘息，不是活不起了，是涨潮——大海涨潮了！他顿时就傻了，他真切地听到了死神的脚步声，有节奏地、死心塌地地走过来。他抬头看了一眼天空，月亮被吹得东倒西歪，随时都能被风刮走。棉袄烧成了灰烬，柏建新心灰意冷。在这场和大海的对峙中，他猜自己输了。

火把停住了。柏建新哭了，喃喃地说，救命呀！一个黑影子朝这边走，后面跟着几个黑影子。前面的拎着棍子，边走边戳。通过身形和走路姿势，柏建新断定，此人是孙嘉国。

老孙，你怎么才来呀？他又讨好地说，老孙，小心点儿！孙嘉国边走边说，老柏，叫一声爹，我才能救你。身后的人都笑了，其中一个忽然说，停！这人拿出绳子，绑在孙嘉国的腰上。看到这一幕，柏建新才知道事态的严重性，他并没有脱离危险呢。柏建新跪下来，哀求着，爸爸呀爸爸，快来救我吧。众人笑得前仰后合。孙嘉国不笑了，一步步往这边走，有几次，脚下突然塌陷，好在反应奇快，躲开了。

柏建新一动不动，保持着下跪的姿势。孙嘉国问，你没死吧？柏建新依然一动不动。孙嘉国说，老柏，我命令你，站起来！柏建新还是一动不动。孙嘉国靠过来，一把搂住柏建新，低声下气地说，涨大潮了，再闹，咱们都得死。

柏建新睁开眼睛，含糊不清地说，爸爸呀，是你吗？他猛地搂过孙嘉国，捶着他的后背，号啕大哭。好半天才止住了，抽泣着，老孙，火爆大哥往死里打我呀！孙嘉国说，咱谁也不怕。柏建新趴在孙嘉国的怀里，老孙，我全身都不得劲。孙嘉国不愿意和他纠缠，眼看着就要涨大潮了，等海水漫上来，都得完蛋。孙嘉国心急火燎，抓住柏建新的胳膊，想把他扛起来。这么一用力，咔的一声响，没容他反应过来，猛地，他陷了下去，还没来得及挣扎，一只脚就触到了礁石上了，海水淹到胸口处。那几个人都趴着不敢动。孙嘉国喊，扯绳子！他强走了几步，伸手抓过柏建新，扛在肩膀上，转过身，送到另一侧。孙嘉国说，把他拖走。一个人爬过来，揪住柏建新的胳膊，拽着走。另一个也想走，回头看了一眼孙嘉国，有些不忍心，僵在那儿。孙嘉国把绳头扔过去，那人抓在手里，折腾了好半天也没有把他拽出来。

涨大潮了！那个人喊了一声，扔掉绳子，扭头就走。展萍带着人上来了，展萍喊，老孙，你别害怕！孙嘉国双手划水，哎，我没害怕！他侧行了几步，寻找爬上冰面的机会。恰好踩到了礁石上，猛地一蹬，借力蹿出水面，几个人同时用力，把孙嘉国拖到安全地带。轰隆隆的海水跟着冲过来。

走出海面，接应的人都围了上来，有人把孙嘉国身上的“冰衣”�开，包上了羊皮袄。简单地交代了几句后，一伙朝南走，一伙朝北走。柏建新喊，孙嘉国，跟我去山嘴吧！朝南走的那拨人停住了。

我请你喝酒。柏建新说。

孙嘉国答应了。山嘴村的人接过孙嘉国，调头朝北走。

是谁在背我？柏建新问，又客气地说，要是累了，就歇一会儿吧，我想抽一袋烟了。展萍没好气地说，孙嘉国都冻成这个样子了，你还有心思抽烟？柏建新吃惊地说，他也太不禁折腾了。前几年，我在儿童公园救人的时候也是掉进冰窟窿里，也没有像他这样糠。孙嘉国有气无力地说，放你妈的狗屁，你什么时候救过人了？柏建新咽了一口唾沫，实在是没有力气辩论。这件事有几年了，争来争去的，也没有争出一个结果来。

回到山嘴村，柏建新躺在火炕上，转着脑袋找人聊天。两个男生没理他，忙着给孙嘉国搓身子，搓得皮肉暗红。展萍熬了姜汤，隔着门帘递进来。男生们腾不出手，就冲着柏建新努嘴，你，赶快接着！柏建新有些不高兴，冷着脸说，你们别支使我行不行？展萍无奈，只得掀开门帘送进来。

是给我喝的吗？柏建新伸过手去，真得谢谢你了。看展萍神色紧张，又连忙说，别担心，歇两天我就能好利索了。展萍闭着嘴，没和他搭话，柏建新讪讪的不是个滋味，忽然想起什么，嘿，火爆大哥的孩子呢？展萍身子一震，瞪了他一眼，一碗姜汤洒了一半。男生说，瞎问什么？另一个男生说，让老乡抱走了……

火爆大哥没了踪影，这么冷的天，他能追到哪儿呢？后来，柏建新和黄丽鹃谈起过这一段刻骨铭心的经历，只是没有提起展萍。黄丽鹃如果够细心，应该能听出其中存在着一个巨大的叙述漏洞。黄丽鹃只是紧张地问，后来呢？有婴儿的音信吗？柏建新哑口无言。妻子的话引起了他的反思，他甚至想过有那么一天，万能的神灵为他安排一次妥当的约会，让他有机会见到那个长大了的婴儿，给她一些帮助，以弥补自己的过失。

柏建新结识了佳玉，总感觉和她有着某种神秘的联系，不是刻意的，是与生俱来的那种联系，从见到第一面，就喜欢上了她，仿佛是多年前的老朋友。后来，佳玉说，对呀，我妈是知青啊。柏建新的脑袋当即就大了，连忙挥手，不让说下去。

细雨像垂下来的珠帘，被斜风吹开了，又合上了。偶尔一声闷雷，也没有了那般嚣张。柏建新回到卧室，准备接着睡一觉，发现电话撂在枕边。他下意识地拿起来，贴在耳边，仿佛闯进了一座宫殿，宫殿里空无一人，耳边却还能听到瞬间前消失了的喧哗。

喂！柏建新招呼了一声。

喂？展萍居然接了一句，你好了吗？

我，好了。柏建新说。

有一个小时了吧，你什么也不做，什么也不说。

我……我一直在想……柏建新尴尬地说，忽然想问那个婴儿的现况，展萍应该知道的。他犹豫着，还是没有问出口。展萍说，老柏呀，我就不和你计较了。她的声音有些滑，有些腻。唉，又是雷啊，又是雨的，咱俩却像孩子一样。

就当一回孩子吧。

老柏，你说我是谁呢？是展萍吗？是妹妹吗？是青木惠子吗？老柏呀，你可吓死我了，让你说的，我都不知道自己是谁了，我是谁？你说我到底是谁？我应该是谁？

柏建新有些惭愧，你是展萍，你当然是展萍，你浑身散发着青春的无所不在的味道。

什么意思？展萍顿了一下，老柏，我要你记着，在这个世界上，有那么一个女人，比你的妻子还娇惯你。她不是你想的那么世俗，也不是你想的那么坏，她就是一个普普通通的女人。她喜欢过你，没有伤害过你。她宠着你，不想让你再受到一点儿伤害，她像你的亲人，像你妈妈，像你姐姐，像你情人。总之，她没有那么多的坏心眼，她根本没有算计过你。

我明白的，不要说了。

你相信我是展萍了吗？

你不是要告诉我一个秘密吗？说说吧。柏建新换了个话题。

秘密？什么秘密？

你说有一个秘密要告诉我。

展萍说，我做了一个梦，挺难受，挺吓人的一个梦。柏建新连忙说，女人的梦不是鬼梦就是神梦，没什么意义。

和你有关，你说你是鬼还是神？

我？你说是鬼就是鬼，你说是神就是神，听你的。

老柏呀，我梦见你老婆满世界里找你，说你丢了。她求我一起去找。真奇怪，你老婆把你丢了却来找我帮忙，真是岂有此理。我们到处找，找啊找啊，老柏。你老婆专往人多的地方去找，说你这个人爱热闹，不能过清静的日子。我和她的想法不一样，我觉得你挺独的，从小为人处世就与众不同。我猜你一定是藏起来了，就是要让我们着急。我不相信你会有危险，你这个人是福大命大造化大，不会有危险的。我就朝人少的地方找。你老婆到大商场里找，我就到海边找，还到青云堡去找。对了，你还能记得青云堡吧？你能记起来吗？青云堡！对，就是以前开公判大会的地方。你好好想想，青云堡！现在可不一样了，那儿建了工厂，建了度假村，很有名的。老柏，我不知道怎么的，就找到了青云堡。我不是有意的，我就是瞎闯的。青云堡一个人也没有，破破烂烂的……展萍沉默了一会儿，老柏呀，我害怕了，我怕你丢了。二十多年前，你不辞而别，我担心你还会不辞而别。你知道我们是怎么找你的吗？你尝过找人的滋味吗？告诉你老柏，迟早让你也来找我，迟早我也会不辞而别的，等着吧。老柏，我说话算数的。展萍缓了缓，这梦怎么就那么清晰呢？我走了很远的路，腿都走疼了。在大山里找到了你，你和一个年轻的女人在一起，女人长得挺漂亮的。你们都没有穿衣服，都是光着身子。我朝你招手，喊你。你突然就跳下了悬崖。老柏呀，吓死我了，我醒了，听见窗外的雷声……

你说，我是摔死了，还是让雷给劈死了？

谁有心情开玩笑？展萍说，我本来要哭的，可是想想你们中国有句老话，好像是说梦都是和现实相反的，我才安下心，赶紧跟你通个电话。

第二十章　交易残留的影子

那年的夏天比任何一年都要燥热，稍微一动弹，就会汗如雨下。柏建新跳下卡车，晃晃悠悠地走进疗养院。走了几步，忽然感到头皮发麻，仿佛有几盏大灯烤着后脑勺。他猛地看见，传达室里站着几个人，正下死眼地盯着他。柏建新慌忙低下头，急匆匆地朝车间走去。

从拘留所出来前，党股长曾去看过他，说了句，你还年轻。这句话把柏建新惹得鼻子发酸，险些哭出声来。党股长语重心长地说，世界上哪有什么狗屁飞碟？又说，我们都是唯物主义者，无神论者。柏建新装作痛悔的样子，频频点头。从拘留所里出来，柏建新多了个心眼，无论遇到什么异常，都要宁可信其有，不可信其无。他从传达室的几个门卫的眼神中看出了异常，断定又出事了，很可能与他有关。

柏建新来到更衣室，于师傅不在，瓷缸子里的茶水却是滚烫滚烫的。他能到哪儿呢？柏建新换了工作服，坐下来，抽烟解闷。门开了，于师傅走进来，身后跟了一群人，两个警察紧紧地夹着他。柏建新慌忙站起来，下意识地伸出双手，等着警察来铐他。于师傅说，滚一边去，不是抓你的。又问，放出来了？柏建新点了点头。于师傅扬了扬手铐，嘿，徒弟前脚刚出来，师傅后脚就要进去了，丢人呀。党股长说，别扯闲篇了，还有什么要交代的吗？于师傅忽然问，老柏啊，你的眼珠子怎么了？

得了红眼病。柏建新揉了揉眼睛，就快好了。

于师傅说，老柏呀，以后你就别再吊儿郎当的，多琢磨琢磨技术吧。有人说，老东西没安好心，早先你都干什么去了？早先怎么不教育他？柏建新问，师傅，出什么事了？党股长说，你师傅是个盗窃犯！于师傅舔了舔嘴唇，柏建新连忙端起茶缸，递过去。于师傅喝了几口水，嘱咐道，老柏呀，干活时别什么工具都搬出来，用什么拿什么，拿多了就容易丢。他侧过身，指着腰部，柏建新明白了，伸手摘下了一串钥匙。于师傅说，老柏呀，你把假牙给我拿来。柏建新打开更衣箱，找到了假牙，捞出来，甩干了。于师傅张开嘴巴，柏建新把假牙摁了进去，于师傅努了努嘴，哎，牢里的窝窝头硬，是不是呀？柏建新吓得浑身发抖，一句话也不敢说。

许多年以后，柏建新还是想不明白，疗养院里怎么会有那么多人爱护他、保护他？平日里也有吹胡子瞪眼的，甚至打一巴掌踢一脚的，可是，每逢关键时刻，从没人落井下石。于师傅是个明白人，仓库里丢了什么他最有数，只要向警察说一句“老柏有仓库的钥匙，经常躲在里面写情书”的话，柏建新准得吃不了兜着走。于师傅没这么说，不但没这么说，还把责任揽到身上，说都是他自己偷的。

中午，党股长端着饭菜走进更衣室，使了个眼色，其他人都出去了。只留下柏建新一个。柏建新不敢和他对视，低着头看手指。党股长说，有人揭发你参加了盗窃团伙，你就交代吧。他把饭菜递过来，让柏建新吃，娘的，那么多的回城知青都在家待业，怎么就你上班了？那么多的回城知青都分到了大集体，怎么就你干上了国营？党股长忽然来了气，猛地，戳了一下柏建新的后脑勺。柏建新猝不及防，扑在碗上。再抬头，鼻子、眉毛上挂着汤汁菜叶。党股长扯过手巾扔给他，坐在对面生闷气。柏建新忍不住笑了，又慌忙垂下脑袋。

没心没肺的玩意儿。党股长骂着，年纪轻轻的就是不学好。

没不学好，我学得可好了。柏建新说，叔啊，饿死我了。

饿了就逮饭。党股长说，饱了，就老实交代。

叔啊，这大半天把我圈在这儿，光坐着不干活，不得劲，对不起组织上的关照。

你不要油嘴滑舌。党股长说，提起你的德行，把院长气得够呛，恨不能抽你两个嘴巴子。院长那么大岁数了，你看他生过谁的气？你小子不学好，就是惯的，揍你轻了。柏建新很不以为然，院长那么大的官，至于为一个青工生气？吓唬谁呢？党股长掏出一支烟，点上了。柏建新赶忙拿出一包香烟扔过去，叔啊，抽带把的吧。党股长拿起香烟，半天也没有决定是否收下。还是柏建新有办法，从党股长嘴里拔下烟卷，叼在自己的嘴上，嘿，这下，咱哥俩就算扯平了。

谁和你是哥俩？党股长笑了，点着他的脑门说，还是你小子聪明，你是真聪明啊。又问，你整天下馆子，整天好吃好喝的，哪来的钱？

我不挣工资吗？柏建新又说，我又不攒钱娶媳妇，手头不缺钱。

顺着娶媳妇这个话题，党股长又问起柏建新躲在仓库里写情书的原因和细节，这绝对属于于师傅和柏建新两个人的秘密。党股长却说，疗养院里没有秘密，没有他不知道的事。柏建新想了想，就把他的爱情经历原原本本地讲了。党股长听得很仔细，听到关键处，竟潸然泪下。那天中午，柏建新把一辈子的委屈都说出来了。先是坐着说，后来是站着说，站起来挥着胳膊说，蹲在椅子上挥着胳膊说，蹲在椅子上喷着唾沫挥着胳膊说……

根找到了，坏就坏在那个倒霉的孙嘉国身上，他心术不正。党股长分析道，你的对象迟早得让他撬了去。柏建新何尝不明白是孙嘉国挡道啊，何尝不明白是孙嘉国坏了他的好事。又能怎么样呢？又有什么办法呢？

好办，咱们做个交易吧！党股长看出了柏建新的心思，痛快地说，如果你还想和展萍谈下去，那么，你就把姓孙的撵得远远的，让他碰不着。

能有什么办法撵走他？

人活在世，都要付出代价的。党股长点燃了一支烟，吸了一口，意味深长地说，瞧好吧，你呀。

那天中午，党股长拎着一袋爱情的甜饼和一罐爱情的迷魂汤和柏建新做了笔交易。那是柏建新第一次与人交易，也是第一次做成交易。对他的未来产生了深远的影响，甚至和黄丽鹃的婚姻也多多少少有那次交易遗留下来的影子。

党股长说他在派出所里见过孙嘉国，孙嘉国挺横，拒不承认参与了UFO照片造假事件。党股长还说，他在里面没说你老柏一句好话，倒霉事都往你身上赖。柏建新一激灵，浑身的血直往脑门上蹿。党股长说，他就是个软骨头，就是个叛徒，没等动大刑，就一五一十地招了。想着孙嘉国跪地求饶的丑样子，柏建新气得直哆嗦。党股长继续说，姓孙的说你撒谎，他根本就不相信有什么UFO。柏建新捶着桌子，急着说，我千真万确见过UFO啊，像一顶草帽一样的UFO啊！柏建新搓了下眼皮，哽咽着说，骗人是他妈的王八蛋。

快别再提你的狗屁飞碟了。党股长有些不耐烦，胳膊抱在胸前，哎，你有什么就说什么吧。那天中午，党股长的话像一把钥匙，打开了一扇门。柏建新看到了另外一个世界，那个世界里也有月亮，和北海头每天晚上升起来的月亮一模一样；那个世界里也有一个柏建新，和镜子里的柏建新一模一样；那个世界里还有一段纯美的爱情，和情书里描绘的爱情一模一样。柏建新跨过门槛，刹那间，身体腾空，像风一样飘了起来。那天中午，柏建新揭发了孙嘉国，详细地交代了孙嘉国参与盗窃团伙的前后经过。开始，党股长还有些将信将疑，不久，屁股上长了疮似的，站起来，又坐下去，反反复复有十几次。那天下午，党股长别提有多神气了，疗养院的每个角落里都能听到他嘹亮的歌声和亢奋的笑声。那天，注定是他的节日，是他人生中最为精彩的瞬间——他意外地破获了一起特大盗窃案。

孙嘉国被警察带走了，是在电话局里抓的。那天，他溜进电话局，在他姐的办公室里打电话玩，聊得正欢的时候被警察摁住了。这一次，可没那么幸运，他进去后挨了几个耳光，还没等动大刑，就一五一十地交代了犯罪经过。他承认一共盗窃了三十七起，大到锅炉部件，小到螺丝帽，都交代得清清楚楚。

公判大会那天，柏建新挤到车下，仰着脸看车厢上的孙嘉国。孙嘉国有些不自在，闭上了眼睛。柏建新咳嗽一声，孙嘉国就睁一下眼。当听到公诉人员念到“孙犯半年之中伙同其他案犯偷窃作案达三十七起”这句话时，柏建新傻眼了，还以为听错了。展萍吓坏了，一声惊叫，引得周围人伸头相看。柏建新没想到孙嘉国偷了这么多，一直以为他只偷了四次。如果事先知道偷了三十七次，说什么也不会把他供出来的。这一刻，柏建新不但后悔，而且，还有些愤怒了，他生自己的气，也生孙嘉国的气。宣读判决书的时刻到了，展萍万分紧张，狠狠地抠着柏建新的手背，都抠出了血。柏建新一动不动，也没有吭声。他忘记了疼，变得麻木不仁了。

“孙嘉国，男，二十一岁。捕前系铁西区香水湾街道铁钩子胡同四单元五号居民。亨利修表店职工……判处盗窃犯孙嘉国有期徒刑十年！”

会场上突然变得鸦雀无声。柏建新猛地站起来，一声狂叫，妈呀——！叫声震动了全场。顿时，成千上万的喊声炸开了花，青云堡的上空一片鬼哭狼嚎。党股长绕出来，扭住柏建新的胳膊，厉声喝道，喊什么喊？柏建新挣脱了，伸手给他看。手背上出现了三道抓痕，野兽抓的一样。党股长放了手，瞪了展萍一眼，走开了。柏建新撕了一张报纸擦血，疼得龇牙咧嘴。柏建新又撕了一张给展萍，让她擦眼泪，霎时，擦出了一对熊猫眼。喊声渐渐平息了，人们的注意力又转向了公审员。柏建新摸出一条手绢递给展萍，示意她擦掉眼眶上的油墨。展萍嫌手绢脏，咧着嘴，摔给了他。柏建新不好意思地笑了，小声说，这还是你给我的呢。展萍贴着柏建新的耳朵，老柏，我不伤心了，孙嘉国是个盗窃犯，不值得我伤心。柏建新频频点头，这是他听到的最动人的一句话了。展萍又说，好好的手绢，你也不洗洗？

懒得洗。柏建新说。展萍拽回手绢，为柏建新擦了伤口，疼吧？柏建新咬着牙根，不说一个“疼”字。展萍歉疚地说，我不是故意挠你的。

不要紧的，挠不死。柏建新说。

警察过来，让他们或者闭嘴，或者离开。柏建新站起来，转身朝外走。展萍也站起来，捡起衣服，跟着走。柏建新小声说，别怕，警察就会吓唬人。展萍捂着胸口，嗯，不怕是假的。柏建新看了一眼孙嘉国，顿时，吓了一跳。孙嘉国正凶狠地盯着他。柏建新慌忙扯了一下展萍，打算快点儿走出孙嘉国的视线。他有些害怕，即便孙嘉国被捆着，也是怕。

我检举，柏建新也是盗窃犯！孙嘉国突然喊起来，像踩了弹簧一样跳起来，恶狠狠地说，我要揭发！我要检举！警察摁住孙嘉国，他的力气大，摁也摁不住。有个警察跳到他的身上，他挣扎着，警察就势骑在了他的脖子上。孙嘉国依然挺立着不倒。他啐了一口，唾沫像子弹一样射在柏建新的脸上。柏建新朝孙嘉国啐，孙嘉国又朝他连啐了两口，直了嗓子吼，快抓住他呀！柏建新吓得心惊肉跳，猫下腰，朝人少的地方没命地跑。警察们面面相觑，都以为是场闹剧。柏建新冲过跑道，冲过沙坑，冲过一排稀疏的小树林，被一堵墙挡住了。回头看，人群像潮水一样涌过来，柏建新被堵在墙下。展萍追上来，死死地撑着，遮挡着柏建新。警察好不容易才拨开一条缝，伸手把柏建新捞出去，眼看着他被人流淹没了，再浮上来的时候，宛如一艘撞向岸边的小船。

宣判大会结束后，孙嘉国蹲下了。一只眼肿得像只烂桃，只能用另一只眼瞄着柏建新。柏建新白了他一眼，叹了一口气。

你也叹气了？孙嘉国说。他的嗓子喊哑了，你他妈的叹哪门子气？柏建新说，这回算是完蛋了！孙嘉国说，你他妈的活该倒霉！

在公安局，柏建新连着过了两次堂。也没有什么好交代的，他只参与过一次盗窃——按照老宋头的指令，把两根镀锌管送到煤堆旁，其他的，也没什么好说的。快下班的时候，疗养院送来了证明材料，证明柏建新并不是有预谋地把镀锌管放在煤堆旁，严格地说，煤堆那块也是工作场所。柏建新下班后没有及时清理生产资料，造成了集体财产的损失，理应受到处理而不是刑事处罚。与这份材料一起送过来的还有全体职工的签名。警察举着材料朝他晃，你小子的人缘真够好的。柏建新眼尖，一眼看见了院长的签名，心里很不是滋味。公安局认为柏建新确实参与了盗窃团伙，并且分到过香烟、白酒等物品。因此，柏建新被判处三年劳动教养。

柏建新临走的时候居然是笑着的，党股长问，有什么好笑的？他说自己放了个很臭很臭的臭屁。党股长掩住口鼻，勉强笑了笑。柏建新不笑了，心里头沉甸甸的，可是，一想到孙嘉国被判了十年徒刑，就又情不自禁地笑开了。虽然这样很不仗义，但是，柏建新还是抑制不住地快乐。他想，最起码，未来十年间，他的爱情是安全的。

第二十一章　青云堡

世事难料，柏建新又来到了青云堡，仿佛有了心灵感应，这边正想着展萍，那边就打来了电话。展萍开口就说，“客人”已经走了。说起“客人”时，显得很谨慎，很小心。她越是小心，柏建新就越觉得不舒服。展萍问，你在哪儿？柏建新让她猜。展萍猜了几次就不耐烦了，管你在哪儿呢？柏建新说，你还记得青云堡吗？展萍“哦”了一声，能想象到她有多么惊讶。柏建新说，二十年了，这个名字一直在我身边游荡，风吹不走，雨浇不透，像一块云团罩在头顶。你瞧，我居然鬼使神差地来了，我像个鬼吧？青云堡像个鬼城吧？我到鬼城不为别的，是向倒霉的过去朝觐哪。展萍嚷，老柏，你能正常点儿吗？柏建新说，展萍，很希望你能过来，咱们一起怀旧，一起缅怀倒霉的岁月。

许多年以前，疗养院里像往日一样安静，树上的叶子被风吹得像起伏着的浪涛。秋天的海边，风和日丽，紫外线很强，人稍不注意就能晒爆了皮。疗养的人算不得病人，也算不得健康人，说是客人吧，又有些牵强。疗养院的职工们习惯了，当着面都称呼职位，比如张处长、李局长；背后就称地名，比如沈阳来的张处长就叫沈阳张，西安来的李局长就叫西安李。疗养院的人懂规矩，连说话都小声小气的，有时候都没有小鸟的叫声响亮。中午，客人们都遵守纪律，在房间里睡午觉。除了鼾声，院子里静得掉根针都能听见。于师傅带人抢修设备，疗养院的工人们都习惯了，都会干哑巴活，谁都不说话，实在需要交流，就打手势。那天，人手不够，于师傅忙得团团转，忽然看见柏建新在一边，像根木棍似的戳着。气恼之下，狠踢了他一脚。猝不及防的柏建新一声尖叫，就势扑向绞丝床。这一声叫，就像捅了马蜂窝，整个疗养院都能听到。当时，于师傅眼疾手快，在叫声还没有完全停顿的刹那间，抓住了柏建新的领子。总算保住了他的一条小命。柏建新捂着嘴巴，吃惊地看着于师傅，眼泪在眼眶里转着圈儿。指缝里渗出了鲜血，越渗越多。于师傅掰开他的手，发现从嘴里往外冒血，转眼间半边脖子都染红了。于师傅变了声调，一个劲地问，小兔崽子，你这是怎么的了？你一天到晚发什么呆呀？

到了医务室，医生安排他做全面的检查。半个小时以后，柏建新出来了，如同在福尔马林药水里泡了一回，显得白白净净的。于师傅迎上去，上一眼下一眼左一眼右一眼地看，也没觉得少了什么。于是，轻松了一些，于是，就朝他的肩膀上拍了一巴掌。柏建新闪了一下，指着嘴巴，师傅，掉了三颗牙。于师傅慌忙扒开他的嘴唇，果然少了三颗门牙。他懊恼地说，都怪我，都怪我，我的狗脾气啊。又不解地问，老柏，老老实实告诉师傅，你一天到晚发大呆，想什么呢？

没想什么。

你还犟嘴？

色（写）信。柏建新羞涩地说，给对象色（写）信。

原来是这样啊。于师傅恍然大悟，那你以后就去仓库写吧，那儿僻静。他从腰上扯下一串钥匙，摘下一把，交给了柏建新。又嘱咐道，千万别弄丢了，也别动仓库里的物资。柏建新接过钥匙，张开嘴，嘻溜嘻溜地笑，连说，色色私傅（谢谢师傅）。柏建新牺牲了三颗门牙，换来了写情书的时间和空间，觉得太值了。当天下午，院长听说柏建新的门牙被打掉了，气得拍桌子砸板凳，骂了半天的"臭大粪"，恨恨地说，少了三颗牙，还让他怎么逮饭，怎么娶媳妇？院长虽然只有一只手，但这只手的力量比常人的要大许多，没一会儿，桌子被拍趴下了，接着，凳子也趴下了。吓得全院的人都不敢大声喘气，都躲得远远的。院长命令立即把柏建新送到市里的医院抢救。保卫股的党股长接到命令，迅速找到柏建新，把他送到市口腔医院。不长时间，司机返回了，说医生让找那三颗牙，说要给柏建新做牙齿种植手术。为了抢时间，为手术争取时间，由院长带头，疗养院的干部职工全部出动，挨个角落搜索柏建新的牙，连臭气熏天的垃圾堆都不放过。那天，疗养院破天荒地喧闹起来，墙根下，窗台边，人声鼎沸，你一句"哦？"他一句"嘿！"全是惊奇的叹词。

客人们恼了，还让不让人休息了？还让不让人疗养了？于是，就一齐到院长那儿抗议，出乎意料，院长没给他们做主。还挥着一只胳膊，跳着脚地骂，骂了半天臭大粪。都知道他资格老，是老红军，就算了，没跟他一般见识。一个小时以后，有人报告，在某处摸出了一把盒子枪。党股长吓得当即尿了裤子，从台湾敌特联想到外国间谍，直到亲眼看到那是把锈迹斑斑的破枪，才松了一口气。党股长赶紧找地方换裤子去了。又过了十分钟，有人捧着一个骷髅头满世界找他。党股长刚换了裤子，乍见骷髅头，又吓尿了。他要发脾气，那人竟然振振有词，说既然找不到原装货，不妨借用一下骷髅头上的牙充数。党股长心里一动，觉得这个主意不错，权当救急吧。他吩咐知情人严守秘密。党股长严肃地说，绝不能露半个字。露了半个字，就意味着背叛组织，后果可想而知。党股长让人敲掉三颗牙，也许是工具不合手，敲了几下，崩断了一颗，党股长慌忙阻止了。让人找来铁锯，把骷髅头的下巴锯下来，钳子伸进去，小心地把上牙一一拔下，总共十四颗，选出三颗冲洗干净，让司机送到医院。医生拿着牙，满脸疑惑，司机张着嘴，医生，你看，不是我的。医生将三颗牙安在柏建新的牙床上，缝合后，又给他做了一个钢套箍住了。医生让柏建新做咬合实验，柏建新闭上嘴咬牙，发现有两颗牙龇出嘴唇。医生端详了一会儿，小子，你以前就是大板牙吗？柏建新摇摇头，又无奈地说，算了，就这样吧。医生说，可惜了，如果救治及时，你的牙还是可以长上的。这时，于师傅在门口喊了一声“报告！”司机迎出去，于师傅掏出手绢，摊在手掌上，三颗沾了血渍、茶渍、烟渍的牙相互挤在一起。

这系（是）老柏的牙。于师傅含糊不清地说，快给他安上吧。司机慌忙包上手绢，塞到于师傅的口袋里，又拍着大腿说，我的老于师傅，你就别跟着添乱了，医生刚给他安上了。

这才系（是）他的。于师傅情急之下，嘴巴的张合幅度增大，露出了破绽。司机眼疾手快，一把翻开了他的嘴唇，上牙床果然少了三颗牙。司机懊恼地砸了于师傅一拳，老于师傅啊，你这是何苦呢。

怎么也匹（比）骷髅头上的牙强吧？于师傅倔强地说。司机慌忙捂住于师傅的嘴，你就别再节外生枝了。司机说，你让医生看看，这三颗牙兴许还能种上。于师傅的眼里闪着泪花，搓着手掌不肯去。这时，柏建新走出来，一边走一边做着咬合动作，大牙总是咬在下嘴唇上，总是露在外面。医生跟出来，让他五天后再来换套结实一点儿的箍，叮嘱他五天内要吃流食。柏建新答应着，说话时，唾沫星子乱溅。在司机的苦劝下，于师傅同意种牙了。他打开手绢让医生看牙，医生皱着眉头说了两句话，第一句是，你们疗养院吃饱了撑的，老的少的都掉牙？第二句更没水平，把三颗牙乒乓扔进垃圾桶里，说，这些牙已经死了，种不上了。医生又说，镶假牙吧。于师傅嘬着嘴唇，一言不发。柏建新抻出袖头，帮他擦去了眼泪。从这以后，柏建新喜欢闭着嘴，尽可能地掩饰着大牙，实在掩饰不住，就躲开了，就钻进仓库里，写情书。柏建新曾经详细地记录过这一历程，寄给展萍。"展萍"回信，劝他不要自卑，要少说话，更不要大笑。这封信剩下的文字全都留给了孙嘉国。柏建新发现不但是通信，就是和展萍坐在电影院里等待电影开演的一段空闲时间里，"孙嘉国"依然是话题的源泉。孙嘉国的名字像个影子一样插在中间，让柏建新很不舒服。信的末尾处写了这样一段话：咱俩就像两条平行线，有缘无分，永远也不会重合，即便要重合了，用显微镜也还能看到缝隙。

柏建新不明白平行线意味着什么，只得硬着头皮找于师傅。于师傅告诉他，平行线是两条永远不能相交的线，他说，不能相交就意味着不能成为夫妻。于师傅满脸的猥亵之情，差一点儿把假牙笑掉了。柏建新疑惑地看着他的牙，越琢磨越觉得有道理，就越是紧张。

我说老柏，你整天鼓捣情书有用吗？你去一封，她回一封，你想想，那不是平行线是什么？你今天掉了三颗牙，写信告诉她，她最快也得明天下午才能接到信，然后，再写信告诉你应该去医院，来来回回又花了三天时间。你再告诉她在医院里镶了三颗大板牙，她再告诉你轻易不要笑，免得让人看笑话。这不是脱裤子放屁是什么？这不是平行线又是什么？于师傅突然拽起扳手，乱敲着工作台，有本事你这就去找她，抱住她，和她亲嘴。别怕挨嘴巴子，打几次就不打了，再往后，她就找你亲嘴了。那时候，你们之间的两条线就断了一根，就自然相交了。于师傅的爱情观直白而且现实，可惜，柏建新的层次低，那时候，他还无法接受，也琢磨不明白，倒霉的爱情因此在黑暗里多摸索了很多年。三年以后，柏建新遇到黄丽鹃，顿悟了，想起了于师傅的肺腑之言，想起了亲嘴，想起了挨嘴巴子。于是他充分运用于师傅的“现实主义的爱情观”武装头脑，并打算在适当的时机勇于实践。可惜，这些都没有派上用场，没等他开口，黄丽鹃便向他摇动了橄榄枝，并石破天惊地宣布了他们的婚姻。黄丽鹃主动抱着柏建新的脑袋，等着他来亲嘴。柏建新傻眼了，想不亲都不行。他不由自主地想起了于师傅，想起了“平行线理论”。人到中年，柏建新悟出了，平行线其实就意味着冷漠，其实就是两个不共戴天的人一辈子不即不离的残酷写照。他只是不明白，当年，年纪轻轻的展萍为什么要这样形容呢？得知那个“展萍”不是展萍，是她的妹妹，这一切的疑惑都迎刃而解了。

道边是一片茂密的树林，像一堵密不透风的墙。墙里面是另一个世界吧？墙里面是鬼城吧？柏建新心里堵得慌，越来越讨厌这个地方，总觉得青云堡之行，会有什么意外。这种感觉很不好，让他焦虑。他后悔不该受他们的蛊惑，不该到这个地方来。没几分钟，汽车出了收费口，驶离了高速公路。魂斗罗诚恳地说，我敢保证，柏总，你一定会喜欢那儿的。柏建新闭上眼睛，心里也是一动，是有些多虑了，怕什么呢？他没有言语，算是默许了。没一会儿，林中闪出一个高大的门楼，像电影里的匪窝寨门。车子停下来。从门楼上跑下两个保安，其中一个扛起栏杆，另一个忙着敬礼。魂斗罗摁了下喇叭，算是还礼了。车子绕过停车场，一直开到主楼那边。一个披着铠甲的武士跑过来，拉开车门，一边鞠躬一边喊，领导好，领导辛苦了。江晓东说，你好，你也辛苦了。又问，客人多吗？

也就一百多个吧。武士说。

柏总，咱们下车看看吧。江晓东说。

柏建新下了车，盯着江晓东，我看呀，你也别闲着，多拍点儿，发到网上，怎么的也能弄出点儿动静来。江晓东愣了一下，那张脸顿时红得发紫，他惊呆了，没想到在这样的场合下，阴谋突然被揭穿了。他手足无措，又有些恼羞成怒。魂斗罗拥着他，兄弟，看你脸色不好，哪儿不舒服？

他得了心病。柏建新说。想到这场大戏还没演完，就忍住了。江晓东可是戏里的主要人物，和《三国演义》里的蒋干类似，只不过要比蒋干阴险得多。经验告诉柏建新，内向的人有的阴暗狠毒，江晓东就是一个狠毒的人。柏建新消了消气，朝头里走，魂斗罗和江晓东跟在后面。原以为能直接进楼，没料到，武士带着他们绕过大楼朝后面走。柏建新回头使了个眼色，江晓东心领神会，连忙问，哎，兄弟，你准备把我们领到哪儿？魂斗罗抢着说，你不懂，好玩的都在后面，大楼里都是开会的，没有好玩的。

后面都是些什么？柏建新问。

有高尔夫练习场，有打靶场、保龄球馆、游泳池、会议室、乒乓球馆、羽毛球馆。武士说。

听老人们讲，这儿原来是日本农民住的地方，以前树林子更密，大炼钢铁时都砍光了。魂斗罗说。

你对这儿很了解？柏建新问。

常跟客人来，听了几回都记住了。魂斗罗说，这里以前是日本人的"拖黄团"驻地。

"拖黄团"？柏建新想起了展萍——青木惠子，不久前才听说她的父亲是日本遗孤。

是日本"拓荒团"。武士纠正了魂斗罗的用词。柏建新对此不感兴趣，也不清楚"拓荒团"和"拖黄团"之间有什么区别，如果展萍在，事情也许会水落石出的。展萍是日本人，说起来让人难以相信。再往里走，大叶杨簇拥在一起，树头挨着树头，显得亲密无间。秋风掠过，像一群舞女，跳得十分尽兴。柏建新拍拍树干，看看树头，饶有兴趣地和"舞女"们眉目传情，仿佛能读懂它们似的。又走了一会儿，前面陡然开阔，山脚处露出一个水塘。水塘边散布着几个古朴的亭子，靠北的亭子里坐着两个人，一个弹琴，一个吹笛子。

柏建新遥望着木亭，幽幽地说，看人家，活得多滋润呀。江晓东说，这些年，生活节奏太快了，人都喘不过气来，一个个都像机器似的，就越来越没有情调了。柏建新没有说话，琢磨着江晓东的话，觉得有些道理。魂斗罗说，不能慢一些吗？柏建新插了句嘴，慢点儿？真慢下来了，就有人吃不上饭了，就得挨饿了。经济高速发展，这是全世界所有国家都梦寐以求的目标，你竟然大言不惭，还想慢一点儿？江晓东说，我们小时候在水库里光屁股游泳，那水多清凉，现在全都污染了；我们小时候的天多蓝，现在全都污染了；我们小时候喝的奶多纯啊，现在都含三聚氰胺了。还有，我们房子被强拆了，无论你同意不同意，人家就把你的行李扔到大街上，如果你抗议，人家说你是钉子户……柏建新听得有些厌烦，江晓东越来越像一个愤青，按理说，他属于高学历、高收入的群体，不应该如此激进的。他是怎么了？

柏建新看着湖光山色，想着最好是在雨天，约上三两个好朋友，在湖边钓鱼、烧烤、喝酒，那真是神仙日子。只是，能有那样惬意的时光吗？如果就此隐匿下来呢？黄丽鹃能找到他吗？会难过吗？柏建新发觉自己太残忍了，为什么最近总会想到隐匿呢？回到滨城，他有许多突如其来的感悟，其中，最令他释然的就是没有束缚，仿佛又回到了无拘无束的年代。

这儿最安全，无论你怎么玩、怎么闹，警察也不会进来抓人。魂斗罗说。柏建新却听得心惊肉跳。

你怎么知道？江晓东问。

这儿是高档会所，不对外开放的。

那我们是怎么进来的？柏建新问。

有人给安排了呗。

谁安排的？柏建新问。

魂斗罗尴尬地笑了笑，柏老板，你真不知道是谁安排的？柏建新说，这里面有什么名堂吗？魂斗罗看着江晓东，江晓东看着湖面，一句话也不说。柏建新怀疑和江晓东有关系，不知道他葫芦里卖的是什么药。

这些树太密了，还能长高吗？江晓东问，不用看，听口气就能知道，他在转移话题，掩饰着什么。

你说人工种植的树为什么不容易活？魂斗罗又开始卖弄了，其实，就是太娇贵，相互之间的间隙太大了。原始森林里的树都是一棵挨着一棵，你拽着我、我扶着你一起长。为了能获得阳光，大家都拼命地相互扶持，谁也不难为谁，谁也离不开谁。所以，原始森林里都是大树。人工栽种的树都被伺候得舒舒服服的，树与树之间也扯不上手，有点儿风吹草动，一个个都先蔫了。

柏建新若有所思地重复着，你拽着我，我拽着你？魂斗罗，我越来越喜欢你了。柏建新说，要是在三江，我肯定要高薪聘你。

现在也可以聘我，你们不能在滨城投资吗？

为什么要在滨城投资？

世界上还有比滨城更美的地方吗？魂斗罗夸张地说，滨城的女人漂亮，腚大，身材好。

腚大？柏建新愣了一下。

是呀，腚大显得腰细，显得漂亮。

胡说八道。江晓东不屑地说。

柏建新心里一动，想起了佳玉。朝江晓东试探道，你那个小表妹就很漂亮嘛！江晓东有些惊讶，她？还行吧。

腚大的女人能生儿子！魂斗罗又插了一句嘴。

这句话有水平。柏建新说，如果有机会在滨城投资，我一定聘用你。

我还给你当司机。魂斗罗说。

武士把他们领到了一座礼堂里，交给了服务生。服务生带着他们继续往里走，走廊里阴森森的，仿佛进了集中营。服务生在一个铁门前停下来，魂斗罗说，柏总，叫一个“人肉沙包”吧。

“人肉沙包”？

“人肉沙包”就是活靶子。

服务生推开铁门，里面一阵高分贝的金属打击乐声，还夹杂着惨叫声。魂斗罗扯了扯柏建新的手，示意他朝里看。服务生喊他们，柏建新没顾得上看，带着魂斗罗跟了过去。服务生钻进假山里，朝他们招手，柏建新跟着进去了。服务生推开大门，开了壁灯，灯光像一只飘浮着的萤火虫。

小伙子，给我们找一个身量大一些的“沙包”。魂斗罗很内行地吩咐着，又说，身量大的打起来就是过瘾。服务生说，老板，找小姐吧？没等柏建新说话，魂斗罗说，不要，不要，你们这儿的小姐都有病。

绝对没有病！服务生说。

总宰客，还不算有病？魂斗罗说，再走二十公里，到钟家店能找到更便宜更好看的小姐。柏建新说，听我的，服务生，找几个漂亮点儿的，再拿些吃的，还要酒。小江，你去和他订。江晓东要了果盘，又要了啤酒，服务生拿着单子出去了。屋里突然亮了，再看，屋子很大，比篮球场还要大一些。每一角都亮着一盏壁灯，棚顶处吊着一盏灯，照着一米多高的拳击台。

是这样的，待会儿“人肉沙包”过来，八百元的陪打费，小姐全套费用是五百元。魂斗罗贴着柏建新的耳边说，“人肉沙包”就是陪练，待会儿，您就使劲打，他决不还手。打累了，出一身汗，洗个桑拿，让小姐给松松，嗨，既轻松又舒服。

“人肉沙包”都是些什么人？江晓东问。

老弟，你算是问着了，都吹嘘自己是退役的拳击运动员。其实，大多数都是滥竽充数的，我的替班司机白天来当陪练，晚上回去开车，一天挣两份钱。你想想，连司机都来做兼职，哪有正儿八经的拳击运动员？

有人进来调试音响，音乐轰鸣，震得人心烦意乱。柏建新连连摆手，魂斗罗和江晓东逼着把音响关掉了。魂斗罗说，有一回，有个老板把陪练打残了，总共才赔给人家一万元，双方闹得很不愉快。从那以后，场子一般不对外开放，只对熟人。

这时，服务生领进一群衣着暴露的姑娘，离得稍远，看不清她们的脸。魂斗罗站起来，招呼她们靠近一点儿，姑娘们嘻嘻笑着，谁都不动。魂斗罗喊，听我的口令，向“钱”看齐。小姐们受过训练似的，乖乖地站齐了。魂斗罗又喊，向“钱”看！他摸出一张钞票，扬了扬，看清楚了，这是一百块，来，齐步走！一二一，一二一，一二三四！妈呀，太猛了，立定！最后一句是躺在地上喊出来的，身上压了一个妞。柏建新笑得前仰后合，指着魂斗罗说不出话来。魂斗罗还没爬起来，小姐一把将钱抢去了，塞进乳罩里。魂斗罗伸手去摸，让小姐打开了。魂斗罗说，柏总你先来。柏建新忍住了笑，点了靠后的一个小姐。小姐过来，一屁股坐在柏建新的大腿上。柏建新搂着小姐，嗅着她的头发，还故意朝江晓东扬了扬手。魂斗罗也扯过一个小姐，不过，长相让人不敢恭维。柏建新想让他重挑一个，看魂斗罗很满足的样子，也就罢了。小姐搂着柏建新，屁股在他的大腿上扭来扭去。她轻轻地笑，小声地说，说的是什么，柏建新一句也没听懂。柏建新搂紧了小姐，脑袋埋在她的怀里，像一个胆怯的小男生。剩下的小姐看这几个人已经进入了状态，便扭头出去了。服务生关掉壁灯，只留下那盏照着拳击台的吊灯，又麻利地开了啤酒，放到茶几上。丑小姐给几位都倒了酒。服务生拿来几套装备，柏建新换上了头套，戴上了手套，朝空中虚击了几拳，自己都觉得威风凛凛。江晓东和魂斗罗也穿戴利索了，魂斗罗的四肢又细又长，显得极不协调。江晓东的肩膀上有一条刀疤，见柏建新一直盯着，他下意识地捂了下刀疤，哦，小时候看打架，误伤了。柏建新点了点头，没有说话。

服务生领来一个挺瘦的男人，这人戴着头套，看不清长相，看身形和魂斗罗有一比。小姐挣了起来，和男人说话。柏建新搂着小姐，不让她说。小姐重又倒在柏建新的怀里，伸脑袋继续和男人说。柏建新恼了，推开小姐，招呼魂斗罗说，一人给一百元撵他们出去！男人欠了欠身子，改用普通话说，老板，还没开打呢。

我看你不像陪练，简直就是她的相好。

小姐依偎着柏建新，试图软化他的怒气。柏建新将她推开，哪儿凉快到哪儿去。

赶紧走！魂斗罗吼了一声，一分钱也不给。

姑奶奶还懒得伺候呢。小姐恼羞成怒，招呼了陪练，一起走了。柏建新恨不能冲上去，捣她两拳。

老板，他们真是两口子。丑小姐说，这两天小孩子病了，一着急，就顾不得客人了。柏建新说，既然是两口子，就不能在一个单位工作。话没说完，自己笑开了。不一会儿，服务生又领进来一个男人，身材壮实多了，胸口处长了一溜汗毛，男人戴着护具，看不清长相。柏建新觉得他的眼睛有些毒，有股子杀气。没好气地问，好好看看，这儿有没有你的老婆？那人瓮声瓮气地说，我没结过婚……还要说，服务生打了个手势，男人闭嘴了。又走进一个小姐，悄没声地坐在柏建新的旁边。

老板呀，今天的“人肉沙包”少，就剩他一个了。服务生说，别看他傻乎乎的，就是扛打，可也别打狠了，这家伙脑子浑，性子野。魂斗罗打量着“人肉沙包”，接过服务生的话，嗨，脑子浑，他还敢还手吗?

借给他一个胆儿，他也不敢。服务生说，他就是一条狗，也应该知道谁大谁小。

那就是他吧。柏建新说。陪练突然吼了一嗓子，双拳互砸了一下，把大家吓了一跳。小姐擎了一杯啤酒过来，柏建新摆了摆手，让她送给陪练。陪练一口喝干了。柏建新又让小姐给他倒酒。陪练也不再客气，捧起一瓶啤酒，仰脖喝下。

让你进屋暖和，他妈的你还上炕了。魂斗罗看柏建新高兴，笑骂了一句。柏建新拍了拍小姐的脸，笑着说，我先去打一局，待会儿再和你乐和。这时，音乐突然起来了，柏建新使劲摆手，音乐停了。柏建新说，再弄出声，我就把你的鸡巴给薅下来。服务生连连点头，别生气，别生气。柏建新走上拳击台，陪练跟上来，举着双拳护着脸颊。柏建新问，你让我打哪儿? 台下的人都笑了，陪练稍微放松些，双拳离开脸颊。柏建新观察了几秒钟，有了主意，装出心不在焉的样子，活动着关节。等到陪练的注意力不那么集中了，柏建新突然一指，那是谁? 陪练下意识地扭头看去，柏建新挥拳朝他捣去。陪练慌忙侧身，拳头砸在他的胳膊肘上，柏建新甩手叫疼。疼过了，又朝他脸上捣，朝他腿上踹，陪练闪到一旁，高接低挡。柏建新用力过猛，失去重心，摔在台上。爬起来，抡拳砸他的腰，陪练转过身，撅着屁股任他打。柏建新闭着眼睛，对着他的屁股拳打脚踢。台下一阵叫好，柏建新突然磨过身，趁陪练惊愕之际朝他的脸上兜了一拳。即便戴着护具，陪练的鼻子也还是出了血。他抹了一把，半边脸都花了。柏建新趁他抹鼻血的时候，又朝他脸上捣了一拳。魂斗罗带头尖叫，拼命鼓掌。柏建新高举双手，摆出胜利的姿势。小姐们不感兴趣，一边嗑瓜子，一边聊天，根本不在意柏建新的胜利。柏建新跳下拳击台，回到座位上。小姐端起一杯啤酒送到他的唇边，殷勤地说，哥，你真猛。柏建新推开酒杯，笑眯眯地说，等会儿哥更猛。小姐打了他一下，拿起大毛巾给他擦汗，又替他捏肩膀，哥，你的身材真好。柏建新拍了拍小姐的手，没有说话。陪练摘下手套，蹲在台上擦鼻血。柏建新站起来，举起双手，小姐帮他解开手套，又点了一支香烟，塞进他的嘴里。柏建新慌忙吐掉香烟，连着啐，呸呸呸。魂斗罗说，姐啊，你有点儿职业素质不好吗？谁知道你有没有艾滋病？小姐气得直翻白眼，好一会儿才缓过神来，真要有艾滋，这会儿也传上了。柏建新心里一惊，装作没听见，抽出一支香烟，点了火。陪练站起来，扶着绳子准备下来。魂斗罗拦着他，等等，还有我呢。柏建新说，让他歇歇，喝一瓶酒再打。魂斗罗说，小江兄弟，又得麻烦你了。江晓东拿了一瓶酒，送到台上。陪练朝柏建新抱了抱拳，捧起酒瓶，一口气喝光了。魂斗罗爬上拳击台，摆出一副攻击的姿势，吼啊哈地喊着。陪练放下酒瓶，还没来得及站稳，魂斗罗就蹿上来，拳头像雨点一样砸在他的背上。陪练好不容易站直了，摆好防守的姿势，没几个回合，又被打倒了。他双手护着脑袋，一动不动。魂斗罗朝他的肚子踹了两脚，骂道，你敢耍赖？陪练蜷缩着，一动不动。魂斗罗伸着双手，得意地摇着，我赢了，我赢了。还朝服务生喊，再换一个来，这家伙是个熊包。

手机响了，柏建新朝魂斗罗摆了摆手，示意噤声。魂斗罗坐在台上，比画着，要丑小姐给他送烟。小姐点燃了一支烟，走到台前，塞进他的嘴里。柏建新又是一阵恶心，赶忙闭上了眼睛。电话是展萍打来的，柏建新以为她要过来，不料，展萍却抢着说，她明天就去三江签合同，展萍哀求道，老柏，你把策划书给我吧。

这是不可能的。

你老婆都和我签合同了，你还挡着干什么？

我不能和外人一起欺负自己的老婆。

算了，反正你的策划方案我都知道了，我自己写吧，不用你了。

那是你自己的事。柏建新又换了个语气，你猜不到我在干什么吧？

你身边有女人的声音，老柏，你不是嫖娼吧？

你什么时候变成我老婆了？柏建新说，我在练拳呢，刚刚打了一个回合。柏建新说完，抽出一支香烟，小姐给点着了，他吸了口烟，嘿，一个挺壮实的家伙被我打倒了。

见到孙嘉国了吗？

柏建新触了电似的，猛地站起来，啤酒都碰洒了。小姐一声尖叫，跳起来，紧着擦拭。柏建新颤抖着问，孙嘉国也在这儿？展萍“哼”了一声，老柏，你身边果然有女人，现在到处都在“扫黄”，小心让警察逮着了。

孙嘉国在哪儿？

就在“快乐老地方”，就是你说的“人肉沙包”……说完，展萍挂了电话。柏建新下意识地看了台上一眼，陪练抓着拦绳，竖着耳朵听。柏建新突然觉得身子发冷，愣了几秒钟后，让服务生赶快开衣箱。他手忙脚乱地穿上衣服，扭头就朝外面走。江晓东问，柏总，您不舒服吗？陪练站了起来，直勾勾地盯着这边，柏建新没敢多看，心里一阵急躁，恨不能赶紧离开这儿。魂斗罗趁机朝陪练踹过去，陪练“哎哟”一声，摔下台，躺在地上大呼小叫，好半天也没爬起来。柏建新说，快走吧！魂斗罗跳下拳击台，忙着开箱换衣服，抱怨道，这家伙，真是个软蛋。柏建新从皮夹里掏出一沓钞票，递给小姐。魂斗罗心疼地说，给多了，给多了。小姐们瞪着他，恨不能上去咬他一口。柏建新转身要走，服务生说，老板，陪练也得给钱。

就这个档次，稀松绵软，给一张足够了。魂斗罗说。柏建新从皮夹里又抽出一沓钱，想了想，把钱夹里的钞票全都拿出来，递给了江晓东，示意他去付钱。魂斗罗一把扯过钱，蘸着唾沫数了数，老板，你疯了吗？这可是六千三百块啊！

全都给他！柏建新语气坚决地说。魂斗罗走过去，把钱扔到陪练身上，狠狠地说，你今天算是遇到贵人了。陪练抹掉钞票，紧紧盯着柏建新。小姐说，大傻，还不谢谢老板？陪练的嘴角蠕动着，忽然，“咦——呀——啊！”叫了起来，这一声叫后便一声紧似一声，由高至低、由低到高，绵绵不绝地散开了。小姐们吓得夺路而逃，魂斗罗和江晓东簇拥着柏建新朝外走。跨出门槛的一刹那，柏建新回头望了一眼，陪练朝他伸着手，疯子一样地叫。几个保安冲了进去，不一会儿，尖叫变成了惨叫。音乐突然轰鸣起来，也没掩住声声不绝的惨叫声。

真倒霉，“人肉沙包”是个精神病。魂斗罗愤愤不平地说，得让他们退钱。

精神病？柏建新的眼前出现了山上遇到的那一幕。此叫声和彼叫声完全一样，可以肯定，是同一个人所为。柏建新赶紧给展萍拨了电话，好长时间，才打通，柏建新恨恨地说，孙嘉国果真是个精神病！

第二十二章　劳改队里的跳舞者

二十多年来，他来回地奔跑，同类之间还是杳无音信，他们差不多都变成雪山了吧？变成冰川了吧？否则，凭着柏建新的速度和耐力，无论如何也应该追上的，也应该嗅到气味的。在寻找的过程中，他长大了，长高了，他发现，原野上并不只有一条路。小的时候，他以为一辈子只有一条路，从头走到尾就行了，后来，遇到了岔路，于是，发现有两条路，他顺着其中的一条走，走到尽头，又遇到岔路，于是，又要选择。当他站得足够高的时候，发现人生的路上到处都是岔路，像茫茫宇宙一样有着无穷的方向。他才明白，人这一辈子，其实有许多路可以走的，而且很可能会走得更好。从一开始，天就是昏暗的，地也是昏暗的，而且越是昏暗就越要走得快，走得急。这样的昏暗也许经历了几个世纪，也许没有那么长的时间，总之，天空突然掉了个个儿，猛地就亮了。柏建新看见了沾着草籽和露水的脚趾，看见了零星的野花，也看见了零乱的脚印和粪便。他算不清走了多远，只知道一路不停地走着。除了粪便的臭味，还有苜蓿的微苦还香的味道，他嗅了半天，就是没有同类的味道。

柏建新迫切想找到同类，曾经以为黄丽鹃是，事实证明她不是。夫妻间根本就不曾有过真情实意，恰好在黑夜里行走，谁偶然碰了一下谁，就相识了，就相亲了。是谁让两只手扯在一起的呢？是他，一个高大的、肤色黧黑的汉子，像一个行者，闯进柏建新的世界里。最终，领着柏建新，走上了另外一条路，这条路充满了荆棘，看起来，不那么顺利。

黑脸大汉名叫李劲草，没人知道他的来历，即便是管教，也不十分清楚他的身份，只知道这个人不正常，外出途中，帮助一个同样不正常的年轻人，制造了一起在国内外影响很坏的“UFO照片造假事件”，李劲草因此被送到劳改队接受改造。劳教期间，他打伤了一名管教，被加重惩罚。柏建新根本没有想到，几张“UFO照片”竟会把他扯进来。更没有想到，居然能和他再次相逢。

因为孙嘉国的揭发，柏建新被判处劳动改造。进去后的第三天，天气依旧闷热难当。收工后，柏建新坐在台阶上，等着冲凉。每个水龙头下面都站着一个凶悍的大哥。除了管教，没人敢碰他们。不知什么原因，两个大哥动手打了起来，瞬间，就有一个倒在地上，地上浮了一层血水。其他人坐在台阶上，面无表情，仿佛什么都不曾发生。只有柏建新站起来，傻乎乎地跑了过去，准备拉架。打人的盯着他，小子，你来洗吧。说着，端起一盆水，泼过来。柏建新猝不及防，成了落汤鸡。

他死了吗？柏建新惊恐地问，又蹲下来摸，不，他没死！于是，柏建新扯着嗓子喊，快来人啊，他没死！打人的怔怔地看着柏建新，看一个怪物似的。管教从食堂里出来，招呼人把伤者抬到卫生所去。然后，管教打量了一眼柏建新，那个谁，是你打的吗？柏建新慌忙垂下头，暗暗指着打人者。管教没注意到柏建新的示意，又问了一遍。柏建新急得抬起头，盯着打人大哥，又盯着管教。这时，又有一个管教在食堂门口喊了一嗓子。这边的管教答应了一声，点着柏建新的脑门想说什么。对方又喊了，喊得挺急。管教说，你跟我来。他转身往回走，打人的趁机捧过柏建新的脑袋，狠狠地拍了三下，还笑，只是眼里露出的内容让人肉皮发紧。柏建新想起了凶残的火爆大哥，不禁心惊肉跳。

柏建新被带进食堂，民警们三三两两围着桌子吃饭，说着涨工资的事，还争论不休。管教民警让柏建新蹲在墙角反省。柏建新蹲下去没一会儿就头晕眼花，天旋地转。管教民警吃完了饭，天色已经黑了。他让柏建新站起来，柏建新答应着，突然发现屋子里和外面一样黑，一瞬间，就什么都看不到了。等到又能看到的时候，发现自己躺在床上。

你醒了吗？护士站在床边，抱着一个本子。柏建新指着鼻子，嘿，你和我说话吗？护士笑了，笑得真好看。这里只有你一个病人，你说我能和谁说话？

她摸了摸柏建新的额头，你仔细看看，还能认出我吗？柏建新看着她的脸，依稀记得在哪儿见过，可就是想不起来。护士伸出手指头，哦，我们应该有七年没见面了。又板着脸，严肃地问，你怎么也进来了？

我还是想不起来你是谁？

孙嘉国是你的同学吧？我和他家住对门，我还记得你很小的时候就没有了妈妈，对不对？护士轻声说。

你是小哑巴？话一出口，柏建新就后悔了。

小哑巴？护士反问了一句。

咦，你会说话了？柏建新惊奇地问。

我本来就会说话的。护士恼怒地说。

别人都说你是哑巴。柏建新辩解道。

那是他们在说假话。护士恨恨地说。

“标枪”老师是怎么死的？柏建新下意识地问，脑子里浮现出“标枪”老师的身影。

谁是“标枪”老师？护士问完，突然明白了，跺了一下脚，你也跟着说瞎话？柏建新猜想她一定是受了冤枉的，相信“标枪”老师的死和她没有关系。护士说，以后，不许再叫我小哑巴了。她拍了一下柏建新的脸，记住了啊，我有名字的，不太好记，不过也不难记。我叫上官莲君。莲花的莲，君子的君，你就叫我莲姐姐，行吗？莲姐姐揉了揉他的脑袋，可惜柏建新的头发进来时被剃掉了，她的手指在柏建新的头皮上摩擦了几下，发出哗哗的响声，不像是揉，更像是搓。即便这样，柏建新还是浑身舒坦。莲姐姐说，你该洗澡了，身子都馊了。有人伸头进来看，莲姐姐给柏建新擦了脸上的汗，如果再让我听见“小哑巴小哑巴”的乱叫……她瞪圆了眼睛，装出凶巴巴的样子来，又忍不住笑了，哦，忘掉过去吧，我现在活得很真实，这样挺好的。

可是，我想找回过去。柏建新发觉有些词不达意，想到的，却说不明白，便伤心地说，莲姐姐，我走丢了。说完，闭上了眼睛。莲姐姐扒开他的眼皮，柏建新又重新看见了一个微笑着的女人，不再窘迫了。

我记得你不会笑的。柏建新说，以前，看你挺吓人的。

我再说一次，也是最后一次，忘掉以前吧。莲姐姐眨了眨眼，和你一样，我也走丢了。说完，别过脸去。忽然起了一阵风，莲姐姐的白大褂被掀起一角，露出了一截大腿。她看了一眼柏建新，脸红了。莲姐姐嘴唇贴在柏建新的脸上，轻声说，我会关照你的。一股暖流涌遍柏建新的全身，他嗅到了同伴的气息，感到无比舒畅。有人伸头看，上官莲君拿起本子，出去了。病房里剩下柏建新一个人，肚子叫开了。

饿啊！饿死人了啊！柏建新狂喊。管教进来，盯着柏建新看，像看怪物一样。叔啊，给块饼子吧，饿死了。管教摇着扇子出去了。回来时，带了一堆火腿肠，扔在床上。柏建新一口气吃了十五根，喝了两缸子开水，没等说声谢谢，突然捂着肚子，惨叫起来。管教气得不行，拽起他，抽了两个耳光。柏建新双腿顶在胸口上，蜷缩成一团，号叫着，滚来滚去。管教慌了，跑出去叫医生。第二天早晨，柏建新回到队里，虽然被灌了肠，但精神还算清爽。管教临走时还来看了看。

想吃什么就说一声，我要回家睡觉了。他打了一个哈欠，这一宿没让你折腾死。随后，犯人们都争着说，张管教你就放心吧……柏建新才知道管教姓张。张管教嘱咐其他人好好照顾柏建新，不能让他饿着了，也不能让他撑着了。张管教走了以后，有人问柏建新走的是"哪道门"，柏建新听不出这话的意思，只好闭上了眼睛，不理他们。

休养期间，上官莲君的声音容貌占据了他的大脑，让他充实，再见一面的念头越发强烈。莲姐姐是同类，同一种族、同一语言的同类，他们都是走散了的麋鹿，千里万里，竟然在劳改队里相遇了。柏建新很想知道更多的麋鹿在哪儿，离自己有多远。

再见莲姐姐可不是一件容易的事，柏建新想了许多方法，除了有一次在梦里头见到外，那些苦思冥想出来的办法都没有派上用场。后来，他想到了自残。这只能算是没有办法的办法了，柏建新思考了几天，觉得值。从这以后，他经常故意甚至恶意地出没于危险的地方，以求受伤。在不懈的努力下，这个愿望终于在没有任何预兆的情况下突然实现了。这天上午，柏建新的手被十二磅重的大锤结结实实地砸中了，抡大锤的只有一只眼睛，另一只是义眼。这一锤，砸得柏建新悲喜交加。他捧着手大呼小叫，躺在地上，蹬腿哀号。张管教把他背到汽车上，来不及请示队里，直接送往特钢厂附属医院，这家医院治疗红伤拿手，远近闻名。经过手术，柏建新的手指算是保住了。主治医生说，再偏一点儿，砸到桡骨神经或者晚来一会儿，他就有可能被截去右手。为此，张管教临危不乱的勇气和智慧受到了通报嘉奖，得了若干奖金。为了答谢柏建新的“成全”，他故意将一包香烟掉在了柏建新的脚下，可恼的是，张管教忘记了应该同时掉下一盒火柴。柏建新只能捏着香烟嗅，嗅了一个夏天，直到全都发霉了，才丢掉。

柏建新是苦恼的，受了如此惨烈的皮肉之苦，差一点儿丢了一只手，却没有见到莲姐姐，心情糟糕透了。疗养院的党股长带着慰问品来看望都没有焕发起他的热情，党股长赞扬他“一不怕苦、二不怕死”的精神，鼓励他好好改造，争取早日出去。柏建新抚摸着手上的绷带，听着党股长的溢美之词，心里却一直想着莲姐姐。有一天，柏建新听见一声惊雷从头顶上滚过去，他愣了几秒钟，突然跳起来，仰天大笑。张管教冲过来，呵斥了几声，柏建新不敢笑了。有的犯人拄着镐头，有的扛着铁锹，时而望着乌云，时而看着张管教。张管教仰着脸看天，看了一会儿，又看柏建新。柏建新忍着，让自己更像一个正常的犯人。一颗雨点砸在张管教的鼻尖上，他果断地下令，收拾工具，赶紧上车！犯人们就等着这句话，都抢着爬上了卡车。柏建新却突然朝壕沟那边跑，张管教喊他回来，柏建新没理他，还是没命地跑。

大雨倾盆而下，柏建新喝醉了似的乱舞着，舞姿极其夸张，身体柔性十足，弹腿、俯卧、撑臂、提臀、爬起、再俯卧、再爬起。最后一次爬起时，手里多了一把铁锹。柏建新踉跄着跑回来，动作依然酷似舞蹈。卡车上同时伸出几双手把他拽上去，柏建新扬着铁锹，哆嗦着说，这是国家的财产！众人笑开了。

谁也不能丢弃国家财产！柏建新吼着，和轻蔑的笑声抗衡着。

回到队里，作为先进分子，柏建新的事迹被上报了。得知这个消息，他面无表情，看不出是高兴还是不高兴。其实，柏建新根本就没有在意立功受表彰。因此，张管教尽管说了一箩筐的好话，他只听进去一句，照这样发展下去，迟早会减刑的。当天夜里，柏建新如愿以偿地发烧了，说了半宿胡话，后来被人推醒了。

让你闹了半宿！“独眼龙”摸着柏建新的额头，小柏，你病得不轻啊。柏建新想坐起来，皮肤撕裂了似的疼。于是，他怀着复杂而迫切的心情问，是你在咬我吗？他掐着“独眼龙”的手，是你吗？是你吗？是你吗？“独眼龙”拼命地摇头，拼命地拽着手腕子。天还没有亮，像预先设想的一样，柏建新被送到卫生所。刚送进去，他就四处乱窜，到处踅摸，逗亢奋的病人笑，惹抑郁的病人哭……没人知道他是为了能找到莲姐姐才故意这么招摇的。经过检查、化验、皮试、打吊瓶等程序，柏建新总算安静了。他住了四天院，只要有机会，都要问名字中带有“莲花的莲字”的大夫在哪儿。有人让他纠缠烦了，拍着脑门，胡乱应付他。四天后，绝望了的柏建新坚决要求出院，这一点，又获得了队领导的好评。柏建新跟着张管教离开卫生所的时候，忽然看见对面的一栋小楼里进进出出着几个穿白大褂的人。他们也是大夫吗？柏建新警觉地问。张管教说，那是重症室，归司法局直管。柏建新恍然大悟，难怪找不到莲姐姐，她肯定是在那里工作。

什么样的人能住上重症室？柏建新问。

那可不是好地方。张管教情绪挺好，话也格外多。他说，犯人之间斗殴伤残了，就得押到重症室治疗。你想啊，在枪口下治疗会是什么滋味？张管教喋喋不休地说着，柏建新却构思好了如何进去的计划。这个计划大胆而细腻，只是没有考虑到一旦暴露会影响他的改造。

由于柏建新一段时间以来表现优异，劳改支队把他列为减刑的对象，准备在中秋文艺会演后宣布。张管教问，柏建新你就没有什么要说的吗？柏建新摇了摇头，目光越发呆滞。张管教说，看你的样子就来气。他激动地说，人得知足。柏建新频频点头，懂得了“知足”这个词，感叹莲姐姐和他毕竟还见了一面，要说知足吧，也应该知足了，不过，也还有那么一点点的不知足。

阴历七月初七，喜鹊们都赶着为牛郎和织女架桥去了，柏建新和“独眼龙”打了一架。起因是一只乌鸦，柏建新说是喜鹊，没人搭理他。他便对“独眼龙”说，是喜鹊！“独眼龙”没好气地说，喜鹊就喜鹊吧。柏建新又说，是乌鸦！“独眼龙”说，乌鸦就乌鸦吧。柏建新说，是喜鹊也是乌鸦！“独眼龙”愣住了，停下手里的活，小柏，你有病啊？柏建新就等着这句话，他假装受到了侮辱，假装忍无可忍，一拳砸在“独眼龙”的眼眶上。“独眼龙”仅有的一只健眼顿时睁不开了，只好忍着疼，和他对打起来。没几个回合，柏建新就占了上风。他越打越后悔，后悔选了这么一个软蛋，照这样下去，打到天黑也不会出一滴血的。急红了眼的柏建新操起一根棍子，使劲抽“独眼龙”的屁股。“独眼龙”捂着屁股，苦苦哀求着，小柏啊，放我一马吧。没一会儿，“独眼龙”的尖屁股就被抽得血肉模糊。“独眼龙”忍无可忍，抢了一把铁锹，朝柏建新一板一眼地劈过来，有三次差一点儿把他的脑袋切开了。躲过几次惊险的劈刺后，柏建新还是被砍中了，两条大腿各挨了一锹，划出一条犁过似的口子。在送往重症室的路上，柏建新脑后一直飘着嗖嗖的响声，脖颈一阵发凉。医生检查了伤口，阴阳怪气地说，恭喜啊，只差两根头发丝，你就被阉了。

在重症室里住了一个月，柏建新又一次失望了，他的莲姐姐连个影子都没有。农历八月十五，柏建新被带回队里。队长亲自找他谈话，谈得语重心长，谈得慷慨激昂。柏建新望着屋顶，自始至终没看他一眼。队长说，减刑的事就到此为止吧。队长又说，忙完了晚上的节目再找你谈。

中秋节的夜晚说来就来。会演的台子搭得挺高，柏建新坐在最前排，得仰着脸才能看到舞台。看一会儿就得低头揉一揉酸疼的脖子，同时，还要琢磨琢磨医生说的“只差两根头发丝，你就被阉了”这句话的严重后果。

如今，又是一个月圆的夜晚，北海头上空的月亮还那么端庄吗？他像在问自己，又像是问空中虚无缥缈的展萍。他摇了摇头，不让自己如此伤感，他咧着嘴，想让自己高兴起来。报幕员的一声浪语把他逗笑了，看别人都没笑，他只好忍着不笑了。报幕员摆着手势，宣布下一个节目的表演者——上官莲君。“上官莲君”这个名字像一声惊雷，把柏建新震得跳起来。张管教和其他几名管教跑过来，一名管教扳过他的膀子就势摁在地上，直到柏建新一动不动了，管教们才松手。柏建新迅速坐好，调整好视线，捶了捶被弄疼的膀子。

莲姐姐穿了一件白大褂，像初次见到的一样，弯腰鞠躬的瞬间，柏建新看清了她的脸。她的眼睛却在那一瞬间闭上了，否则，应该能看到脚下的柏建新。台下响起了零星的口哨声，有人说，姑娘，腿太粗了！管教们纷纷站起来，环视着闹哄哄的劳改犯。有一名管教忍不住骂了一句，一群彪子！话音未落，掀起了层层笑浪。上官莲君微笑着，等到稍微安静了，才朝乐队示意开始。作为这台会演唯一的女演员，她的表演受到了犯人们的热烈欢迎。她一边唱一边跳，表演的是给病人包扎、喂饭等等舞蹈组合，扮演病人的男演员动作呆板，柱子似的戳在台上，偶尔蹦几下，舞台都跟着晃，引得台下笑声不断。莲姐姐的嗓音不算优美，发声处理也很草率，不过这都不影响她的俊美。有谁能知道，很多年以前，她可是远近闻名的小哑巴。既然不是真的哑，为什么不说话呢？柏建新猜想她没有遇到同类，和人类没有共同语言，想说的话，别人听不懂，别人说的话，她也听不明白，因此，只好不说了，只好成了哑巴。

舞台上突然静下来，莲姐姐一动不动，双手抱在胸前，音乐也停了。柏建新以为表演结束了，他怀着十二万分的崇敬心情热烈鼓掌，浑然不觉受过伤的手被震得剧痛。上官莲君被这突如其来的掌声打断了思路，酝酿好的朗诵词像鸟一样飞走了。男演员启发她，声音被话筒扩散出来，引得嘘声不断。柏建新看出不妙来，掌声戛然而止。莲姐姐猛地跺了下脚，捂着脸跑回后台。男演员点着柏建新的脑袋，骂骂咧咧跟着下了台。

第二天，队长找柏建新谈话，希望他能振作起来，“保持优点，改掉缺点，争取宽大”。最后，队长问他有什么想法。柏建新说，想去宣传队。他问队长怎样才能到宣传队去。队长愣了好半天，迟疑着说，按理说你有伤，的确不适合干体力活，我们会考虑的，争取给你安排个适当的工作，不会太累的。

怎么才能到宣传队去？柏建新又问了一遍，诚恳地说，只要能去宣传队，再苦再累，都能豁得出去。

你，会跳舞吗？队长问。柏建新摇了摇头，队长让他唱首歌试试，柏建新还是摇头。队长耸了耸肩，那就没办法了，你既不会跳舞又不会唱歌，宣传队是去不了的。柏建新急着说，我会讲 UFO，很有意思的。

“肉爱佛”是啥意思？评书吗？队长饶有兴趣地问。

两天后，柏建新接到通知，到支队宣传科报到。柏建新兴奋得双拳挥舞，吼了一路，没等卡车停稳，就跳了下来。“独眼龙”早就准备好了，从树后头钻出来，伸手拦住了去路。“独眼龙”瞪着一只闪闪发亮的义眼，厉声喝道，你大爷的！张管教挡住了“独眼龙”，喊着让柏建新快跑，柏建新才得以逃脱。

马上就要到国庆节了，国庆节会演是年内重中之重的任务，队里还要组织节目到局里演出。简单介绍了形势，管教代表宣传队再次欢迎柏建新的到来。到了中午，柏建新随大伙到小食堂吃饭，终于见到了朝思暮想的上官莲君。莲姐姐没有看到他，单独坐在靠窗的地方。莲姐姐脸朝着窗外，柏建新没有机会和她打招呼。

回到礼堂，上官莲君见到了一个劲朝她笑的柏建新，吓了一跳。管教介绍柏建新的时候还特意冠上了“评书演员”这个称谓，并声称柏建新将丰富宣传队的节目内容，使宣传队更有信心完成任务。屋里响起稀稀落落的掌声，上官莲君的脸上除了惊讶还是惊讶。不久，柏建新瞅了个机会和莲姐姐单独说话。上官莲君才知道这小子为了和她见一面，竟然吃了许多苦头。当柏建新说自己从没说过评书的时候，上官莲君惊得差一点儿叫出声来。

你知道欺骗政府是什么后果吗？上官莲君又说，你一辈子就完了。

管他呢。虽然嘴上这么说，柏建新的心里还是有些慌乱。他心虚地说，我想跟你在一起，错了吗？

为什么要跟我在一起？我们又不是兄弟姊妹。

我觉得比兄弟姊妹还要亲。柏建新倔强地说，还挺了挺胸脯。上官莲君的脸红了，过了有一分钟的时间，她坚决地说，这可不是闹着玩的。上官莲君原地转了一圈，停下来，想说什么，又转了两圈。终于说，这样吧，我去跟领导说，就说想换一个舞伴。领导要是来问，你就说以前跳过舞。混过这一段，找机会你赶紧离开吧。

我听你的。柏建新诚恳地说。

从这以后，时间像长了翅膀一样，在小礼堂里盘旋着。成了舞蹈演员的柏建新做不了多少功课，白天就飞走了。夜晚更像催命鬼一样站在门口，一遍遍地催促着——吃饭了。柏建新恼怒夜晚的来临，没办法，晚饭后就意味着和莲姐姐的相处告一段落了，明天是否还能见面，只有天知道。

上官莲君编排了一出《悔恨的泪》小舞剧，加上了几组高难度的巴特芒风丢（Battement fondu 单腿蹲）、皮鲁埃特（Pirouette 旋转）等动作，使内容更加丰富。如此高的标准，可把柏建新整惨了，为了一个旋转踢腿的动作，他练得头昏脑涨，腰酸腿疼，往往旋转了，却也摔倒了。总之，这些舞蹈动作要表现出什么样的内涵他一概不想知道，他只满足于像个道具被人摆布，后来，更是满足于搂着莲姐姐时的美好感觉。莲姐姐的腰上有一圈柔软的赘肉，每当触摸到那圈赘肉，柏建新都会情不自禁地战栗一小会儿。

在管教民警的严密监督下，柏建新找不到安心地说知心话的机会，事实上，他也不清楚除了业务交流以外彼此还能说点儿什么。能每天见到莲姐姐，和她在一起，吸着她呼出来的空气也就足够了，唯一让人无法忍受的就是飞一样逝去的时光。国庆节前的最后一天，省厅和市局领导专程到劳改支队看会演。演出前，支队领导亲自到后台鼓劲，告诉演员们“出路就在这次演出”。柏建新没有听出弦外之音，也没有在意领导的殷切目光。他老老实实地站在柱子旁边，任凭上官莲君在他的脸上一遍又一遍地补妆。领导讲过话，握着上官莲君闲着的一只手使劲地摇，没有再说什么。莲姐姐看了一眼柏建新，表态说，我们保证不辜负支队领导的期望。领导警觉地看了一眼柏建新，收敛了笑容，严肃起来。柏建新模仿着莲姐姐的口吻，你们就放宽心吧。领导瞪了他一眼，离开了化妆室。这时，柏建新拉开了大幕，报幕员宣布，国庆会演正式开始。

一个小时过去了，演出还在有条不紊地进行着。柏建新躲在幕后朝台下看，省厅领导和市局领导以及支队领导的表情都很放松，看得出来，他们很满意。莲姐姐把他拽到化妆室，盯着柏建新的脸，拿笔一点点地勾描，直到没有什么可以弥补了才停手。

莲姐姐，咱们还是练练吧，我担心忘了。柏建新笑着说。莲姐姐夸张地瞪着眼睛，双手摁在柏建新的肩膀上，凶巴巴地问，你不是说笑吧？柏建新不敢说了，担心说了真话以后会吓着她。他忍着不说，脑子里一组接着一组地串连着舞蹈动作，希望能豁然开朗，希望能融会贯通。有人招呼莲姐姐，她答应着，临走时让柏建新老老实实等着。化妆室里只剩下柏建新一个人，他记忆的天空突然变得苍茫远大，从脚下到大脑，完全呈放射状。所有的记忆，飞虫一样拼命地朝外面逃。他多么希望能拢住这些飞逝的记忆的翅膀啊。大脑成了凹壳，吐了丝的茧蛹一样干瘪了。柏建新双手挥舞着，双脚乱蹦。他恼火地摔着东西，恼火地踢着东西，他甚至不知自己在做什么，怎么做才好、才对。

上官莲君推门回来，吓了一跳。柏建新镇静下来，努力微笑着，上官莲君没有注意到他的绝望的眼神，只是让他酝酿一下情绪——准备上场。柏建新双脚钉在原地，眼泪止不住流了下来。上官莲君吃惊地问，你怎么了？柏建新抹了一把泪水，更多的泪水涌出眼眶。

你不舒服吗？上官莲君焦急地问，快说呀？柏建新咬着嘴唇，眼泪滚滚而出。上官莲君深吸了一口气，给他擦了眼泪，又问了一遍。柏建新摇了摇头，又点了点头。他不敢说一句话，不敢说自己把所有的动作都忘记了，趁着还没有忘掉自己之前，他只会紧张地哭。

你不想跳了？上官莲君吃惊地问。柏建新闭上了眼睛。莲姐姐忽然一声惊呼，老天哪，你不想跳了？她拍着柏建新的脸，压低了嗓门，嗯，怎么能这样呢？莲姐姐使劲拍着他的脸，一遍遍地问，我哪儿对不起你了，嗯？柏建新一句话也说不出来，只得闭着眼睛装死。这时，领导们陆续进来，吃惊地看着这突如其来的一幕，有人扯开上官莲君，让她冷静。领队问，发生了什么事？柏建新咬着嘴唇，什么也不说。上官莲君瞪着柏建新，也是什么都不说。没过多久，所有的领导都对柏建新失去了耐心，他们转过头来，一起安慰上官莲君，让她临时出个节目救场。上官莲君一个劲地摇头，捧着脑袋嚷，别理我！别理我！化妆室里顿时乱成了一锅粥，上官莲君突然扬起了拳头，晃了又晃，柏建新吓了一跳，慌忙闪开了。上官莲君咬着牙，眼泪顺着脸颊掉了下来。她收回了拳头，扭头走向舞台。

音乐缓缓而起，上官莲君跳了几个旋子，感觉跟不上节拍。她慌乱地打开双臂，跳了一组巴特芒风丢。仿佛受到了传染，她也忘记了下一组动作。上官莲君张着双臂，走来走去，苦苦挣扎。台下发觉了，观众们开始骚动，如同海面上的波涛，一层一层涌来。上官莲君能做的就是随便弹腿，胡乱摆臂，不顾羞耻地把时间消耗殆尽。

关键时刻，柏建新出场了，动作沉稳有力。他挥动着手臂，一路舞过来。上官莲君看见了一个崭新的柏建新，身材匀称且具备天赋的柏建新。柏建新搂住了她的腰，习惯性地捏了捏，上官莲君不由得心神荡漾。在时间的小溪旁，两个人变得无拘无束起来。他们尽情地舞着，如梁祝之化蝶，如霸王之别姬，款款深情，脉脉无语。直到海潮般的掌声涌过来，他们才回到现实中来。这一切，首先得感谢音乐。音乐响起的时候，柏建新的记忆又飞回来了。他跑到前台，随着音乐舞动起来。他挽救了自己，也挽救了上官莲君。下了台，上官莲君一边和领导打招呼，一边紧紧抓着柏建新的手，领着他一直走到僻静的地方，站住了。莲姐姐问，真的是你吗？柏建新点着头，真的是我。莲姐姐说，果然是你。四目对视，默默流泪。上官莲君捧过柏建新的脸，亲了又亲。柏建新一动也不敢动，生怕惊着了莲姐姐。上官莲君抓起柏建新的手，放在脸上，弟弟，谢谢你了。昏暗的光线下，听着舞台上的音乐，他们动情地抚摸对方，亲吻对方。他们身处荒漠之中，身处茫茫的宇宙之中。他们是同类，是一对漂亮的麋鹿，是久经奔波才走到一起的麋鹿。他们不想分开了，他们累了，他们想就地休息。

国庆会演结束了，柏建新接到离队通知。空旷的礼堂里静静的，一点儿声音也没有。柏建新站在舞台上，滑动着、旋转着、跳跃着。告别的时刻到了，或许，这次相隔不会十分遥远，或许，还有再见的机会。他很知足。柏建新滑动着，犹如在一湾浅浅的小溪里，溪水遮住脚面。他在水中漫步，在水中手舞足蹈。他时而仰头长笑，时而低头微笑。没有悲伤，也不应该有悲伤，只要再忍上一年，解除劳教的时候，一定能再见到莲姐姐。一定能的。

他的舞步越发轻灵，犹如燕子抄水，犹如一缕晨风。舞台上又多了一个人，和他一起滑动，和他一起燕子抄水，一起轻如晨风……这是一次绝配——心有灵犀的配合。不必用眼神，只需用鼻子，就能嗅出对方的意图。

我要走了。莲姐姐说。柏建新连忙问，恭喜恭喜，你被释放了？莲姐姐笑了笑，前年，我就自由了。莲姐姐说，我不愿意出去，我习惯了劳改队里的环境，习惯了被人管着。当真自由了，心底里却不适应，担心这个担心那个。

所以没有出去，一直就在这里混日子。

你说，我算是哪根葱？她搂着柏建新，喃喃地说。柏建新抚摸着她的身体，血往脑门上激涌，感觉全身都硬邦邦的，像块铁，莲姐姐像团炽热的火焰，能把他这块顽铁熔化了。柏建新安慰着，别急，再等一年，我也要出去了。莲姐姐说，不急。柏建新说，也可能不用一年，我就出去了。莲姐姐说，不急。柏建新说，一起出去该多好啊。他低下头，猛烈地吻着莲姐姐，盼着就这样被莲姐姐融化了。莲姐姐吻着、抚摸着柏建新，别忘了我。说完，狠狠地推开他，后退几步，做了一个甩袖动作，哦，即便忘了，也没有关系，我走了。

回滨城吗？柏建新问。莲姐姐没说话，下了舞台，喊了几次，也没有回头。莲姐姐像一部小说的后续，对柏建新来说，她就是“标枪”老师的延续，她是盛开着的爱情之花。

第二十三章　谋杀

小石屋的门开了，进来两名军官。搜查了一遍后，军官告诉柏建新，有一个犯人越狱了。他们让柏建新保持警惕，一旦发现情况，立即报告。柏建新挺着胸脯说，是！又低声问，用什么办法报告？军官们愣住了，其中一位沮丧地说，还真的忘了这一节。另一位军官说，快点儿出个好主意，让你立功赎罪。

要是有盘电话就方便了。柏建新准备顺着这个话题往下扯，突然，屋外有人喊，放你妈的狗屁！柏建新吓了一跳，才知道外面还站着人呢。他由“放屁”的“放”字打开了思路，想出了一个办法——放二踢脚。他得意地说，一旦有了情况，咱就放他妈的二踢脚，你们听见响声，就能缩小包围圈。军官们互相看了一眼，频频点头。

第二天，柏建新忙着疏通盐池里的引水渠，挖了一上午，已是精疲力竭，中午，躺在床上不愿意动弹。还没合眼呢，巡逻队的士兵来了，送来了一捆二踢脚，告诫他不可以随便燃放。士兵走时，把他的困倦也带走了。柏建新想不明白，那人到底是什么原因越狱，听说逃犯平常表现得不错，也减刑了，按理说不应该袭警的。柏建新抱着脑袋，怎么想也想不明白。他认为这里面肯定有故事，不过，绝没有想到故事里面还有他柏建新的影子。

门外传来一声响动，接着，一阵阴风扑进屋，拂过他的面颊。刹那间，柏建新的汗毛根根竖起，连着哆嗦了几下。他翻身下床，随手把铁锹端起来。出了门，看到门口有一行脚印——别人的脚印。柏建新稳了稳情绪，盯着前方，一动不动地盯了半个多小时。远处，一队巡逻的士兵走过来，朝他喊，你是木乃伊吗？柏建新这才放下铁锹，慌忙说，我只是有点儿晕。

感冒了吧？

可能是吧。柏建新目送他们走远，转身要回屋。突然，一双手从背后掐住了他的脖子，把他拖进了石屋。柏建新本能地扑腾着……那双手松开了，柏建新顺势瘫在地上。他看见了一双黑亮亮的眼睛，嵌在一张黑亮亮的长方脸上。黑脸扯了扯柏建新的耳朵，差一点儿就掐死你了。柏建新缓过一口气来，使劲地咳，好一会儿才说，咱们远日无冤，近日无仇，你干什么要下死手？黑脸大汉朝门外看了一眼，倚着门框说，你仔细看看我是谁？柏建新抬了抬眼皮，突然叫出声来。黑脸大汉慌忙"嘘"了一声，然后笑了。果然是认识的，因为他黑，柏建新暗地里叫他黑脸大汉，现在，不知道该怎样称呼才好。

我叫李劲草，好记吧？能记住吧？黑脸大汉说，还以为你小子认不出我了。

扒了皮能认出你的骨头来。柏建新说着，眼里涌出了热泪。他伤感地说，李大哥呀，一年前，我见到了莲姐姐，没想到，一年后又见到了你。李劲草走到石台前，抓起半拉饼子，咬了一口，咀嚼肌牵动着黑脸，显得满脸狰狞。他忽然问，我和你姐认识吗？

我和她一起跳过舞，没进来以前我们还是邻居，我们都叫她小哑巴。柏建新说。李劲草找了一段大葱，咬了一口，淡淡地说，对这些破烂事，我一概不感兴趣。

两年前，李大哥可不是这样的。他耐心地把头发丝系在草帽上，耐心地爬到树上，耐心地把破草帽挂在树枝上。两年前的李大哥可以耐心地帮助柏建新拍摄那些完全可以以假乱真的 UFO 照片。那时候，他是另外一个人吧？柏建新找了块咸菜疙瘩递过去，自言自语地说，我们一起跳过《悔恨的泪》，还得了一等奖呢。李劲草朝外面看着，心不在焉地问，你还会跳舞？

国庆节会演上跳的，你能没有印象？

我在水泥厂干重活，哪有条件看跳舞？

再早一些时候，莲姐姐还跳过《护士之歌》，你没看过吗？柏建新问。

得，我知道她是谁了。李劲草回身说，柏老弟，你看看她的两条大腿，那才叫粗哪。发觉柏建新有些不高兴，便换了个话题，柏老弟，你还不知道吧，我杀了警察。

猜到了，差一点儿连我也掐死了。柏建新说。

李劲草从柏建新的口袋里掏出烟袋，麻利地卷着纸烟，叼在嘴上，含糊不清地说，柏老弟，这回你得帮帮我了。柏建新瞥了一眼二踢脚，没有说话。李劲草拿下纸烟，冷冷地说，怎么？不想帮吗？他露出了凶恶的神色，狠狠地说，你柏老弟可真不够意思，我好心好意帮你拍草帽，你可好，居然把我给卖了。

是 UFO，不是草帽，明白吗？柏建新认真地说。

明白个屁！李劲草揉着太阳穴，没把我吓死，是公安部下来人抓到我的。柏建新低下了头，觉得心里有愧，没想到自己随口说的，会给李大哥带来如此大的灾难。李劲草瞅着柏建新，我就听人家问，“肉爱佛”“肉爱佛”，我就搞不明白了？我怎么的了就“肉爱佛”了？都判决了，我才知道，原来“肉爱佛”就是飞碟——就是那顶破草帽。早知道“肉爱佛”就是破草帽，我早就招了，哪能判这么重？柏建新嘿嘿地笑，鼻涕泡都冒出来了。李大哥说，你能分在盐池这边干，看来，很快就能释放了。他点着了火，抽了一口烟，你嫂子前两天来了信，说家里老人得了绝症。你说我能不急吗？我想出去，就失手把管教捅了。

非得杀人吗？

李劲草说，算了，说什么都晚了，我也不为难你，天黑了就走。柏建新低下头，不知该怎么说才好。李劲草说，本来要掐死你的，谁料想竟然是你老弟？柏建新面前出现了两条路，头一条是让李大哥离开，只要瞒严密点儿，未必能被发现；另一条就是撕破脸皮告发他。后一个念头刚冒出来就让柏建新坐立不安了。

柏老弟，你也该帮帮我了。李劲草瞪起眼睛，你不应该帮帮我吗？你没长良心吗？

我有良心，我帮你。柏建新连忙表态。李劲草四下看着，突然将二踢脚拨到地上，一屁股坐在石台上，哎，你得给我找点儿吃的，还要注意外面的动静。柏建新盯着二踢脚，有些魂不守舍，有些不知所措。李劲草跳下石台，突然张开大嘴，狠狠地咬过来。柏建新慌忙闪开，吓得浑身发抖。李劲草伸着胳膊，原来，打了个哈欠。他倒在床上，柏老弟，我实在撑不住了，得睡一觉。一会儿，如雷般的鼾声引爆了乌云深处的雷电，大雨倾泻下来。柏建新穿上雨衣，走出石屋。引水渠塌了，盐池里的水几乎漫出来了。柏建新跳进池里，奋力扒开一条豁口，湍急的水奔泻而去。他爬上来，蹲在池边，想来想去，还是无计可施。雨水帘子似的裹着石屋，也裹住了鼾声。除了远处隐约可见的另一间石屋，天地已连成昏黑的一片。柏建新想进屋，拿一枚二踢脚，这个念头像着了魔一样纠缠着他。几次走进门里，几次又拔出了脚。他扛着铁锨站在雨中，所有的想法都是浅尝辄止，甚至有的还没有成为想法，就被否定了。他反复地告诫自己，黑脸大汉是同类，决不能出卖他。

雨水浇在头上，打在雨衣上，满世界一片氤氲。

你傻了吗？李劲草一把将他拽进屋里。铁锨被门挡住了，丢在门外。李劲草帮着柏建新脱下雨衣，捋着他头发上的水，心疼地说，好兄弟。突然，他捧起柏建新的脸，亲了一口。

天黑时，柏建新赶到大伙房，吃了晚饭。临走时，要求揣几个窝头。管理员也担心雨下个不停，明天吃饭成问题，于是，递给他两个窝头、一块咸菜。柏建新夹在胳肢窝里，顶着雨跑回来。李大哥一口气把窝头吃掉了，拍拍肚皮，饱了！他又睡了。柏建新来回地转，一点儿响动都让他紧张。他一次次地盯着二踢脚，出卖李大哥的念头也一次次地占据上风。只要把二踢脚点着了，放出去，再躲到安全的地方，就算立了大功。即便不是为了立功，起码也不会因为包庇逃犯而毁了一生。这样龌龊的念头最终还是被一股突如其来的力量摧毁了。一头惊慌失措的麋鹿闯进来，左突右冲，他被这头麋鹿撞得七窍生烟。他醒了，暗骂自己是畜生，身上有着丑陋的背叛基因，好不容易找到了同类，却要卑鄙地出卖他。

柏建新流下了眼泪，为了避免再次动摇，他把二踢脚全都扔到外面。二踢脚被雨水浸泡，失去了药效。他放心了，不用为软弱的意志力操心了。转眼，又焦虑不已，估计巡逻队也该来了，按照往常，从中午到下午，起码能来两趟。柏建新摇着李劲草，李大哥你快起来！李劲草的鼾声戛然而止。他猛地坐起来，一把搂过柏建新，狠狠地说，谁敢过来，我就掐死他！柏建新掰开他的手指，吸了一口气，我是说，你该走了。李劲草才醒过来，揉了揉眼睛，这么大的雨？又说，老弟，你让我往哪儿走？李劲草的表情有些困惑，有些难过。他说，我也不想连累你。

巡逻队该来了。柏建新小心地说。

这么大的雨，还能来吗？李劲草忽然顿住了，妈呀，还真来了。话音未落，外面传来了狗叫声，顿时，柏建新哆嗦起来，眼前一阵发黑。李劲草抬腿就往外冲，头也不回地说，我不会连累你的。说完，扯开门，消失在风雨中。

世界越来越遥远，麋鹿变成了小亮点，像萤火虫一样；世界转眼又变成了大地球，越来越大，越来越圆。狗叫声近了，几乎就在眼前，随着一阵清脆的枪声，狗叫声又远去了。时间凝固了，柏建新也凝固了。只剩下思维还在转动，思维拽着麋鹿朝一个方向赶去，那个方向有一个闪光的小圆点……门被撞开了，一团影子扑进他的怀里。柏建新听到了同类的心跳声，接着，摸到了血。柏建新茫然无措，扯着嗓子喊，李大哥，你怎么了？

我要死了。李劲草说，我得跟你说一件最最重要的事。一阵急促的咳嗽声过后，他说，你给我记住了，我是三江人，叫李劲草。你记住了吗？李劲草，使劲的劲，小草的草。我是三江地区国营水泵厂的出纳员，早几年，我在单位里一点点地挪出了十万块钱，一直没被发现。你别害怕，的确是十万块钱，摞起来比你还高。你几辈子也见不到那么多的钱，全中国也没有几个人见过那么多的钱。我把钱装在缸里，埋在我们家床下，我打算将来养老……李劲草又咳嗽了一阵，胸膛剧烈地起伏着，老弟，虽然我有那么多的钱，可是，却不敢乱花一分，就怕别人怀疑到我头上。下班后，我就拼命干活，什么苦活脏活都做，凡是能挣钱的活都抢着干。我就是要让人知道李劲草攒钱，李劲草是个抠门。我他妈的整天像头牲口那样卖命，把天底下的罪都遭了个遍。销售科有出差补助，我就央求调去当销售员，全国各地跑销售。我成了钱的奴隶，我省吃俭用，一个子儿掰成两半花。谁知道我屋里藏了十万块钱呀？我要死了，来不及花了，我这辈子算是白混了……李劲草透着哭腔，柏建新听得心惊肉跳。李大哥咳嗽一会儿，继续说，有一回，我到武汉出差，花五百块钱跟一个人学会了算命，后来到承德出差，又花三百块钱跟一个“老三届”学了赌术。我什么都想学，什么都想做。一分钱想赚，一块钱也想赚。我只想着将来有一天，花那些钱的时候没人怀疑，都当是我这些年赚的。李大哥的手伸进柏建新的口袋里，摸出烟袋，他的手抖得很厉害，仿佛烟袋有千斤重。柏建新卷了一袋烟，给他点上了火。他吸了一口，老弟，你真是我的灾星啊。他又吸了一口，你的狗屁飞碟害苦了我。烟头掉在了胡子上，嗞地就冒了烟。李劲草抽搐了一下。柏建新赶忙扒拉掉烟灰。李劲草说，公安部下来人把我抓了，我还以为十万块钱犯了。审问了半天，是他妈的“肉爱佛”引出了麻烦。柏建新又给他卷了一袋烟，点上了。李劲草抽了一口，突然，一动不动了，又醒过来似的，连吸了几口。他说，你们疗养院串通公安局让我顶罪，说我是主犯，你是从犯，判了以后我才知道，是替你蹲大牢了。我逃了两次都被抓回来。其实在这儿也挺好的，单位里再也没人能想到那笔钱和我有关了。李劲草笑了，接着，浑身发抖，前几天，我老婆来了，说我们家的房子要拆了，原地建一个百货大楼。我急了，房子拆了，我的钱怎么办？于是，就想逃出去，没想到，失手杀了警察……李劲草擎起手掌，对着烛光看，手掌上染着血水。他上气不接下气地说，老弟，我的血要流干了。把我交出去……立功……你早点儿出去。柏建新说，我不能那么干呀。李劲草伸脑袋撞着他的额头，柏建新吓了一跳，被他撞得一阵眩晕。李劲草说，到三江找……找黄丽鹃……她是我老婆……趁房子没有拆……赶紧把钱取出来……李劲草喷出了一口血，热辣辣的，全都喷在柏建新的脸上，顺着嘴角流进嘴里，酸酸的、咸咸的，居然还有点儿甜。李劲草不咳嗽了，脑袋垂到一边，睡了似的。柏建新摇动着他的肩膀，李劲草又醒过来了，急促地说，三江国营水泵厂……黄丽鹃……他用尽最后的力气，柏老弟，分给她一些，让她也过上……好日子……李大哥的身子突然一僵，脑袋和胳膊四散而去。

风将雨水泼到门上，发出一阵怪响，仿佛一群陌生人，硬要闯进来似的。激烈的狗叫声响起，又被大风吹走了。柏建新拿不准巡逻队是在跟前还是在远处。他放下李劲草，跑出去喊，快来人哪！雨水砸得他睁不开眼，喊声被咆哮着的风雨扯碎了，又抛还给他。柏建新乱蹦乱跳，一脚踩在了二踢脚上。二踢脚泡烂了，一脚就踩个稀巴烂。回到屋里，蜡烛流下了最后一滴泪，火苗飘摇着，灭了。柏建新蹲下来，慢慢地摸，摸到了尸体，犹如摸到了一只赖皮蛤蟆。他摸呀摸，希望奇迹出现，希望能摸出一枚二踢脚。他摸遍了石屋里的每一个角落，又摸到了尸体，摸到了李大哥的一只手，在他的手里摸到了一枚二踢脚。柏建新掰开他的手指，抓起二踢脚，没有去想为何李大哥的手里会有这个东西。他走到门口，点燃了二踢脚。一声巨响后，空中再次传回一声巨响，仿佛是对前一声的愤怒的回应。两声清脆的爆响在柏建新的耳边回荡了二十年。从青年到中年，耳边经常响着二踢脚的爆炸声，让他极度烦躁。

每逢春节，此起彼伏的爆竹声让他绝望，让他心惊胆战。还很贫穷的时候，他只能靠发脾气来缓解，或者在耳朵眼里塞一团棉花，阻隔现在和过去的种种联系。当把龙翔房屋开发公司带到一个花团锦簇的富贵境地时，棉花团已经阻挡不了某些东西的轮回旋转。如果世界上真有一股力量可以扭转乾坤的话，他相信只能是金钱的力量。有钱时代的春节来临了，柏建新毅然决然地拔掉棉花团，决定去海外旅游，以求躲开鞭炮声。经过几个春节的尝试，他发现，无论走在哪儿，都能遇到黄皮肤黑眼睛的中国人，都能听见连绵不绝的鞭炮声。这一年，柏建新被朋友带到一个白雪皑皑的岛上，农历腊月二十九和三十，连续两天都没有看到中国人，柏建新绷着的心弦松弛了，期盼这样的好运能一直维持下去。除夕夜里，他突然被一阵接一阵的爆炸声惊醒，猛地看见了李劲草。李大哥的脸几乎要贴过来了。他的面色比以前更黑，左手按在伤口处，每说一句话都要咳嗽一声。

你要学会克制，当咳嗽成为习惯的时候就不好了。柏建新说。李大哥痛苦地说，我忍着不咳嗽倒也可以。不过，一会儿就要呕血了，血从嘴里涌出来，又酸又咸还有点儿甜。李大哥又说，你没被人拿枪打死，所以你永远也不会懂我的感受。柏建新皱着眉头，你愿意怎么样就怎么样吧。李劲草有些惊愕，接着，露出愤怒的神色。他掏出一枚二踢脚，伸手拉开窗帘，推开窗户。他不知用什么办法点燃了二踢脚。柏建新捂着耳朵喊，快扔出去！随即是一声巨响，另一声巨响也在耳边炸开。柏建新捂着耳朵从床上滚下来，再看，李大哥从窗户跳了下去。

夜空被烧红了，整个小岛犹如一座被引爆了的火药库，火光闪耀，炸声震天。柏建新痛苦地扯着头发，想着明年到哪儿去躲避瘟神一样的鞭炮声。天刚亮，朋友打来电话，报声平安。朋友说，岛国发生了恐怖袭击事件，造成了大量人员伤亡。朋友还说，政府已经控制了局面。柏建新嗯嗯啊啊，摸着一夜之间见长的胡子，忧伤地说，明年春节还来这儿过年吧。

同类一个个失去了，每一次相遇都是那么偶然，时间更是压缩到以分秒计算的程度，越是短暂的相聚就越能引发无尽的怀念，这几乎成了定式。直到遇到了漂亮的小佳玉，柏建新坚信，小佳玉很可能是这辈子能遇到的最后一只麋鹿。第三次见到佳玉，是在得知二宝行长出事的那天早晨，柏建新的心情坏到了极点，反复思考着妻子的声调，明白了从这以后的岁月里，龙翔房屋开发公司很难再有他的一席之地了。

由于餐厅里禁止吸烟，柏建新只好到大堂去吸。不一会儿，过来一个瘦弱的女孩子，坐在旁边，拿出小镜子，夹眼睫毛，边夹边朝柏建新抛媚眼。柏建新有些不舒服，反感地瞥了一眼。女孩子居然捕捉到了他的眼神，她生气了，叭的一声，关上化妆盒。“不要脸！”她骂了一句。柏建新惊得目瞪口呆。女孩子走到柱子旁，和一个戴墨镜的人说话。那个人走过来，站住了，狠狠地盯着他。柏建新猛然发觉，前后左右都站着穿黑色西装的男人，每个人的脸上都透出一股杀气。柏建新心里七上八下，猜不透出了什么事，也猜不透这些人冲着谁。有一点可以肯定，突然间冒出这么多的人，肯定是有备而来的。

柏总，让你久等了。佳玉微笑着说，朝他款款走来，因为见过两次面，柏建新一眼就认出了她。柏建新连忙说，你先去吧，我等几位朋友。他使了个眼色，示意她赶紧离开。佳玉又走了几步，柏总，一大早就让你的电话吵醒了，怎么又变卦了呢？她忽然神经质样地嚷，仗着人多是吧？你当着他们的面讲清楚了！佳玉的眼里滚出了泪水，哽咽着说，你讲不清楚的。说到这儿，捂着脸哭了。柏建新搞不懂她在说什么，也搞不懂她要做什么。不过，这么一闹，吸引了许多客人，连大堂保安和保洁员都朝这边看。柏建新恼火地说，真是活见鬼了？佳玉昂着头，指着柏建新的鼻子，你让大家评评理，咱俩谁是疯子？说完便朝电梯间走。柏建新气得发抖，朝佳玉追过去。柏建新说，你得把话说清楚了。就要抓到佳玉的刹那间，忽然明白了她的苦心。柏建新变了口吻，哎，你总得听我解释吧。

没什么好解释的。佳玉甩开柏建新，像吵架的情侣似的嚷，放开我！放开我！电梯门开了，柏建新将佳玉推进去。几个黑衣男人追上来，也要挤进来。其中一个掏出匕首朝他戳，柏建新闪了一下，一脚将那人踹出去。电梯门及时关上了。佳玉拍着胸脯，哦，吓死了，吓死了。柏建新凝视着她的脸。佳玉有些不好意思，两腮微红，垂下眼皮。柏建新握住了她的手，谢谢你了！

你怎么会得罪了他们？佳玉抬起眼睫毛，两腮更红了。柏建新握着她的手，我也不知道，就是多看了一眼，那姑娘就招来了这么多人。佳玉问，她长得好看吗？柏建新说，跟你比就差远了。佳玉白了他一眼。柏建新拿起她的手，吻了一下，我们是有缘的。佳玉挣了一下，柏建新握得更紧了。佳玉垂下了眼皮。柏建新把她揽在怀里，如愿以偿。经过了刚才的惊吓，柏建新有了强烈的患难情怀，甚至伤感地想，佳玉也许是这辈子见到的最后一个同类——一只美丽的小母鹿。从今以后，死在谁的手里不重要，如何死也不重要，重要的是一定要死在佳玉的怀里，那是多么幸福的一刻啊。柏建新抚摸着佳玉，捧起她的脸凝视着。佳玉闭着眼，眼角处存了一滴泪珠。柏建新轻轻地吻着她的眼角，却怎么也吻不到那滴眼泪，于是，伸舌头舔去了。柏建新紧紧搂住佳玉，孩子般地说，我们不要分开。

门开了，又回到了大堂。柏建新慌忙松开佳玉，外面没有人。佳玉扯着柏建新走出电梯，柏建新警觉地看了看，穿黑色西装的都不见了。他长长地舒了口气，带着佳玉出了大堂。他四下看了一眼，也不知要到什么地方去。只想着紧紧抓着佳玉的手，其他的都不考虑。

你还让我去小旅店吗？柏建新说完就后悔了，连忙说，从今以后，你就在我身边吧。佳玉转脸朝着广场西边的山上望，山上一片郁郁葱葱。柏建新便扯着她朝小山走。他们沿着石阶上山，一会儿是柏建新拽着佳玉，一会儿是佳玉扯着柏建新。柏建新说个不停，笑个不停。佳玉很少说话，只是笑。转了个弯，见到了小亭子。突然，佳玉的眼神直了，柏建新猛地就看见了几个黑衣人，凶神恶煞般地盯着他。他们怎么会在这儿？他们怎么知道他会上山？柏建新脑子里闪了一下，顾不得那么多，扯着佳玉，转身朝山上跑。忽然，一把匕首从耳边穿过，砸在石头上。柏建新停下来，不敢再跑了。黑衣人追上来，围住了他们。其中一个拿着枪顶在他的脑门上，柏建新浑身哆嗦，连句话都说不出了。

对不起了，我们是为人家办事的。黑衣人说，吃人家的嘴软，拿人家的手短，我们忠于合同。

你们为谁办事？佳玉问了一句。

你最好不要问，死了以后就什么都知道了。黑衣人靠前一步，柏总，等一会儿往阴间去的时候啊，别恨我们，要恨就恨要你命的人。说完，摆了摆手，几个人抓住了柏建新的胳膊。柏建新定住了神，兄弟们，我可以死，你们放了她吧。黑衣人看了一眼小佳玉，点了点头。有人突然勒住了柏建新的脖子，顿时，柏建新瞪圆了眼睛，意识到，自己完蛋了。他看到了蓝天，看到了几朵白云，他想，就这么死了？死了就死了。死了以后，一定要到白云上面，俯身朝下面看，仰头朝上面看，看看都能看到什么。蓝天消失了，变成了模糊一团，白云消失了，变成了模糊一团，死就死了吧，不甘心能怎么的？死吧，有人不愿意他活，他活着，别人就活不好。死了，一了百了。突然，柏建新听到了一声接一声的长啸，啸声激昂，“咦——呀——啊！”他的心猛地一颤，重新看到了蓝天，看到了白云，他知道救星来了。

孙嘉国从天而降，抡着三截棍，黑衣人被打得狼狈不堪。带头的黑衣人拼着挨了几下打，朝孙嘉国举枪瞄准。柏建新喊了一声，老孙，小心呀！孙嘉国一把搂住那人的脖子，沿着石阶朝山下扭来打去。其他的黑衣人顾不得处置柏建新，跟着跑下山去。柏建新拉着佳玉，一步步下山。佳玉的高跟鞋甩掉了，柏建新捡起来，让她穿上，然后朝下走。黑衣人跑得比兔子还快，一会儿就没了踪影。柏建新在山脚下找到孙嘉国，恍如隔世。孙嘉国看着柏建新，柏建新望着孙嘉国。两个人呆呆地看着，忽然，不约而同伸出胳膊，搂在了一起。柏建新捶着孙嘉国的后背，流下了眼泪。孙嘉国揉着柏建新的肩膀，也流下了眼泪。佳玉说，去医院看看伤吧。孙嘉国说，天天当“人肉沙包”，都被打习惯了！他松开柏建新，朝佳玉笑。佳玉有些害怕，躲到柏建新身后。孙嘉国的嘴角处流下了涎水。柏建新心中一阵难过，伸手替他擦去。孙嘉国说，老柏，我的脑子不好使了。

打坏的吗？

孙嘉国没有回答。柏建新说，多亏你了。孙嘉国还是没有说话，只是盯着佳玉傻笑。佳玉不敢看他，不错眼珠地盯着柏建新。柏建新握着她的手，示意不要担心。孙嘉国歪着脑袋看佳玉，笑意渐冷，露出凶狠的神色。柏建新叹了口气，才相信他已经不是孙嘉国了。他本想问孙嘉国许多事，想问孙奶奶还在不在人世，亨利修表店还有没有，不过，看他的傻样，只好忍住不问了，问了也是白问。

老柏呀，有人要杀你。孙嘉国忽然说了这句话。柏建新吓了一跳，你怎么知道的？

老柏，我挺想你的。孙嘉国流下了眼泪。

你说，谁要杀我？柏建新急着问。

老柏，你想我吗？孙嘉国抹了一把眼泪。

柏建新点了点头，柔声说，你说，谁想杀我？

老柏呀，我还是想活回去。孙嘉国泣不成声了，我想活回去啊。柏建新和佳玉互相看了一眼，柏建新的眼里蒙上了一层泪水。孙嘉国说，老柏呀，展萍也想活回去。又说，老柏呀，展萍让我来山上等你，我就在山上等你。柏建新点了点头，终于明白了，预订琴海大酒店的时候，展萍就发现了他的信息。看起来，这次滨城之行前前后后都有她的影子；看起来，她早已设计好了圈套来套他。柏建新问，你说，是展萍要杀我吗？孙嘉国说，不是，展萍不让杀，说你是杀不回去的，杀回去了也不是你了。她说你要是被杀回去了，她就会和你好了，和你结婚了。你只要活着，她就和我好。柏建新说，她怎么知道有人要杀我？这话是问佳玉的。佳玉看着他，实在搞不清楚其中的人物关系。柏建新又问孙嘉国，你听展萍的话吗？孙嘉国点着头，扭捏地说，只要不杀死你，她死了就和我埋在一起，我们就能做鬼夫妻。柏建新打量着孙嘉国，想着展萍的良苦用心，心里竟然酸酸的，对展萍的愤怒突然消失了。

老柏，我想你了。孙嘉国咧着嘴说。佳玉掏出纸巾递给柏建新，柏建新伸手给孙嘉国擦去了涎水。他虽然有许多不明白的地方，再问，也问不出什么了。他只知道有人要杀他。杀他的人里面就有孙嘉国，唯一可以排除的嫌疑人是展萍。展萍非但不要杀他，还要孙嘉国保护他。展萍长了一副菩萨心肠，是他的保护神。柏建新说，行了，我们算是接上头了，到房间里说话吧。孙嘉国摇了摇头，怪怪地看了一眼佳玉，捧着受伤的胳膊朝广场东边走去。柏建新想喊住他，想给他一些钱，想想都没有意思，慢慢处吧，时间有的是。佳玉轻声问，你怎么不问清楚了，是谁要害你？柏建新摇了摇头，露出苦涩的笑容。孙嘉国救了他，这就足够了，又一个同类，又一只麋鹿被找到了。这就足够了。佳玉又问，以后还会有人杀你吗？柏建新说，不管那么多了。他恢复了平静，起码表面上恢复了平静，他揽过佳玉，轻声说，我相信，杀我的人也会心软的。说到这儿，心里闪出几个身影——凶手的身影。柏建新说，我发誓，我不是一个薄情的男人。说这话的时候，感觉一切来得那么突然，总觉得这样的表白和刚才发生的惊险场景不搭调。他顿了顿，佳玉呀，自从在港湾广场见到你，我就被你迷住了。我一直在等你，我相信命运，我相信缘分。你别不信，你给我的名片还在口袋里放着呢。佳玉笑着，嘴角弯弯，眼角弯弯，恰到好处地现出最美的一面。为了证明所说不虚，柏建新找出了那张名片。佳玉看了一眼，突然撕了，撕得很均匀，随手朝身后扬去。她说，我已经不拉客了。佳玉掏出一张名片，塞到柏建新的手上，轻轻地捏了捏他的手，我努力过，可是，旅店老板还是炒了我。柏建新捏着名片，上面印着：您的朋友，佳玉。下面是手机号码。名片上覆盖着一层淡淡的底影，仔细看，是一枝含苞欲放的玫瑰，旁边是一个高脚酒杯，盛了半杯红酒。

第二十四章　尾声

“第一次”，给柏建新留下了甜美的记忆，直到睡了一觉醒来后依然回味无穷。以至于在凌晨时还忍不住给佳玉打电话，佳玉没有接。柏建新猜想她睡了。他关掉台灯，让自己沉浸在漫无边际的幸福里，体会着佳玉的每一寸光滑的肌肤。柏建新痴迷着这次性爱过程，活了一大把年纪，还从来没有进入过如此美妙的状态。

那天上午，天空阴沉沉的，九点多钟时，突然刮起了一阵龙卷风。当时，柏建新和佳玉正在儿童公园划船，其实，儿童公园自从改造以后就没有游船业务了。柏建新在桥墩旁发现了一只小船，扯着佳玉就上去了。佳玉指着舱里的塑料袋、饮料瓶，哎，这是垃圾船。柏建新抄起双桨，嘿，我们也当一回垃圾吧。说话时，用力摇桨，船打了个旋，晃得佳玉差一点儿掉进水里。

一阵风啸，水面骤起波澜。船东一头西一头，就是不走直线。管理员喊着，让他们靠岸。柏建新没理会，继续摇着桨，哎，小时候，我在那儿救过一条命。柏建新问，你信吗？佳玉点了点头，眼里闪着亮晶晶的光芒。柏建新说，到目前为止，这个世界上也只有你一个人相信。一阵旋风卷过来，柏建新护住了佳玉，大声喊，从来就没人相信我，我的心都伤透了。

管理员的喊声更急了，让他们靠岸。柏建新使出浑身力气，好不容易才靠上了岸。管理员顾不得骂人，跳上船，把船划到原来的位置上。旋风过去了，湖面恢复了平静。柏建新揽着佳玉，走到一棵柳树下。柏建新说，坐一会儿吧。佳玉掏出纸，仔细地擦着椅子。柏建新搂住佳玉，抚摸着。佳玉双手撑在椅背上，一动不动。柏建新松开手，不好意思地说，你知道我有多么喜欢你吗？佳玉有些羞涩，有些不知所措。两个人额头顶着额头，柏建新问，你对我是真心的吗？佳玉闭着眼睛，点了点头。忽然睁开眼睛，这话应该是我来问你的。柏建新说，我都是你父亲的年龄了，你凭什么还能喜欢我？

喜欢和年龄没有关系！佳玉说。柏建新捏了捏她的嘴唇，抚摸着她的脸颊。旋风吹来，柏建新遮住佳玉，双脚钩着椅子下面的横撑。

你喜欢我什么？柏建新问。佳玉的眼皮动了一下，又闭上了。柏建新问，不是喜欢我的钱吧？佳玉睁开眼睛，一字一顿地说，我现在就离开你！她绞着双手，眼泪滚落下来。柏建新揽紧她，深吸了一口气，佳玉，我相信你。佳玉面色缓和了，摆平了衣服上的皱褶。柏建新想，女人都是这样吧？展萍也有这样的习惯，总习惯及时把痕迹抹掉。

回去吧，我还有一堆衣服没洗呢。佳玉说。柏建新说，不洗了，扔掉算了。我给你买新的。佳玉说，你以为自己是大老板吗？柏建新试探着问，你看我是干什么的？佳玉说，我要是说错了，你可不许恼。柏建新连忙说，不恼不恼。他站起来，搂着佳玉朝门口走去。佳玉认真地说，我猜你是个当官的。柏建新没想到有人还能把他当作官员，笑着问，你是怎么看出来的？

你肯定有钱，没有钱谁能整天住在宾馆里？可是，你又不像老板，你想啊，钱如果是自己的，谁能舍得一天几百块钱地送给宾馆？柏建新听着，觉得佳玉挺有意思，一天几百元钱的花费便让她仰视了。如果知道他身家值几个亿，又会怎样地惊讶？佳玉接着说，所以，我猜你是个当官的，只有花公家钱的人才不计较。不过，你这个官当得可真有意思，一天到晚瞎逛，也没看你干点儿正经事，搞不好，你是贪官，躲难来的吧？

你的想象力真够丰富的！柏建新说。

先别急着表扬，如果换了以前，我会鄙视你的。恨你这样的贪官把我们老百姓搞得这么苦。认识你了，又觉得你心肠特好，和你在一起有安全感。我都忘了你可能是个贪官，我但愿你是好官。

柏建新露出苦涩的笑容，佳玉说的安全感，恰好又是妻子说的不安全感。一个柏建新在两个女人面前居然会有截然不同的面孔，想想，不可思议。

走出公园，佳玉说，我得回去洗衣服了。说话的时候，一脚踢开石子，动作是那么坚决。柏建新说，你挺怪的。佳玉嗔道，和你在一起，不怪才怪。

柏建新握住了佳玉的手，领着她上了出租车。佳玉说，坐公交车也可以的。柏建新使了个眼色，示意不要说话。车子在香水湾附近停下了，佳玉摆弄了一下衣服，哦，我到了。柏建新掏出皮夹，抽出一张钞票扔给魂斗罗，跟着也下了车。佳玉突然把手伸向魂斗罗，如果找不开，我这儿有零钱。魂斗罗没有料到会被逼着找钱，他瞪起了眼睛。柏建新使了个眼色，司机，就按她的意思办吧。魂斗罗说，好吧，那就麻烦小姐给找零的。佳玉也不恼，找出五十元钱递给他。魂斗罗把一百元钱扔给她，连哼了几声。佳玉把钱塞到柏建新的手里，小声说，你别笑，我可是穷怕了。柏建新替她可惜，这么漂亮的一个女孩子，却不幸生在穷人家里，因而缺少了自信，漂亮也就大打折扣了。如果佳玉是富家小姐，那会怎么样？浑身上下珠光宝气、骄傲之气，也许，就不是佳玉了，就不可爱了。

柏建新跟着进了一栋老旧的楼里，进了门，看到房间里井井有条，忍不住喝了声彩，对她愈发敬重。靠窗户的地方放了一张床，铺着干净的床单，被子叠得整整齐齐。茶几上放着一盆花，看起来像兰花。佳玉问，你知道这是什么花吗？

我对花草一窍不通。柏建新说。佳玉说，我也不知道这是什么花，刚搬来时，都要死了。佳玉拎来墩布，擦着地板，擦到柏建新的脚下，柏建新一把抱住了她。佳玉吓了一跳，拖把砰的一声，倒在地上。这一声，让柏建新彻底摆脱了连日来的矜持。他伏在佳玉的背上，小佳玉啊，可怜可怜吧，可怜可怜吧。佳玉脊背弓着，一动不动，不知道她是怎么想的。柏建新说，我是认真的，真的是认真的。佳玉挣开了，捡起拖把，使劲地擦地。佳玉出了道难题，你说没那个意思吧，她天天跟着柏建新。在赢得了柏建新的爱之后，却百般躲避。

你不喜欢我吗？

要是不喜欢，还能和你泡在一起？

自从在港湾广场见到你，我就把其他女人忘掉了。我总是想你，总能梦到你。

梦到我？

梦里都想和你上床！

和我？佳玉笑了笑，还不知道和谁呢？

柏建新诚恳地说，好长时间没和女人上床了，你就行行好吧。佳玉摇摇头，现在还不是时候，我想再等等。

既然你是爱我的，为什么还要等呢？

佳玉扬起头，看着柏建新，仿佛要从他眼里看出什么破绽似的。看了一会儿，叹了口气，嗯，这是两个概念。柏建新的脸色很不好看，虽然有些焦虑，有些恼火，却无论如何也舍不得朝她发脾气。他预感，佳玉是最后一个同类，失去了佳玉，也就失去了一切。回去的道路都被堵死了，他只有朝前走，前面唯一的希望就是佳玉……

下第一场雪的时候，展萍带着巨款潜逃了。临走时，想见柏建新一面，给他发了信息。当时，柏建新正和孙嘉国谈话，他苦苦地搜索着幕后的凶手。无论如何启发，孙嘉国就是说不清楚。展萍打来电话，柏建新没接。他不想当着孙嘉国的面和她通话。不一会儿，展萍发来了短信，说她就在广场上，希望能见上一面。柏建新走到窗边，朝下面望。广场上蒙了一层雪，满世界都是灰蒙蒙的。展萍孤零零地站着，仿佛是一尊雕塑。柏建新叹了口气，问孙嘉国，我怎么觉得展萍是凶手呢？孙嘉国的眼里突然冒出了一道电光。柏建新愣住了，孙嘉国的表情让他惊诧，这样敏锐的反应怎么看也不像是个精神病人。孙嘉国有了感应似的，流下了一长串的涎水。

柏建新除了和黄丽鹃一样恨展萍，还狠狠地羞辱了黄丽鹃。如果不是黄丽鹃的自作聪明，展萍怎么可能成功？柏建新多次劝告她，不要签合同。黄丽鹃根本不听，她自以为是，以为肯定能降伏展萍。受了羞辱的黄丽鹃没处撒气，要和柏建新拼命，她声嘶力竭地骂，骂过了青木惠子，又骂佳玉。她冲着柏建新连声吼，小狐狸精在哪儿？小狐狸精在哪儿？柏建新充满了怨恨，一字一顿地说，听你的安排，和孙嘉国过上了。黄丽鹃倒在沙发上，翻着白眼珠子，你等我喘匀了这口气，就去找她算账。

当天下午，黄丽鹃拎了一瓶酒回来。先是笑，狰狞地笑，然后举着酒瓶，朝嘴里比画，恨不得一口喝干了。黄丽鹃扬了扬酒瓶，醉了似的问，你不想喝点儿吗？柏建新铁青着脸，什么都不想说，也没有什么可说的。他不想再失去了，虽然一直这么失去着。他还存着那么一点点的期盼，渴望着灾难尽快过去，尽快过去。他想退回去，退回到开始的地方，从来的地方退回去。

一个月以前，黄丽鹃和展萍联合起来，把佳玉送到孙嘉国身边。虽然如此，佳玉也没有断了联系，照例每天和柏建新通一次电话，报一次平安。柏建新每次都让她“注意身体”。他不敢多说一句，多问一句，担心自己忍不住会哭。这一切，都因为佳玉的突然怀孕，更糟糕的是，佳玉怀上了别人的孩子。柏建新受了刺激，他想象不出来佳玉在和他相爱的同时还会和另外一个男人上床，居然还怀上对方的孩子。是什么力量让她如此疯狂？是什么力量让她全然不顾后果？他从来没有问过那个男人是谁，问不出口。在这之前，他和佳玉只做了一次，这一次的每一个环节居然成了挥之不去的画面。无论是白天还是黑夜，无论是醒着还是睡着，这个画面总是突然插进来，打断他的思考，让他茫然无措。

佳玉的可恨和可疑在于她始终没有提出堕胎，她的沉默让柏建新气急败坏。于是，在黄丽鹃的拷问下，在展萍的策划下，柏建新像一头嗜血的野兽，狠心同意佳玉嫁给孙嘉国。理由就是让孩子生下来能有个父亲，能报上户口。这也是佳玉最终同意嫁给孙嘉国的根本原因。

孙嘉国肯定能扮演好这个角色。展萍信誓旦旦地说，因为，他已经傻透了，能有一个女人和他睡觉就谢天谢地了。

佳玉临产前，谜底揭晓了，出事的不是佳玉，是孙嘉国。孙嘉国在需要他签字的时候，突然没了踪影，只留下一封信。柏建新不知道这封信是写给他的，这封信被佳玉撕得粉碎。她在一阵接着一阵的撕心裂肺的哀号声中独自吞咽着苦果。事后，绝口不提这封信，直到有一天，佳玉也离开了柏建新，离开了他们在“伊泰美泉”营造的家，柏建新才知道孙嘉国曾经写过一封信，才彻底相信原来世界上只有一个大傻瓜，那就是他。柏建新更断定几次想谋杀自己的就是孙嘉国，只是不明白孙嘉国为什么又要救他，这可能是永远也解不开的谜。按正常的推理，一定是展萍起到了决定性的作用。展萍和孙嘉国有个约定：柏建新活着，孙嘉国才有机会得到展萍。即便是做鬼夫妻，他也心甘情愿。这样的承诺从展萍的嘴里说出来，柏建新不禁热泪盈眶。

回到那天下午，黄丽鹃全身充了气似的，连呼吸都是炙热的。再等下去，会引爆的。于是，不等她发作，柏建新便把魂斗罗招来，出高价雇他把黄丽鹃送回三江。黄丽鹃没有反对，突然吩咐柏建新和她一起回去。可惜，这个决定太迟了，不能让柏建新产生丝毫的兴奋。虽然很长时间以来他绞尽脑汁策划了一幕又一幕回归的大戏，不过，无论如何也想不到会是这样的结局。龙翔公司垮了。展萍吞掉了诱饵溜掉了，使得这幕大戏失去了应有的悬念。虽然柏建新担心着佳玉的产期临近，但考虑到黄丽鹃的感受，还是痛快地收拾了行囊。

一路上，魂斗罗要么说一段笑话把自己逗得前仰后合，要么唱一首歌。尽管没有一首能从头至尾唱完整了，但他依然唱得如醉如痴。三个小时后，黄丽鹃忽然问丈夫，你在哪儿找了这么一个傻得掉了底的人当司机？柏建新没有说话。魂斗罗像被夹了尾巴的猫，连着惊叫了几声。从后视镜里看柏建新，等待着柏建新的抚慰。柏建新面无表情，仿佛什么都没发生。黄丽鹃戳了一下柏建新的脸，恰好车子晃动了一下，手指戳到了柏建新的嘴里。柏建新叼着黄丽鹃的手指头，突然间打了个冷战，魂又附在了身上。

问你呢，在哪儿找的这么一个傻瓜？黄丽鹃不依不饶。魂斗罗猛地踩了刹车，停在路边，老子还不愿意伺候哪。魂斗罗拍了下方向盘，你呀你，白瞎了柏总这么好的一个人。说了半截话，魂斗罗还是住嘴了，他看到柏建新的脸色突然蜡黄，得了黄疸病似的。魂斗罗害怕了，担心他能气出病来。

滚你妈的臭鸡蛋！黄丽鹃吼着，滚蛋！滚蛋！吼了两声，浑身哆嗦。魂斗罗冷笑着说，柏总，算我倒霉，没本事挣你的钱了。又厉声说，都他妈的滚蛋！柏建新的嘴角抽动了几下，还是闭上了。他冷冷地看着魂斗罗，那一刻，又像一个魁梧有力的男人了。黄丽鹃捂着脸哭了，柏建新伸手把她搀下来，摔上车门，仿佛把自己关在了热闹世界的外面。魂斗罗发动了车子，汽车一下子开出去好远，不一会儿就没了踪影。柏建新和黄丽鹃靠在护栏上，盯着远方。柏建新搂住她的肩膀，她还是一动不动。这时，柏建新清晰地听到她的胸膛里响起了一阵紧似一阵的鼓声，又像是震耳欲聋的雷声。黄丽鹃从里往外冒着冷气，仿佛是台制冷机，冷飕飕的。柏建新牙关紧咬，抵抗着严寒。

一直等到重新搭上了一辆车，依然没有松开黄丽鹃。十二个小时的路程，除了两次上厕所，他的手几乎没有离开过黄丽鹃的肩膀。松开的时候，柏建新在离婚协议上签了字。作为生活了二十年的夫妻，黄丽鹃曾经做了最后一次努力，她支走了五姐，降低了声调问，你的孩子将来怎么办？她的这句并不通顺的话对柏建新来说并不难以理解，相反再清楚不过了。这是她好不容易才寻找到的话题，柏建新十二个小时不间歇的拥揽，融化了她冰一样冷的心。黄丽鹃做好了原谅丈夫的准备。然而，柏建新的一句话让她的努力付之东流，让她彻底冷静了，把离婚协议书推给了柏建新。柏建新的原话是：如果是我的骨肉，你就是把刀架在我的脖子上，我也不会做出把佳玉让给孙嘉国的蠢事。我只跟她做了一次，而且还采取了避孕措施。句子很长，他说的过程中已经失去了应有的坦荡，听起来，有些暧昧，又有些迷茫。

离开三江往滨城赶的路上，柏建新静下了心，想想财产分割中的得失，甚至还想着通过法律渠道追寻龙翔公司巨额财产的去向。然而，这些问题总是在即将找到答案的时候突然失去了方向，他被佳玉满是泪水的脸闹得揪心，被一阵又一阵的惨叫声闹得揪心。只有回想起和佳玉从相识到相爱的每一个细节，才能让思绪重新清晰起来，和黄丽鹃转移财产、展萍卷款而逃、杨再新阴险狡诈、江晓东图穷匕首见的行为相比，佳玉单纯得多，也重要得多。

那天，在佳玉的家里，柏建新问，我怎么才能得到你？佳玉拄着拖把，笑眯眯地看着他。

是这样的，我想在“伊泰美泉”买套房子给你住，每月再给你一万块钱生活费，以后，你就是我的了，随叫随到。你看怎么样？柏建新问。佳玉想了一会儿，脸色红得发紫。

有什么意见吗？柏建新又问。

你在侮辱我吗？佳玉的眼圈红了，我不要你的钱。柏建新想了想，事实不是这样吗？一个贫困地区来的女孩子，在滨城已经无法靠正当收入生存了，需要钱是肯定的，否则为什么要步入红尘呢？她到底是怎么想的？难道想嫁过来？柏建新打了个冷战。

你权且把钱攒起来，做点儿小生意，慢慢发展起来了，那时，说不好我还得靠你吃饭呢。将来，我无家可归时找到你，你可不能把我撵出门呀。柏建新认真地说。佳玉静静地听，想了一会儿，露出了笑容，你真是这么想的吗？

想什么？柏建新捏着她薄薄的耳垂，说清楚一点儿。佳玉说，你是说将来会来找我？柏建新郑重地点了点头，如果有一天我无家可归了，一定会满世界去找你。说这话的时候，他想到了妻子，感觉手心有些潮湿，心里头一阵忐忑。

真的，我不图你的钱，我见过有钱人，你信吗？佳玉贴着柏建新的耳朵说，担心不相干的人听见似的，声音细得像蚊子叫。她说，我想靠双手做点儿事，我一直梦想着能开一家时装店。我真的是这么想的，我什么苦都能吃，我不怕吃苦的。你相信我吧，我会证明给你看的。柏建新使劲搂着她，示意自己相信。佳玉孩子气地问，我不是在做梦吧？柏建新微笑着，抱起她，慢慢朝卧室里走。柏建新想，佳玉只要稍微挣扎一下，就把她放了。柏建新不是一个无耻放荡的人，三番五次地被拒绝还要动粗那就是下三烂了。佳玉挣扎了一下，还是搂紧了他的脖子，柏建新抱着她，放到床上。佳玉说了一句，等等我。柏建新捧着她的脸吻。佳玉推开了，乖乖点儿。说完，跳下床，跑进卫生间。一会儿，里面传出哗哗的流水声，柏建新伸手把窗帘拉上，点亮了台灯。一会儿，佳玉披了条毛巾出来，贴在柏建新的身边躺下。柏建新搂着她，吻着她的带有香味的皮肤。佳玉伸手把灯关了。

为什么要关灯？柏建新要开灯，被佳玉挡住了。她蜷缩着，小猫似的。柏建新贪婪地说，佳玉呀，我想看看你的身子，多漂亮啊，像一尊大花瓶。佳玉的嘴迎过来，堵住了柏建新的嘴。佳玉笑了，突然坐起来，笑得东倒西歪。柏建新问，你怎么了？佳玉止住了笑，好了，没事了。说完，重新躺下了。感觉到了柏建新的冲动后，佳玉停了，猫一样跳下床。

你要干什么？柏建新急着问。佳玉拉开皮包，拿出了一样东西，又迅速上床，哎，乖乖躺好了。

这是什么？柏建新问，黑暗里看不见是什么东西。

套套。

柏建新有些不自在，当佳玉贴过来后，已经不容他想得那么多了。他犹如升仙得道似的，浑身膨胀，像一艘吃饱了风的帆船，朝着既定的方向行进。好一会儿，静了，所有的声音都被撵出去了。柏建新贴着佳玉的耳朵，你猜你像什么？没等佳玉回答，又说，像一只母鹿。佳玉打了他一拳。柏建新搂紧了她，我像一头公鹿。黑暗中，佳玉又打了他一拳，结结实实地打在柏建新的肩膀上。柏建新疼得直咧嘴，忽然，掉下了眼泪，哽咽着说，我说的是真的……

两人入睡时的姿势都是很舒服的，柏建新枕在佳玉的胳膊上，佳玉搂着他的腰。两个人不即不离，恰到好处地交叠着，彼此感受着那种缠绵的缭乱的慵懒。佳玉沉浸在晕眩的感觉中，听着柏建新抑扬顿挫的鼾声。她醒了，瞅了一眼窗户，想象着黑夜正在缓缓涌来，很快，就会笼罩整个世界。佳玉挪动了一下，柏建新的鼾声停了，俯过来看佳玉，轻声问，睡了吗？佳玉说，睡不着。两个人一问一答，随着话题的深入，都了解了一些对方的难处，又都没有解决的良策。他们各自叹了口气，又紧紧地拥抱在一起，仿佛这张床就是载着他们逃亡的船。他们不约而同地相信，在充满激情地拥抱后，任何难题都会迎刃而解。他们需要的是拥抱而不是叹息，他们的信心完全来自床上。因为他们是在床上，床，更像是摇篮，可以让他们睡醒了以后，有足够的勇气和耐力劈波斩浪，这时，床就变成一艘开往美好明天的装载着希望的船了。

怎么样，我很棒吧？柏建新问过后就后悔了，这句话是多余的，甚至是愚蠢的。手机响了，佳玉拿过来，递给他。电话是展萍打来的，她高声地说，老柏呀，你知道吗？整个三江都动起来了。展萍加重了语气说，你的策划方案简直太神了，三江的房价节节攀升。

那又能怎么样？柏建新问，像是问她又像问自己，那又能怎么样？佳玉的嘴寻过来，柏建新挂断了电话。两个人的嘴再一次粘连起来，两根舌头缠绕着，发出甜蜜的响声。屋里一片黑暗，什么都看不见了。

还记得那个签吗？佳玉忽然停下来，认真地问。没等柏建新回答，又自言自语地说，不知道为什么，好像有那么一双看不见的手在抓着我。如果那次我摔死了，是不是一切都结束了。是不是就不会有以后了，是不是就不会有烦恼了？

你这是什么意思？柏建新抽出一支烟，叼在嘴上。佳玉拿过打火机，点亮了，眼前出现了一小块光明。佳玉擎着打火机，照了照柏建新的脸，给他点了烟，很快，光明退却了。

我为你不值。佳玉说，从现在开始，我是鹿也好，是人也罢，你都逃不掉了。因为，我喜欢上了你。我也不知道为什么能喜欢上你，喜欢你哪个地方。我认真想过是不是喜欢你的钱，是的，我很缺钱，一辈子都是为了钱而活着。我经常做一个梦：身边有一堆钱，我搂着钱睡觉。你别笑，我一点儿都不想再隐瞒了，你无法理解一个贫困到了极点的人的心情。我和弟弟都考上了大学，可是，因为没有钱交学费，没有钱养家，我们姐弟只有一个能上大学。你想不到会有多么残酷，一个奔向天堂，一个就得走入地狱。这一切都是因为没有钱，该死的钱。贫穷是没有未来的，我们没有自尊，我们的力量和容貌都不是自己的，都是你们有钱人存在我们那儿的，我们只是替你们保管好我们自己，等着你们哪天取走。我们就是你们的东西，甚至还算不上一个东西。喜欢上了你，我又十分害怕。一个主人的东西能和主人有什么爱情呢？太荒唐了吧？你家的狗和你能有爱情吗？你穿的貂皮大衣能和你有爱情吗？你的红木家具能和你有爱情吗？我的这个比喻也许不恰当，但我就是这么想的。我想有钱，做梦都想着赚钱，我想我将来会很有钱的，我一直这么想。当我有了很多钱的时候，我会先把自己赎出来，从你们有钱人的手里赎出来，重新变成人，自由的人，想干什么就干什么的人，想睡觉就睡觉、想不睡觉就不睡觉的人。然后呢？我会赎别的穷人，把那些像我这样的女孩子从你们手里赎出来，赎一个是一个，让她们变成人，而不是有钱人的东西，和你们平等地恋爱，平等地结婚。

有钱并不是很困难的一件事。柏建新泛泛地说，会有钱的，你会很有钱的，那时候，你就会站在有钱人的角度看问题的。

两个人都不说话了，静静地想着，柏建新想起了一个梦，很久以前，他曾经做过一个跳舞的梦，记得是一个很空旷的舞台，一个跳舞者，可能还有他，跳着，没完没了地跳着。人生不是跳舞吗？在不停旋转的过程中，和你的舞伴得保持着默契，手牵着手，尽可能收放自如。每一次旋转，定位要准确。都要扮演好角色，或者是丈夫，或者是妻子。谁也不知道，下一个旋转，是否还能抓住她的手。柏建新怔怔地看着佳玉，不停地问，下一个旋转，是否还能抓住她的手？是否还能抓住她的手？

你掉头发了？佳玉惊呼一声，手里握着一把头发，你怎么会掉这么多的头发？柏建新抚摸着佳玉光滑的肌肤，想解释那是一片假发，又没了耐心。他想说，佳玉呀，下一个的旋转，是否还能抓住你的手呢？答案是肯定的，柏建新心里头替她回答了。佳玉是一只凤凰，驮着受了重伤的柏建新，奋力起飞……柏建新的眼角湿了，不敢想下去，凄惨的画面让他断肠，让他绝望。佳玉捏着那绺假发，轻声地说，我还是不明白，那支签到底是什么意思？柏建新愣了一下，想起那支签，似乎有了答案，又似乎什么都没有。

那天早晨，朝阳寺沐浴在耀眼的阳光里，柏建新站在大殿门口，转过身望了望，四周群山环抱，很像三江的华乐山。大殿房脊上，几只喜鹊蹲在上面，牢牢地盯着柏建新。柏建新高兴地说，看见喜鹊，准有喜事。

是喜鹊吗？乌鸦吧。佳玉调皮地说，朝喜鹊招着手。柏建新挥手轰着喜鹊，受了惊吓的喜鹊蹿入空中，留下串串叫声。仔细一听，不是乌鸦是什么？大和尚面相和善，问要不要抽签。柏建新犹豫着，那就抽一支吧。

我可不抽。佳玉的手背在身后，一旦抽到了下下签该多扫兴啊。大和尚微笑着，接口道，很多事情都是有因果的，签语只不过是对明天而言的，明天的果和今天的因都是有着关系的。抽了下下签不等于你失去了，抽了上上签也未必就证明你得到了。众生来到世上走一遭都是要修业的，人不能总是失去机会，总是习惯性失去的话就意味着今世没有了因，那样就孤单了，上无父母下无兄弟姐妹，身边连个亲人都没有。即便这样还应该在前世里去寻找因，找到了因就找到了规矩，有了把握，修业就能少走弯路……大和尚捏着念珠，看了一眼柏建新，世上所有的事情都是有因有果的，实在是没有什么可怕的。大和尚的普通话里夹杂着南方口音，柏建新听得十分吃力，只是看他面相亲善，情不自禁地双手合十。想起张姑子也常谈因果缘分，和大和尚相比，张姑子的讲解似乎更能深入柏建新的内心。此时，她竟然变只飞虫钻进柏建新的肚子里了，在万千的肠绳上闭目打坐，久久不说一句话。柏建新低下头，念了句“阿弥陀佛”。佳玉扯了扯柏建新，示意离开这儿。柏建新走到案前，点燃了三炷香，又恭恭敬敬地磕了头。站起来时，大和尚正端详着他，仿佛看透了他衣服里面的虚妄。柏建新抱起竹签筒，轻轻地摇着。佳玉紧张地说，先想好了再摇。

我这是干什么呢？柏建新看着竹筒里的签，暗暗问自己，求财还是求爱？眼前出现了龙翔公司那块历经风雨的牌子和“云鼎人家”尘土飞扬的工地，出现了黄丽鹃那冷漠的目光。签子掉到案上，佳玉抢在手里，轻轻地读起来：

先君失道民无生，
难见乌云见青天。
幸逢明主施仁政，
重又安居乐陶陶。

柏建新接过来，看了半天，也没明白，似乎对他的事业很有制约，似乎未来又有了新的组合。大和尚读了一遍，抬头看着柏建新，好一会儿才说，施主，这个签还不算坏。